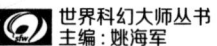
世界科幻大师丛书
主编：姚海军

星 丛

Robert J. Sawyer

[加拿大] 罗伯特·索耶 著 | 张建光 译

四川科学技术出版社

Starplex by Robert J.Sawyer
Copyright © 1996 Robert J.Sawyer
This edition arranged with The Lotts Agency Ltd.
through Andrew Nurnberg Associates International Limited
Simplified Chinese edition copyright:
2022 SCIENCE FICTION WORLD LTD
All rights reserved.

图书在版编目(CIP)数据

星丛 / [加拿大] 罗伯特·索耶　著；张建光　翻译.
-- 成都：四川科学技术出版社，2022. 5
(世界科幻大师丛书 / 姚海军　主编)
书名原文：Starplex
ISBN 978-7-5727-0526-7

Ⅰ.①星… Ⅱ.①罗… ②张… Ⅲ.①幻想小说 – 加拿大 – 现代
Ⅳ.①I711.45

中国版本图书馆CIP数据核字(2022)第064748号
图进字号：21-2015-128

世界科幻大师丛书

星　丛

SHIJIE KEHUAN DASHI CONGSHU
XING CONG

丛书主编　　姚海军
著　　者　　[加拿大]罗伯特·索耶
译　　者　　张建光

出 品 人　　程佳月
责任编辑　　宋 齐 兰 银 姚海军
特约编辑　　贺子恒
封面设计　　孙　容
版面设计　　孙　容 甄沛佳
责任出版　　欧晓春
出　　版　　四川科学技术出版社
　　　　　　成都市锦江区三色路238号 邮政编码610023
　　　　　　官方微博：http://e.weibo.com/sckjcbs
　　　　　　官方微信公众号：sckjcbs
　　　　　　传真：028-86361756
成品尺寸　　147mm×208mm　　　　印　张　10.75
字　　数　　230千　　　　　　　　插　页　2
印　　刷　　成都市金雅迪彩色印刷有限公司
版　　次　　2022年8月成都第一版
印　　次　　2022年8月成都第一次印刷
定　　价　　59.00元

ISBN 978-7-5727-0526-7

邮购：成都市锦江区三色路238号新华之星A座25层　邮政编码：610023
电话：028-86361770

加拿大科幻"教长"——罗伯特·索耶

姚海军

时光飞逝，距我们出版第一部罗伯特·索耶的长篇小说已经二十年了。二十年来，索耶一直是中国读者最喜爱的科幻作家之一。2007年颁发的第18届中国科幻"银河奖"，他被读者票选为"最受读者欢迎的外国作家"。当然，受欢迎的其实不仅是他的小说，还有他的博学、风趣与幽默。在活动现场，他是那种会引发听众尖叫的作家。2007成都国际科幻大会期间，他的精彩讲演以及与读者的频繁互动，和他的小说一样，提升了科幻文学的声誉。

索耶1960年生于加拿大首都渥太华，小时候梦想当科学家，特别是研究恐龙的古生物学家。但在高中快毕业的时候，他突然发现，世界上靠研究恐龙为生的人寥寥无几，而以写科幻小说为生的作家却成百上千，于是，科幻作家成了他的人生目标。

结果，索耶不仅成了科幻作家，还在世界范围内拥有广泛的知名度。在加拿大，他甚至被誉为"科幻界的教长"。他至今已经出版二十七部长篇科幻小说，发表短篇作品数十篇，作品被译成十五种语言。索耶不仅获得过世界级科幻大奖"雨果奖"和"星云奖",还是历史上唯一一位将美国、日本、法国、西班牙和中国五个国家的科幻最高奖项揽入囊中的科幻作家。

对任何作家而言,处女作都是解析其创作方向与风格的钥匙。索耶卖出的第一篇小说也是如此,这篇名为《动机》(Motive, 1979)的小说表明了索耶的创作观念,确立了他的写作特点——将科幻与悬疑推理紧密结合,创造出一种惊奇感与紧张感交织的雄壮旋律。

在写作生涯的最初几年,索耶主要创作非虚构类作品。他为加拿大和美国的各类杂志撰写了超过二百篇文章,包括从计算机到个人理财等诸多主题。此外,他还努力谋求在广播电视方面的发展,参加了美国哥伦比亚广播公司的《思想》节目的制作,并承担其中五期以科幻为主题的节目的撰稿和播音工作。在此期间,他采访了艾萨克·阿西莫夫、厄休拉·勒古恩等科幻大师。这些采访让他在快满三十岁时意识到,自己必须重拾科幻作家之梦。

1991年索耶出版了长篇处女作《金羊毛》(Golden Fleece)。该作涉及人工智能、外星文明、网络虚拟等诸多主题,不仅想象力惊人,整个故事也惊心动魄,获得了加拿大科幻最高奖"极光奖"。

1995年,《终极实验》(Terminal Experiment)出版,这部索耶最重要的长篇探讨了人类"灵魂"的真相以及意识上传引发的诸多问题,既有高科技小说的惊险曲折,又有一流科幻小说才有的对未来的深入思考,为索耶赢得了获得了世界科幻大奖"星云奖"和又一座"极光奖"奖杯。

2000年,《计算中的上帝》(Calculating God)出版,这部索耶本人最满意的作品探讨了困扰人类的终极谜题。它本是2001年雨果奖决选的热门作品,但最终获奖的却是J.K.罗琳的畅销作品

《哈里·波特与火焰杯》。提起此事，索耶火气十足，他说："我六次进入雨果奖决选，六次空手而归。每次我都很失望，但只有《计算中的上帝》那次真把我气坏了。他们把奖颁给了《哈里·波特与火焰杯》！那是一本好书，但它不是科幻小说！"经过二十多年时间的涤荡，《计算中的上帝》至今仍是科幻迷最喜爱的科幻作品之一。

2002年，"尼安德特人"三部曲首部《原始人》(Hominids)出版。这部试图将尼安德特人宇宙与人类宇宙相连的大胆作品终于让索耶如愿以偿，捧得了"雨果奖"最佳长篇奖杯。

除了科幻创作，索耶还热心科幻文化的推广与传播。他教授科幻写作，发表演讲，在1992年促成了美国科幻与奇幻作家协会加拿大分会的成立，后又短暂担任美国科幻与奇幻作家协会主席(1998—1999)。2007年劳伦斯大学授予索耶荣誉文学博士学位，2014年温尼伯大学授予索耶荣誉法学博士学位。

意识上传、外星智慧和人工智能是索耶最热衷的三大主题，他总是试图在宗教与科学之间找到平衡。综合来看，索耶的科幻小说主要有如下特点：

一是想象壮阔雄奇。在《星丛》(Starplex, 1996)中，人类通过外星人建造的超时空"捷径"深入宇宙，一睹宛如星球般巨大的生命体的"芳容"；在《计算中的上帝》中，自私的古老文明为防止宇宙中新文明对其生活的干扰，竟然将猎户座一等星引爆成了超新星。这些大气磅礴的想象，给读者带来巨大惊奇感的同时，也带来观念上的冲击。

二是融合悬疑推理。索耶不仅是科幻作家，也是一位悬疑推理小说家。他1993年的短篇科幻小说《宛如旧时光》(Just Like Old Times)在获得"极光奖"的同时，还获得了加拿大最高推理小说奖"亚瑟·埃利斯奖"。他的长篇多可以当作悬疑推理小说来读，其中展现出的逻辑推理能力，让很多同行望尘莫及。比如其长篇处女作《金羊毛》，开篇就是一场精心策划的谋杀。在《计算中的上帝》中，外星人来到地球，目地就是与人类一起破解文明周期性毁灭之谜。抛开科幻不谈，整部小说完全可以说是人类与外星人围绕这一任务展开的缜密推理。在《终极实验》中，主人公霍布森需要在自己的三个电子化分身中找出杀人凶手。而他晚近的作品《红星蓝调》(Red Planet Blues, 2014)，则完全可以称为一部火星背景的侦探小说："我"不仅要解决当下的麻烦，还要破解几十年前火星上的一起谋杀案。大量悬疑、推理小说手法的应用，非常有效地提升了索耶小说的可读性。

三是兼顾人物人情。索耶的作品大多属于硬科幻，有着扎实的科学理论基础与逻辑支撑，但除了科学气息，他的小说中还随处可见生活之色。换句话说，索耶是那种能够让宏大想象与现实大地完美融合的作家。比如，在《星丛》中，他塑造了凯斯·兰森这样一个典型形象。这是个迟疑不决的人，生活中如此，工作中也是这样：不想伤害妻子和婚姻，在其他女人的诱惑下又把持不住；面对桀骜不驯的异族下属，既想维护自己的尊严，又担心引发种族冲突。索耶特别善于把握这类中年男人的心理，《终极实验》中的彼得·霍布森、《计算中的上帝》中的托马斯·杰瑞克都属于这一类型。这些人物在生活中面临的困境与宏大格局中人类遇到的问题纠缠在一起，堪称宏大与渺小最完美的衬映。

有关罗伯特·索耶先生的最新消息是，他已经成为成都2023世界科幻大会的主宾。为此，我们特别推出他最重要的五部代表作的精装本，欢迎索耶再来中国。我相信，喜欢索耶作品的读者朋友们也在期待这一天的到来，听一听索耶先生对未来的新预见。

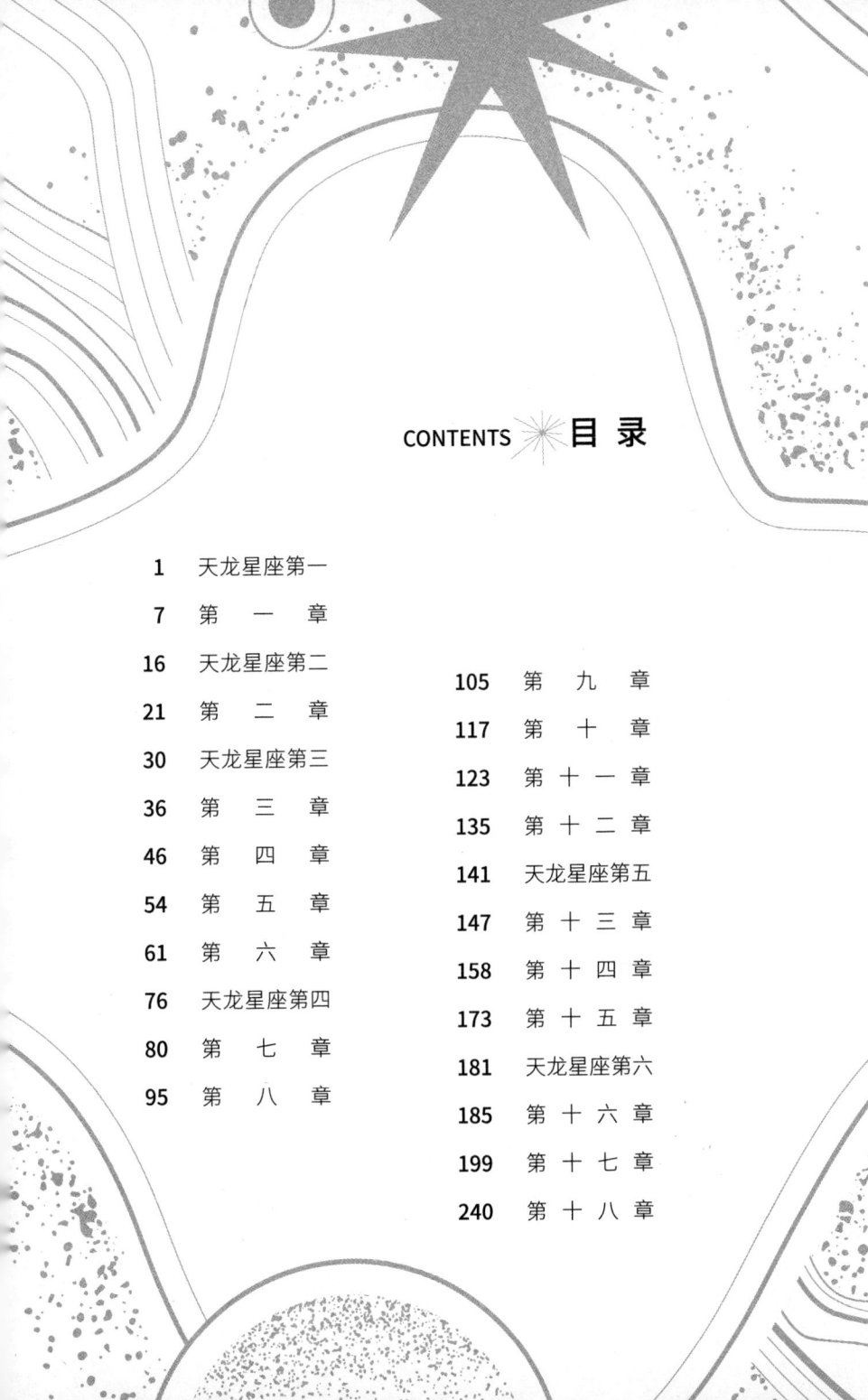

CONTENTS ✳ **目 录**

星　丛

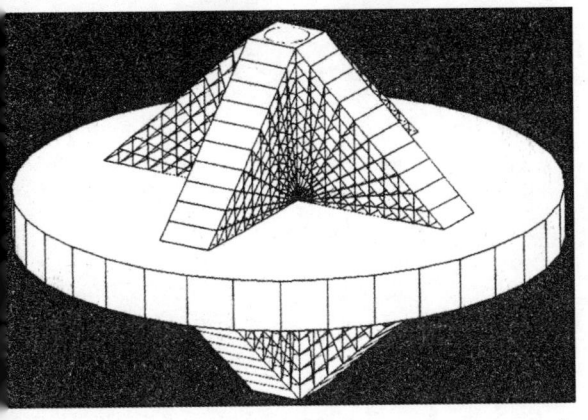

1号甲板：传感器阵列

上层生活舱（4个）

中央盘（海洋甲板、工程环面、船坞隔舱、货舱）

下层生活舱（4个）

70号甲板传感器阵列

210米高

直径290米

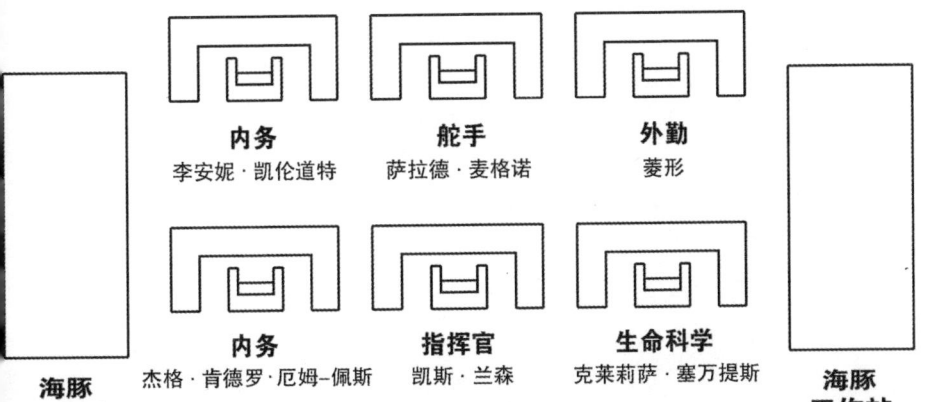

内务
李安妮·凯伦道特

舵手
萨拉德·麦格诺

外勤
菱形

内务
杰格·肯德罗·厄姆–佩斯

指挥官
凯斯·兰森

生命科学
克莱莉萨·塞万提斯

海豚
工作站

海豚
工作站

坐椅廊

舰桥工作站

天龙星座第一

损失惨重。

引力已渐渐地消失了,凯斯·兰森在零重力状态下飘浮着。通常他会觉得这种感觉令人平静,但今天却不同。唉,今天!他疲倦地呼出一口气,摇了摇头。星丛所受到的损伤将耗费数十亿元的维修费;还有,丢掉性命的联邦公民有多少?管不了那么多了,反正随之而来的讯问会确定死亡数的——尽管他根本不愿意面对那个时刻。

所有那些令人惊异的发现,包括与黑体的第一次接触,最终仍可能被政治阴影所笼罩——甚至可能爆发星际战争。

凯斯按下面前控制台上绿色的"启动"按钮。他乘坐的分离舱与船坞隔舱后舱壁上的锁环脱离了,透过玻璃钢舱体传来"砰"的一声。控制整个飞行过程的程序已经预先输入分离舱的计算机:首先与星丛的船坞隔舱脱离,然后向捷径飞去,进入捷径,从鲸鱼座天仑五的外围穿出,最后进入中央航天站上的某个船坞隔舱。中央航天站是联合国特设的,目的就是控制这条距离地球最近的捷径内的交通。

整个飞行过程都已事先设定,在旅程中,凯斯除了不断回想所有发生过的事以外，没有其他的事可做。

起初，他并没有体会到它的意义，但实际上，它的存在本身就是个奇迹。眨眼间越过半个银河系已经成为一件平常事。这是十八年前那次兴奋呼喊的回音。捷径系统——众多漫布在星系中、明显是人工制造的通路，这些通路允许瞬时的点对点移动。发现这一系统时，凯斯就在现场。在那时，凯斯将整个系统称为魔术。想想看，不过二十年前，整个地球的资源消耗殆尽，仅仅是为了在距地球仅十一点八光年的鲸鱼座天仓五第四颗行星上建造新东京殖民地，以及在距地球仅十一点二光年的印第安座第五的第三颗行星上建造新纽约殖民地。但是现在，人类已习惯了从银河系的这一头一下子窜到另一头。

得益的不光是人类。尽管一直没有发现捷径的制造者，但是银河系中还存在着其他形式的智慧生命，包括瓦达胡德人和艾比人。十一年前，他们与地球上的人类和海豚共同组建了行星联邦。

凯斯的分离舱离开十二号船坞隔舱门，向着太空飞去。分离舱看上去像是个透明的肥皂泡，其在设计上能使乘员存活几个小时。它的中部围绕着一道厚厚的白环，环上安装着生命保障系统和推进器。凯斯转过身，看着留在他身后的母船。

首先映入眼帘的是位于巨大的碟状中心边缘的船坞隔舱。随着分离舱越飞越远，凯斯看到了互相连锁的三角形生活舱，顶上四个，还有四个在底下。

上帝！凯斯看着他的太空船，心中暗想，上帝！

四个下层生活舱的窗户都黑着。碟状中心上纵横交错地留着被细如发丝的激光烧焦的痕迹。随着分离舱向下运动，他透过碟状中心上一个开裂的圆洞看到了星空——这个圆洞过去不存在,现在被硬生生剜出一个十层甲板厚的圆柱体。

损失惨重,凯斯不禁又想道,太惨重了。

他转过身,透过"肥皂泡"向前看去。很早以前他就已经放弃了从太空中搜寻任何捷径踪迹的努力。平常它们是些不可见的、无穷小的点,直到某些东西触动了它们,就像——他看了一眼控制台——他的分离舱在四十秒之内会做的那样。那时,它们会膨胀,把前来的无论什么东西统统吞进去。

他将在中央航天站上停留大约八个小时,有足够长的时间向帕特拉·肯亚塔总理报告星丛受到袭击的情况。随后他会回到这儿,到那时,希望杰格和长喙能告诉他,他们面临的其他重大问题出现了新进展。

分离舱的推进器不断地变化喷射模式。要想在鲸鱼座天仑五处钻出捷径系统,他必须得从后上方进入本地捷径。分离舱为达到正确射入角度而修正着航线,视野中的恒星也随之移动,然后——

——然后,分离舱接触到了那个点位。透过透明的船体,凯斯看到了分离舱外两段空间之间如紫色火焰般的断面,舱前及舱后的星空已互不匹配。位于后端的是正在飞离的、散发出奇异绿光的星空,而前部则是粉红色的星云——

星云?不对头。不可能是鲸鱼座天仑五。

当分离舱结束航程时,再也没有任何疑问了:他来错了地方。一片漂亮的玫瑰色星云,仿佛一只张大的、长着六根手指的手,笼罩在天空的四周。凯斯驾驶着分离舱转了个圈,四处张望。他对那些在鲸鱼座天仑五处可以观察到的星座很熟悉——从地球上看到的也是同样的星座,只不过稍微有点倾斜。那些星座中包含着明亮的牧夫座的大角星。但现在看到的这些都是他不熟悉的恒星。

凯斯感到肾上腺素在激增。随着捷径系统的新出口不断涌现,太空中的新区域正以惊人的速度被打开。很明显,这是一条刚刚出现的捷径。它的出现,使得前去鲸鱼座天仓五的通路所能接受的射入角度范围变得更狭窄了。

没有必要恐慌,凯斯对自己说。他仍然可以很容易地前往他想去的地方,要做的只是以另一条稍稍不同的路径重新进入,在此过程中,始终保持不偏离能前往中央航天站的可接受角度锥的数学中点。

可是——又一块新区域!这已是在过去一年里的第五个了。上帝,他想,本来计划为那艘星丛建一艘姊妹船,后来不得不把这艘在建的姊妹船拆掉一半,以其零部件充当星丛的备件。可是,如果事态像这样发展下去,用不了多久,他们就需要另一艘探索母船了。

凯斯检查了他的飞行记录,确认了他能够在将来回到这个地方。记录仪器看上去完全正常。他的第一反应是去探险,去看看这个区域到底能够提供什么,可惜分离舱被设计成只能用来完成穿越捷径的短途旅行。此外,凯斯还得去赶一个会议,而且——他看了一眼植入式手表——还有四十五分钟就要开始了。他低头看着控制板,键入再次穿越捷径系统的指令。随后检查了把他带到这儿来的种种设置——他皱起眉头。怎么回事?他是完全按照对应着鲸鱼座天仓五的角度进入的,他也从未听说过捷径交通系统出过什么差错,但是……

他抬起头,空中突然出现了一艘飞船。

它的形状像是一条龙,有着长长的、蜿蜒的中央船体,以及两片巨大的后掠突出物,看上去像是机翼。整条船由曲面和平滑的边缘构成,在它的蓝色表面上(像知更鸟蛋那种蓝色),看不到任何零件,没有焊缝,没有窗户,没有排风口,也没有明显的发动机。这整个东西一定是在发光,因为附近并没有恒星来照亮它,而且它没有投下任何影子。凯斯一直觉得星丛在遭到战斗创伤之前是非常漂亮的,但它还是免不了给人带来某种机械感,而眼前这艘外星人飞船才称得上是艺术品。

龙形飞船径直朝着凯斯的分离舱飞来,控制台上的读数显示它几乎有一公里长。凯斯抓住分离舱的操纵杆,想避开飞船的前进区域。但突然间,龙形船相对于分离舱变得完全静止,停在舱前五十米处。

凯斯的心狂跳起来。无论何时,只要出现了一条新的捷径,星丛的第一项任务就是去那儿调查,看看能不能发现任何迹象,表明某种智慧生命体首次穿越,从而开通了这条捷径。但是现在,在一个单人分离舱里,他缺乏所需的信号机和计算设备,想尝试简单的交流都无法实现。

而且,他刚才检查整片星空时,那艘船并不在那儿。任何能像这样迅速移动,并且能突然在空中停止的飞船必定来自某个非常先进的科技文明。凯斯实在想不出有什么好方法。现在他需要的是整艘星丛,至少需要船坞上停靠的那些外交船中的一艘。他摇摇头,按下那个能将分离舱带回捷径系统的按键。

然而什么都没发生。不——不对劲。凯斯伸长脖子,他能看到围绕着泡状分离舱外圈上的推进器已经点火。但是分离舱一动不动,视野中的星星也稳如磐石,肯定是有什么东西将他固定在了那里。如果这东西是牵引光束的话,那么这肯定是他遇到的动作最轻柔的一根。分离舱非常脆弱,一根传统牵引光束的作用力会令它的玻璃钢外壳发出嘎吱声。

凯斯再次看着这艘漂亮的飞船。正在此时,它的一侧,就在一个弯曲机翼的下面,出现了一个——肯定是一个船坞。没什么迹象表明船会突然打开一扇门并将里头的船坞显现出来,在此之前那地方也没什么开口,但一刹那间,开口就在那儿了——像是在龙的腹部出现了一个立方体空洞。凯斯发现自己的分离舱正向着与他下达指令的相反方向飞行,不断接近外星人的飞船。

情不自禁地,他开始恐慌。他非常赞同第一次接触,但却希望能在更为对等的条件下进行。除此之外,他还有一个需要他回到身边的妻子、一个在远方上大学的儿子,以及一个他非常想继续的生命。

分离舱飘进船坞,凯斯看到一堵墙闪着光在他身后出现,将这个立方体与太空隔开。立方体内部的六个面发着亮光。分离舱可能仍然被牵引光束控制着——估计不会有谁将东西牵进来,却让它砸在屋里的墙上。但是凯斯看不到什么地方有光束发射器。

分离舱继续前行,凯斯尽量开始冷静思考。他完全沿着与鲸鱼座天仓五对应的角度进入了捷径,并没有犯什么错误。但是,不知怎么搞的,他被……他被转到了这儿……

这意味着,不管控制这艘龙形船的是谁,他对于捷径系统的了解肯定比联邦各种族所知道的要多得多。

随后,他突然意识到了。

醒悟。

可怕的醒悟。

到了该付过路费的时候了。

第一章

　　它仿佛是来自上帝的礼物：一个伟大的发现，银河系中散布着一个巨大的人造捷径系统。通过它，人们能在恒星系间瞬时穿行。没人知道究竟是谁建造了这些捷径，建造它们的真实意图是什么。反正不管是哪个异常先进的文明建造了它们，这些建造者没有留下什么能表明他们存在的标记。

　　超空间望远镜所做的扫描显示，在我们的银河系中存在着四十亿条不同的捷径，差不多每一百个恒星一条。超空间望远镜很容易发现这种捷径：它们中的每一条都被围在一个显眼的、由超光速粒子形成的轨道球面里。但在所有的捷径中，似乎只有二十多条已经被激活了。其余的只知道它们的方位，至于怎么能到达那儿就无人可知了。

　　离地球最近的捷径位于鲸鱼座天仓五附近的欧特云中。通过它，飞船可以一下子跨越七万光年到达瓦达胡德居住的行星"泥浆"，或者可以飞跃五万三千光年到达长相奇特的艾比种族的家乡"平地"。但是，例如距离地球仅八百光年的北极星附近的捷径出口就无法使用，它就像几乎所有其他捷径出口一样，仍处于休眠状态。

某个特定的捷径在被首次用作本地的"入口"之前，来自其他捷径的飞船无法将其当作"出口"。因而，直到十八年前，也就是2076年，联合国派出的一艘探索船进入位于鲸鱼座天仑五的捷径之后，该捷径的出口才最终向其他外星种族开放。探索完成之后的第三个星期，一艘瓦达胡德飞船从这条捷径里冒了出来——随后，突然间，人类和海豚不再孤独了。

很多人猜测捷径系统就是这么设计的：银河系中不同的空域被互相隔离，直到某天这些空域中至少有一个种族达到了足够的技术高度，才能打破隔离墙。因为被激活的捷径数目是如此稀少，因而有人认为地球上的人类和海豚是率先在银河系中达到这种技术水平的种族之一。

探索结束后的第二年，来自艾比家乡的飞船从鲸鱼座天仑五和"泥浆"附近分别冒了出来——此后不久，这四个种族同意成立探索联盟，联盟被命名为行星联邦。

为了拓展捷径系统的可用范围，十七年前，联邦内每颗行星都发射了三十个可回收的探测器。每个探测器都以它们的最大超光速状态——光速的二十二倍——向着探测器上搭载的超光速粒子环所探测到的、仍处于休眠状态的捷径飞去。一旦到达某个捷径，探测器就会立即进入，然后马上返回原先的发射基地。这之后，该捷径就被激活，成了一个可用的出口。

到目前为止，在三颗行星各自的三百七十五光年半径范围内，探测器总共到达过二十一条新捷径。起先，联邦派出一些小飞船来探索这三个区域，但后来，联邦意识到他们需要一个更为详尽的解决方案：一艘可发射探测器的巨大母船，不仅可以在探索某个新空域的关键初始期作为开展研究的基地，而且能够在必要时担当起联邦大使的责任—— 一艘大飞船，不仅能进行太空研究,还能担负起第一次接触的任务。

　　因此,一年以前,也就是2093年,星丛发射升空了。这艘飞船由三个行星共同投资,在"泥浆"轨道上的造船厂完成总装。它是联邦内所有种族有史以来所制造的最大的飞船:它的最宽处达二百九十米,厚达七十层甲板,内部容积为三百一十万立方米,配备了一千多名船员以及五十四艘形状各异的小型辅助飞船。

　　星丛目前位于"平地"以南三百六十八光年的银河系深处,正在探索最近刚被激活的一条捷径附近的空域。离此最近的恒星是一颗四分之一光年外的六等亚巨星,它被四条小行星带围绕着,没有行星绕着它公转。到目前为止,这次任务仍显得很平常——没什么引人瞩目的太空发现,也没侦测到外星人的无线电信号。星丛上的人员正忙于这次探索的收尾工作。再过七天,另一个探测器将要到达它的目标捷径,这条捷径距"泥浆"三百七十六光年。星丛计划任务中的下一项就是去探索那一方星空。

　　一切都显得那么平静,直到——

　　"兰森,听我说完。"

　　凯斯·兰森在阴冷的走廊上停了下来,叹了口气,努力控制自己的情绪。杰格未经翻译的话语听上去像狗叫,间或夹杂着咝咝声和咆哮声,这是额外的语气助词。经过翻译后,他的声音——被译成老土的布鲁克林口音——也强不到哪儿去:刺耳、尖锐、令人厌恶。

　　"什么事,杰格?"

　　"星丛上资源分配的方式,"这个生物叫道,"完全是个错误

——你应该为此承担责任。在我们出发前往下一条捷径之前，我要求你改正。你总是削减物理学部门的供应，却给予生命学部门特别的优待。"

杰格是个瓦达胡德人，一种长着六个肢、看上去像头毛乎乎的猪一样的生物。在行星"泥浆"上一次冰川期结束之后，位于行星两极的极冠融化了，淹没了大部分陆地，并将剩余的陆地围在密布的河网之中。瓦达胡德人的祖先适应了半水栖的生活，他们的身体内长满隔热的脂肪，表面布满棕色软毛，用以阻挡来自他们所栖息的河水中的寒气。凯斯深深吸了口气，看着杰格。他是个外星人，要记住。思路不同，态度也不同。他竭力控制着自己的语气，尽量显得很平静，"我认为你的指责对我不太公平。"

响起更多的狗吠声："你给予生命学部特殊照顾，只是因为你的配偶是那儿的头。"

凯斯勉强挤出一丝微笑，尽管他的心脏被压抑的怒火刺激得怦怦直跳，"莉萨有时说的刚好和你相反——说我没有给她足够的资源，而是为了讨好你而一味向你倾斜。"

"她操控着你，兰森。她——那个人类的比喻是什么？她把你玩弄于股掌之间。"

凯斯倒是想给他来上一掌。他们都是这副德行，他想。整整一行星喜欢吵架、乐于斗嘴、好争论的猪。他竭力控制着厌烦情绪，"你到底想要什么，杰格？"

瓦达胡德人举起他的左上手，并用右上手那短粗的、毛茸茸的手指做着手势，"物理学部增加两艘专属探测船，为空间物理学配发额外的中央计算机空间，再增派二十个船员。"

"增加船员是不可能的。"凯斯说道，"我们没有足够的房间，他们没地方住。但我会考虑你的另两条要求。"他停了一会儿，又开口说道，"但是在将来，杰格，我想你会发现，如果你不把我的私人生活带进讨论，我会比现在更容易被说服。"

杰格刺耳地咆哮起来："我早就知道！"经过翻译的声音说道，"你以你的个人感觉来做决定，而不是建立在有价值的论据之上。你真的不适合待在指挥官这个位置上。"

凯斯觉得他的愤怒马上就要爆发了。他竭力控制着自己，闭上眼睛，想在脑海中召唤出一幅宁静的画面。他原以为会看到妻子的脸，但实际上出现的是一个比莉萨年轻二十岁的亚洲美女——这只能使得凯斯更加恼羞成怒。他睁开眼睛。"听着，"他的声音微微颤抖着，"我不在乎你赞不赞同我担任星丛的指挥官。事实是，我就是这儿的指挥官，今后的三年之内仍将是。即使你玩弄某种手段使我的任期提前结束，按照已经商定的轮换表，接替我的也将是另一个地球人。如果你除掉了我——或者我因为受够了你而主动辞职——你仍然将向一位地球人汇报，而且我们中的一些人不喜欢你们——"他在说出"你们这些猪"之前控制住了自己，"一点也不。"

"你的态度对你没好处，兰森。我所要求的资源都是为了能更好地完成我们的任务。"

凯斯又叹了一口气。对于争吵这种事来说，他已经上了年纪。"我不打算和你继续争论下去，杰格。你已经提出了你的要求，我会给予相应的考虑。"

瓦达胡德人的四个鼻孔都张大了。"我真的很纳闷儿，"杰格说道，"特拉丝女王竟然认为我们能和地球人合作。"他甩开黑色的蹄子，没再留下什么话，沿着通向电梯厅的阴冷走廊离开了。

　　凯斯·兰森和他的妻子莉萨·塞万提斯共享一个星丛上提供的地球人标准公寓:L形的起居室、一间卧室、一间放着两张桌子的小办公室、一个放着地球人设施的卫生间,以及另一个有多种特殊设施的卫生间。公寓里没有厨房,但是喜欢下厨的凯斯架了个小炉子来满足他的业余爱好。

　　公寓门向一边滑开,凯斯走了进来。莉萨肯定先回来了几分钟,她光着身子从卫生间走了出来,显然正在为她的日中淋浴做准备。

　　"嗨,切斯特顿[1]。"她笑着说道,但笑容很快消失了。凯斯知道她已经看到了自己脸上紧绷的肌肉、皱起的眉头以及耷拉的嘴角,"怎么啦?"

　　凯斯倒在沙发里。在这个角度,他刚好面对莉萨钉在墙上的镖靶。三倍得分区内窄窄的六十分段上插着三根飞镖——莉萨是船上的飞镖冠军。"又和杰格吵了一次。"凯斯说。

　　莉萨点了点头,"这是他的做事方式,"她说,"他们都这样。"

　　"我知道,我知道。但是,上帝,有的时候的确让人受不了。"

　　他们的屋子里有一扇很大的真窗户,展现着飞船外部在临近的六等星照耀下的太空,另外两堵墙可以显示全息景象。凯斯来自阿尔伯达省的卡尔加里,莉萨出生在西班牙。一堵墙上显示的是冰河汇聚而成的路易斯湖,湖的后面耸立着壮观的加拿大洛矶山脉;另一堵显示着马德里市区的鸟瞰图,展示着这个城市16世纪和21世纪建筑的迷人组合。

　　"我刚刚还在想着你就要回来了,"莉萨说,"正等你一块儿洗澡呢。"凯斯感到一阵惊喜。他们刚结婚时经常一起洗澡,但随着时间的过去,已渐渐放弃了这个习惯。为了减少散发瓦达

----

　　[1] "切斯特顿"为"凯斯"的全称。

胡德人认为无法忍受的人类体味,每天至少要洗两次澡,焚香沐浴渐渐变成了让人讨厌的麻烦事。但是或许他们即将到来的结婚纪念日使莉萨变得比平日更加浪漫。

凯斯朝她笑了笑,开始脱衣服。莉萨走进主卫生间,打开水龙头。星丛与凯斯年轻时见过的那些飞船——比如他与瓦达胡德人第一次接触时所乘坐的"莱斯特·皮尔森"——大不一样。在那时,他不得不凑合着用音波浴。而现在,有人说有的飞船上甚至荡漾着一个微型海洋。

他跟在她后头进入卫生间。她已经在淋浴了,长长的黑发已经湿透。等她从莲蓬头底下出来时,他挤了进去,享受着她湿漉漉的身子滑过他身边的感觉。这些年来,他有一半的头发脱落了,剩下的那些总是被他刻意留得很短。尽管如此,他还是兴致勃勃地按摩着头皮,以此缓和他对杰格的怒气。

他替莉萨搓背,接着莉萨替他搓。他们将身体冲干净,随后他关上了水。要不是他这么生气的话,或许他们会做爱,但是现在……

该死。他开始擦干身子。

"我恨这件事。"凯斯说道。

莉萨点了点头,"我知道。"

"其实我并不恨杰格——并不真的恨他。我恨……我恨的是我自己,恨自己感觉像个老顽固。"他在背上来回拖动着毛巾,"我的意思是,我知道瓦达胡德人处理问题的方式和我们的不同。我知道这一点,也尝试着去接受它。但是,他们全都是一个德行——上帝呀,我真不愿这么想——他们令人厌恶,好斗、咄咄逼人。我碰到过的都是这个德行。"他往胳膊底下喷了点除味剂,"仅仅因为知道某人属于某个种族就认为自己完全了解了他,这样的想法令人嫌恶——我所受到的教育一直都在教我要对抗这种想法。但是现在,我发现自己随时随地都在这么做。"他叹了口气,"'瓦达胡德''猪',这两个单词在我脑子里是可以互换的。"

莉萨已经擦干了身子。她穿上一件米色长袖衬衣和一条鲜艳的衬裤。"他们也这么想我们,不是吗?所有地球人都是脆弱的、犹犹豫豫的。他们没有'库贝丁'。"

凯斯为这个瓦达胡德单词挤出一丝笑容。"我有。"他朝下指着说,"当然,我只有两个而不是四个,但是两个就够了。"他从衣橱里取出一条新拳击短裤和一条粗斜纹棉布裤子穿上。裤子自动根据他的体型缩小了,套在他的腰上。"是啊,他们同样具有归纳能力,但这个事实也不能让我对他们的印象变得更好些。"他叹了口气,"海豚跟他们就不一样。"

"海豚是另一回事。"莉萨说,穿上一条红色的裤子,"事实上,或许这就是问题的关键。海豚和我们太不一样了,所以我们可以欣赏这些不同之处。我们与瓦达胡德人最大的问题是我们与他们之间的共同点太多了。"

她走向梳妆台,但她并没有在脸上涂脂抹粉。在这个时代,保持自然美已成为时尚。她只是戴上了两个钻石耳环,每颗钻石都有小葡萄那般大小。从"泥浆"进口的廉价钻石已经摧毁了这些天然宝石所残余的价值,但却破坏不了它们天生的美丽。

凯斯也穿戴整齐了。他穿了一件人造棉衬衣,衬衣表面有个深棕色的"人"字形图案;衬衣外头套了件米色的开襟羊毛衫。谢天谢地,步入太空时代的人类抛弃了大量无用的东西,其中最先被抛弃的是男人的马甲和领带,最正式的场合都用不着它们了。随着地球上四天乃至三天工作制的不断推进,办公室着装与休闲装之间的区别已经消失了。

他向莉萨看去,她很漂亮——四十四岁的她风采依旧。或许他们应该做爱,衣服穿上还是可以脱的嘛。但是,刚才那些古怪念头是怎么……

"嘟"的一声,"凯伦道特请求向兰森通话。"

说来就来。凯斯抬起头,对着空中说道:"请讲。"

凯伦道特富有磁性的声音从墙上的扬声器内传了出来:"凯斯——惊人的消息! 刚刚从CHAT(联邦超空间天体物理学望远镜)传来的消息,又有一条新的捷径被激活了。"

凯斯瞪大了眼睛,"探测器比预定时间提前到达了'泥浆'376A吗?"有时候会发生这种事,判断星际间的距离是个微妙的游戏。

"不是。这是另一条不同的捷径,而且,它被激活的原因是有什么东西——或者,如果我们的运气足够好,有什么人——从当地穿越了它。"

"附近空域的捷径中有没有什么不寻常的东西钻出来?"

"还没有。"李安妮说,她的声音依然很兴奋,"一艘货运登陆舱被误导到了那个地方,我们才发现这条捷径已经被激活了。"

凯斯马上站了起来。"召回所有的探测船,"他说,"命令杰格到舰桥报到,并且提醒所有的岗位注意迎接可能发生的第一次接触。"他匆匆走出公寓的大门,莉萨紧紧跟在他身后。

天龙星座第二

凯斯·兰森观察着这艘奇怪的外星飞船的船坞。和它的外部一样,这个地方也看不出什么特征。没有焊缝,没有设备,没有任何东西遮挡着立方体的六个发光表面。

当捷径被发现时,媒体曾兴奋地转述着一句已有百年历史,出自斯里兰卡科幻作家阿瑟·C.克拉克笔下[①]的名言:任何足够先进的科技都与魔法无异。

捷径就是魔法。

这艘美丽且奇异的飞船也是,它的运动方式完全蔑视牛顿定理的存在……

凯斯深深吸了口气。他清楚接下来会发生些什么,打心底里清楚。他即将与捷径制造者会面。

分离舱沿着螺旋形轨迹在船坞内逐渐下降,很快便停在船坞内平整的下表面上。凯斯感觉到重力开始回归。随着重力的逐渐上升,他停在了地板上。重力继续上升,越来越大,已经达到星丛上的标准重力。但是它仍在继续上升,凯斯不禁感到一

[①]克拉克是英国科幻作家,但长期在斯里兰卡居住。这里是作者拿这位前辈作家开个玩笑。

阵恐慌,害怕自己会被压成肉酱。

终于,重力停止升高——凯斯这才意识到,现在的重力水平刚好与星丛上他自己的舱室内相同,比联邦标准重力高百分之九,但是与地球表面的重力相同。

随后,突然间——

他身边的一切都那么……那么熟悉。

地球。

一座混合林的边缘,枫树和云杉伸向天空,空中透着一种他在别的星球上从未见过的蓝色。阳光的颜色也与地球上所见的一般无二——跟他和莉萨在星丛上公寓中的思乡灯发出的光芒完全一样。在他的右方是一个点缀着睡莲叶的池塘,岸边生长着茂盛的芦苇。在他的上方飞过一群排列成"V"字形的加拿大鹅——绝对没有看错——而且,只是为了打消他最后的疑虑,空中还挂着一轮白天见到的月亮,那上头能清晰地看到静海及静海右边呈"0"形的鸣海。

这一切当然是幻影。虚拟现实,使他感觉像是在家里。或许他们可以解读他的思想,又或许他们已经和其他来自地球的旅行者见过面了。

分离舱没有配备精密的传感器,可是船坞内有空气,他能听到——哦,上帝,他能听到蟋蟀和牛蛙的叫声,还有,是的,潜鸟捕食时的鸣叫。所有声音通过外部的空气透过船体传了进来。他没办法做出检测,但是他们既然能将所有的细节做得如此精细,又怎么可能在——像将气体混合成人类可以呼吸的空气——这种如此简单的小事上弄砸呢?

尽管如此,他仍在迟疑。前往鲸鱼座天仓五的旅行应该是个简单的过程,凯斯在出发前甚至没想过要去查看一下分离舱的应急柜中是否有宇航服。

但是这一切明显是个邀请——一个针对第一次接触的邀请。星丛的终极使命正是第一次接触。凯斯按下一系列触摸式控制键,解除了安全互锁装置。在分离舱未与交通环连接前,这些装置可以阻止分离舱的后舱门自动开启。玻璃钢控制台向上滑进了舱顶。

凯斯试着吸了口气——

然后打了个喷嚏。

上帝,他在心里叫道,是豚草花粉。这些家伙真的很棒。

他又嗅了一下,闻到了身处地球应该闻到的一切。野花、青草、潮湿的树林和成千种其他东西的味道,精细地混合在一起。他走出了分离舱。

他们什么都考虑到了——最完美的再现。他甚至在软泥地上留下了脚印,要知道光这一项就难倒了无数的虚拟现实模拟机。事实上,他能通过鞋底感到土壤的质地,感受到每一步跨出之后土壤给予的反弹力,感受到被压在脚底下青草的弹性,感受到石块的锋利。太完美了……

随后他突然想起了什么。或许他已经回到了地球,捷径制造者知道如何在一眨眼的时间内开辟空中走廊,或许他已经到家了……

但是船坞内并没有第二条捷径,也未曾闪耀过紫色的高频辐射。而且,如果这就是地球,他们又是如何找到这片保存得如此之好的野地? 他再次向空中望去,想寻找飞机和火箭的飞行轨迹。

还有——他的喷嚏表明,他们可能真的制造出了让人过敏的分子,或许,他们可能正以一种非常高明的方式操纵着他的头脑。突然间,凯斯的心一下子提到了嗓子眼。一个动物园!一个该死的动物园,他是其中的一个物种。他落入了陷阱,成了一名囚犯。他转过身,准备向分离舱冲去。就在这时,他看到了玻璃人。

"你好,凯斯。"这个人说道。他的整个身体是透明的,像是由完美的水晶组成,当他移动时,水晶仿佛在跟着流动。他那透明的身体中,只带有非常细微的一丝色彩——一种显得很是清凉的绿色。

有那么几秒钟,凯斯没能开口说话。他的心脏跳动声盖过了原野的声音。"你知道我是谁?"他终于开口了。

"就算是吧。"玻璃人说道。他的声音深沉而有力。他的身体虽然有些人的模样,但充其量只能算是神似。他的头看上去像个毫无特征的鸡蛋,底部尖尖的部分形成了他的下巴。尽管他的手臂和腿似乎与身体的比例适当,但是它们显得异常光滑,上面没有任何肌肉组织。腹部和胸部很平,位于两腿之间透明的性器官似乎经过了简化,呈现出火箭的形状。

凯斯盯着玻璃人,思考着接下来该怎么办。最后,因为急于要知道自己目前的处境,他说道:"我想离开这儿。"

"你可以走,"玻璃人说道,同时张开双臂,"任何时候想走都行。你的分离舱就在那儿等你。"那颗卵形的过于简单的头上没有任何开口,但是凯斯的耳朵告诉自己,这声音的确源自那个人。

"这……这不是个动物园吧?"凯斯问道。

传来了一阵风铃的声音——玻璃的笑声?"不是。"

"我不是个俘虏?"

风铃声又响了起来:"不。你是——'客人'应该是个合适的词。你是我的客人。"

"你怎么会说英语?"

"事实上,我不会说。我的计算机在为你翻译。"

"你建造了捷径?"

"什么?"

"捷径。星际通道、星门——无论你愿意怎么称呼它们。"

"捷径,"玻璃人说道,"是个好名字。是的,我们创造了它们。"

凯斯的脉搏突然加速,"你究竟想从我这儿得到什么?"

再一次响起风铃声:"你过于小心了,凯斯。你们那儿难道没准备什么标准讲话,在这种第一次接触时讲的话?是不是现在说还为时过早?"

太早?"噢,好的。"凯斯咽了口唾沫,"我,G.K.兰森,星丛的指挥官,带给您来自行星联邦的友好问候。我们的联邦由来自三个不同星球的四个智慧种族组成,代表着和平。"

"哦,听上去好多了。谢谢。"

凯斯竭力想搞明白这一切:透明的象形人、虚拟的森林世界、美丽的飞船,还有分离舱的偏航。"我仍然想知道,你究竟想从我这儿得到什么?"想了一阵以后,他说道。

玻璃人将他那毫无特征的脸倾向凯斯,"好吧,不过听上去像是戏剧中的对白。我们要讨论的是宇宙的命运。"

凯斯眨巴着眼睛。

"还有,"玻璃人说道,"我得问你一些问题。要知道,凯斯·兰森,你所掌握的钥匙不但能通向未来,也能通往过去。"

第二章

一片新区域——它的出现完全出乎人们意料。凯斯和莉萨穿过左舷门,快步走向舰桥——这意味着凯斯得从李安妮·凯伦道特的右边经过。头脑敏锐(麻省理工学院电子工程的硕士毕业生)、漂亮(诱人的亚洲血统容貌,浓密的淡金色头发上别着金色的发夹),还有年轻。李安妮六个星期之前才加入星丛,此前她刚刚出色地完成了在一艘超级货船上的任期——在那艘船上担任总工程师一职。当凯斯经过时,她冲着他笑了笑—— 一个有极强辐射作用的笑容,一个如超新星爆炸般的笑容。凯斯只觉得胃里一阵翻腾。

星丛的舰桥看上去好像没有墙,没有地板,也没有天花板。整个舰桥被一个显示着飞船外太空影像的球形全息投影包围着,它里头的工作站仿佛飘浮在群星之中。实际上,它真正的形状为长方形,每堵墙上都开了个门廊。但门是看不见的,它们消失在一片太空影像中。当它们从中间分开并滑向两边时,看上去仿佛空间被撕开了,露出了藏在后面的门廊。悬在空中的——实际上是被固定在门上方不可见的墙上——是三个发光的钟,显示着三个世界不同的计时系统。

凯斯和莉萨匆匆走向他们的工作站,看上去好像在太空中漫步。

舰桥的工作站被布置成两行三列,指挥官的位置被安排在后排中间。前排的位置上一般总有人在工作,后排的位置只有在必要时才会有人守着——杰格、凯斯和莉萨都有单独的办公室,他们在那儿处理大多数日常事务。按照惯例,凯斯面前的某个显示器显示着被授权使用舰桥工作站的人员名单。现在在前排就座的是标准的阿尔法班人员。

内务 李安妮·凯伦道特	舵手 萨拉德·麦格诺	外勤 菱形
物理科学 杰格·肯德罗·厄姆－佩斯	指挥官 凯斯·兰森	生命科学 克莱莉萨·塞万提斯

内务官负责船上的所有事务,包括工程方面的问题。屋里与她位置相对的是她的对应人物——外勤官,他负责管理船坞和船载的五十四艘探测船所执行的任务。凯斯的左面是物理科学部主管杰格的工作站,在他的右面则又是一位对应人物:生命科学部的莉萨。

由于绝大多数的物理研究都在飞船上进行,因而将内务部安排在物理科学部的前方是较为合理的。李安妮可以旋转她的椅子,或是将整个工作站围绕着可旋转的底部转动,面对面地与杰格商量。同样的道理,多数生命科学工作在母船外部进行,外勤部的菱形可以轻易地与莉萨商谈(尽管作为一个艾比人,菱形有三百六十度的视角,他不用转过身来就能看着她)。

为了使沟通更为方便,十厘米高的李安妮和萨①的适时头部全息投影,再加上菱形的全身像,通常飘浮在杰格、凯斯和莉萨的控制台边缘的上方;那些在前排就座的人也能看到后排人的全息像飘浮在他们的控制台上方。

屋子内的两端各有一个由防溅力场包围着的大水池,任何一个工作站都能在必要时将工作移交给水池中的海豚。工作站的后方是一排为观察员准备的九张塑料椅子。

凯斯注视着杰格从右舷门走了进来。瓦达胡德人穿行在太空影像中,半蹲着两条弓形腿,迈着小碎步,身体的两侧伸出四条胳膊。杰格的身上披着两片实用的织物,其中一片是根带子,上头挂着个储物袋;另一片缠绕着他的左上臂,那上头还有个口袋。这个该死的东西除了身上厚厚的毛皮以外,简直就是赤裸着全身,而凯斯虽然穿着衣服,却冻得要死。飞船上公共区域的温度被控制在十五摄氏度,与"泥浆"上炎热夏季正午时分的气温相当。凯斯每次走出他的公寓时,总会下意识地注意一下呼吸中是否有白气。

当杰格坐下时,这位瓦达胡德人面前的监视器屏幕的高度立刻被调整成为宽度的两倍。杰格可以同时观察两个监视器,他左边那对竖排的眼负责一个,右边对称的那一对负责另一个。和人类一样,瓦达胡德人的大脑分为左右半球,但是每个半球都可以独立处理立体视觉。

杰格的脸上木无表情——不过话又说回来,凯斯也不善于解读瓦达胡德人的表情。显然,一小时前发生在走廊里的争吵

① 萨拉德的昵称。

23

没有在他那儿留下什么痕迹。当然不会留下痕迹,凯斯想道,争吵对于他们来说太平常了。

他摇了摇头,把脸扭开了。萨拉德·麦格诺坐在舵手的位置上,他是个身材魁梧、五十岁上下的地球人,长着浓密的红色络腮胡。外勤工作站的塑料椅已缩回地板之中,整个控制台随着纤细的支撑腿的收缩而降低了少许,以便能更好地适应它现在的使用者。菱形,就像所有的艾比人一样,他的模样本身就像一个石制轮椅,轮椅上还坐了个西瓜。

凯斯的某个监视器已经在显示来自 CHAT——有关刚被激活的捷径的报告。捷径出口位于英仙座涡臂,距离他们目前的位置有九万光年。除了知道该捷径刚刚被开通了以外,他们对于它一无所知。没人知道到底是什么东西激活了捷径,这种东西又是从什么地方进入的。

“好的,大家注意了。”凯斯说,“我们将首先进行标准的阿尔法级探测。萨,把船移动到距捷径二十公里处。”

“给我两秒钟,头儿。”萨说道。凯斯可以同时看到两个他,一个他在微缩全息像中,和凯斯面对面;另一个他坐在凯斯的前方,向凯斯显示着后脑勺。萨的脸又大又粗糙,头发和胡子又长又乱。有一次凯斯在萨的船上公寓里的架子上看到了一个维京人头盔,它配他可能正合适。“有一艘探测船正在停靠。”

过了一会儿,菱形的感应网上闪起了亮光。“我以愉快的心情宣布,‘马克·加纽①号’已经安全地停靠在八号船坞。”凯斯耳边响起的声音带着英国口音。按照约定,瓦达胡德人的声音被翻译成带老式纽约口音的美国英语,艾比人则被分配了英国腔——所有的翻译声都源自同一个地方,即听者耳蜗内的植入装

————————
① 第一个进入太空的加拿大人。

置。只有采取这种区分方法才能让人轻易分清谁在说话。

"好的,头儿。"萨说道,"我们出发。"凯斯可以看到,在他的前方,萨的大手正操作着控制键。包围着舰桥的星空影像开始移动。大约五分钟之后,星空停止了运动。"依照你的要求,头儿,"萨说道,"距离捷径二十公里,准确无误。"

"谢谢。"凯斯说道,"菱形,请发射探测器。"

菱形如同绳索般的触手迅捷地在控制台上方运动着,好像正抽打着控制台以使其驯服。他的感应网闪着光。"乐意效劳。"

探测器的示意图出现在凯斯的监视屏幕上:一个长四米、直径为一米的银色圆柱体,表面布满了扫描装置、传感器、照相机以及CCD器件①。探测器仅依靠普通推进装置提供动力,此外还有四组用于姿态控制的锥形喷射装置。超光速引擎实在是太贵重了,不可能用它来冒这种风险,因为探测器每次发射之后都有可能再也回不来了。

探测器在星丛上层的某根输送管内不断加速。当它进入太空之后,舰桥工作人员在围绕着他们的全息影像中看到了推进器发出的光芒。在前进的同时,探测器还围绕着它的轴线旋转,这样它所有的机载设备都可以毫无遮蔽地暴露在太空的三百六十度全景之中,更好地记录周围情况。

探测器的目标区并不明显——至少现在还不明显,但是它的飞行路线已被计算机预先设定,并将以CHAT所指定的角度进入捷径。最终,探测器进入了,它仿佛突然间消失了,一小圈紫罗兰色的火焰吞没了它。

"诸位,我的观察结果显示此捷径入口一切正常。"菱形以他浓重的牛津腔报告道。

---

① 电荷耦合器件,广泛用于数码相机及摄像机中。

现在,焦急的等待开始了。每个人都以不同的方式表达着他们的紧张情绪。内务部的李安妮用染过的指甲敲击着控制台边缘。菱形感应网上的亮点在随机闪烁——不是为了传达某种符号信息,而是为了表达精神上的焦虑。杰格挠着他的软毛,磨动着他相当于牙齿的透明的上下两排咀嚼板,发出轻微的嚓嚓声。凯斯站了起来,来回踱步,莉萨则使自己忙于整理计算机中的文件。只有沉稳的萨拉德·麦格诺看上去依然平静自若,大脚搁在控制台上,身子深深陷在椅子里,两只手在他的金色鬃毛后交叉着。

大家的担心是有原因的。十年前,在鲸鱼座天仓五发射了一个可回收探测器。探测器顺利到达了目的地——一条位于双子星座内M3级恒星井宿一附近的休眠捷径。可是探测器再也没能返回鲸鱼座天仓五。当预定的返回时间到来时,从"泥浆"附近捷径内射出了一个光滑的金属球。接着的研究表明,这个球就是探测器的残余物。显然某种"作用"摧毁了探测器结构件中所有的分子键。

在向公众报道这件事时,人们刻意使用了"作用"这个词。但是多数人认为,没有什么自然活动可以做到这一点,即使井宿一捷径的出口刚好在恒星核处也不可能。人们将那些想象中应为此事负责的生物称为"摔门者",因为他们狠狠地将星际之门摔在了联邦的脸上。

更多装有重装甲的超空间探测器被发往井宿一(发射点距离联邦内任何一个行星都十分遥远),但是还得过两年时间,它们才能到达那儿。在此之前,摔门者的神秘面纱仍无法被揭开——但是人们总是担心这些家伙可能就躲在某条捷径的后面。

"我以轻松的心情报告,收到了一个超光速脉冲。"菱形大声宣布道。

　　凯斯舒了口气,他没有意识到在此之前他一直屏着呼吸。脉冲表明捷径内有东西通过:探测器正在返回的路上。他们注视着捷径从一个无穷小的点扩大成为直径一米的圆圈,圆的四周呈现出一片紫罗兰色。一个圆柱状的物体冒了出来,凯斯微微点了点头:看样子探测器没有受到损害。它用自身的动力操纵着自己飞向星丛——这表明它的内部电子器件仍然完好——接着它顺着发射管滑向它的泊位。脐带式管线立刻附着在它身上,它存储的数据被上传到星丛的中央计算机"幻影"之中。

　　"让我们来见识见识。"凯斯说。菱形编辑了一阵之后,将显示着星丛外太空的球形全息影像变成了探测器在捷径另一侧观察到的情景。乍一看,整个情景不过是更多的、被不同星座包裹着的空间。大伙发出一阵失望的嘟囔声。每个人都盼望着能看到一艘飞船——一艘不知来自哪个种族、刚刚将捷径激活的飞船。

　　杰格从椅子上站起身来,走到两排工作站的前方。他挪动着蹄子,察看全息像的各个部分,然后开始向其他人就影像中可见的部分讲解起来。"嗯,"在他的狗吠声之上传来了布鲁克林口音的译音,"看上去像是普通的宇宙空间,跟在英仙座涡臂中观察到的一样——大量蓝巨星,但又没有挤在一起。"他停下来指着一个地方,"看到那条光带了? 想象一下我们就是探测器,飞行在英仙座涡臂的内缘,并从那儿回头观察着猎户涡臂。在我们的视野中是看不到星系和热源点的,但是借助望远镜,或许我们可以看到太阳。"

　　他开始绕行舰桥一周,黑色的蹄子嗒嗒地敲击着看不见的地板。"这地方唯一一个看上去明亮到足以成为主星序恒星的就是那个。"他指向一个蓝白色的点,这个点的确比其他地方明亮得多,"然而,它并不是以可见的圆盘形式显现的,所以,它距离探测器至少有几十亿公里。当然,一旦我们穿越了捷径,我们还可以派出两艘探测器进行长距离视差检验,以此判定它与我们之间的实际距离。通常情况下,我并不认为A级恒星系内会有什么适合居住的行星,但是或许在那儿可以找到咱们的捷径激活者。"

"那么你认为我们穿越捷径时不会有危险吗?"凯斯问道。

瓦达胡德人将脸转向他,左面的那对眼睛还眨巴了两下。"应该不会有什么太大的危险。"他说,"我会检查探测器内剩余的数据,但是那儿看上去就和,嗯,就和普通的太空一样。"

"好吧,如果是这样的话,让我们试试——"

"等等。"杰格说道,显然他被凯斯肩部上空一小片全息影像吸引住了。他向指挥官的方向走去,在那儿稍作停留,随后接着往前走,越过了他工作站后方的座椅廊。"等等。"他再次说道,"菱形,全息影像的播放时间还剩多少?"

"十分抱歉,两分钟以前,全部全息影像就已播放完毕。"位于外勤控制台处的艾比人说道,"我已经让它在循环播放了。"

杰格冲着舰桥的舱壁走去——举止和那些认为朝着山外走几步就可以把山看得更清楚的人一样。他向黑暗中望去。"那块地方,"他抬起左上臂圈定了一大片星空,"很是奇怪……菱形,加快播放速度。将速度设定为正常水平的十倍,循环放映。"

"马上就好。"菱形说道,接着绳索就开始挥舞起来。

"这不可能。"早已经转过身来注视着这一切的萨说道,他几乎要从舵控制台椅子上站起来了。

"但这是事实。"杰格道。

"什么事实?"凯斯问。

"你已经看到了。"杰格说,"看这儿。"

"我只看到了一堆恒星在眨眼。"

杰格耸起上部肩膀,这是瓦达胡德人表示点头的方式,"完全正确,就像你们那个奇妙的地球上晴朗的冬夜星空。只不过,"他接着说道,"在太空中观察到的恒星并不眨眼。"

天龙星座第三

　　你所掌握的钥匙,玻璃人是这样说的,不但能通向未来,也能通往过去。玻璃人的话语在凯斯的脑海中回荡着。他看着四周的树木、湖泊和蓝蓝的天空。好啦,好啦——玻璃人说过这不是个笼子,他随时可以离开。可是他的思绪仍然在转个不停。或许所发生的这一切实在太突然了,他无法一下子承受,尽管玻璃人提供了熟悉的场景,想以此宽慰他;又或许这种感觉是玻璃人偷偷扫描了他大脑之后留下的后遗症——凯斯怀疑这儿应该藏着类似的玩意儿。不管是什么原因,总之他觉得头晕目眩,很想将身子放平,躺在草地上。一开始他只是跪在那儿,随后他换了个更舒适的姿势,伸展着两条腿。他惊讶地发现裤子的膝盖上染上了草绿色。

　　玻璃人在距凯斯两米远的地方盘腿坐着。"你介绍你自己是G.K.兰森。"

　　凯斯点点头。

　　"G代表什么?"

　　"吉尔伯特①。"

---

　　① "吉尔伯特"的拼法为Gilbert,G是它的首字母缩写。

"吉尔伯特。"玻璃人说道,用力点着头,仿佛知道这一点对他来说十分重要。

凯斯感到迷惑不解。"实际上,我用我的中间名,凯斯。"他发出了一阵自嘲的笑声,"如果你的名字叫吉尔伯特,你也会这么做的。"

"你的年龄?"玻璃人问道。

"四十六。"

"只有四十六岁?"这生物的语调很奇怪——既充满了渴望又有点不知所措。

"嗯,是的。四十六个地球年。"

"太年轻了。"玻璃人说。

凯斯扬起眉毛,不禁想到了自己的秃头。

"跟我说说你的配偶。"玻璃人要求道。

凯斯皱了皱眉,"你怎么会对这个感兴趣呢?"

一阵风铃般的笑声过后,"我对所有的事都感兴趣。"

"但是有关我配偶的问题——你不觉得还有其他更重要的事情需要交流吗?"

"你有什么更重要的事情?"

凯斯想了一下,"嗯——没有,没有什么更重要的事了。"

"那么跟我说说——说说'她'吧,我觉得应该用'她'这个词。"

"是的,她。"

"告诉我。"

凯斯耸了耸肩,"好吧,她的名字叫莉萨,那是'克莱莉萨'的简称。克莱莉萨·玛利亚·塞万提斯。"凯斯笑了笑,"她的姓总是让我想起堂·吉诃德。"

"谁?"

"堂·吉诃德。拉曼查地区的一个乡绅,是一位名叫塞万提斯的作家在小说中创造的英雄。"凯斯稍稍停了一会儿,"你会喜欢塞万提斯的,他曾经写过一本有关玻璃人的书……扯远了。堂·吉诃德是个游侠,他沉迷于追求浪漫的光荣,追求无法实现的目标。但是……"

"但是什么?"

"好吧,好笑的是,过去莉萨竟然常常称我是堂·吉诃德式的傻瓜。"

玻璃人困惑地用指尖敲击着脑袋。凯斯意识到他无法洞悉这两个既陌生而表面上又没有关系的词之间的纽带①。"'堂·吉诃德式的傻瓜'和'堂·吉诃德'的意思差不多,"凯斯说道,"好幻想、浪漫、不切实际——一个喜欢路见不平、拔刀相助的理想主义者。"他笑了起来,"当然,我并不会只满足于与莉萨之间仅保持柏拉图式的爱情②,但是我想,我的确会为那些其他人可能会放弃或甚至根本没有注意到的问题斗争,而且……"

鸡蛋形的透明头颅微微向前倾斜着,"而且什么?"

"而且,"凯斯张开双臂,环抱着模拟的森林影像以及远处的一切,"只要斗争,总会取得成绩。就像现在,我们触摸到以前绝对无法到达的星星,不是吗?"他沉默了一小会儿,感到有点尴尬,"不说那么多了,你问的是莉萨。我们结婚——永久地相互拴住——到现在差不多有二十年了。她是个生物学家——确切地说是外太空生物学家,她的专业是研究那些不是地球上土生

---

① 在英语中,"唐·吉诃德"和"唐·吉诃德式的傻瓜"这两个词并不相同,因而玻璃人无法意识到这两个词的关联性。

② 唐·吉诃德与他的梦中情人一直保持着精神恋爱。

土长的生物。"

"你爱她吗?"

"非常爱。"

"你有孩子。"

凯斯猜测这句话可能也是个问题。

"我有一个。他叫索尔。"

"Sol①? 以你家乡的恒星来命名?"

"不是,是索尔,S－A－U－L。是我已故的最好的朋友用过的名字,他叫索尔·亚伯拉罕。"

"那么你儿子的姓名是——什么? 是索尔·兰森－塞万提斯吗?"

玻璃人连人类起名的习惯都知道,凯斯感到很惊讶。"是的,对。"

"索尔·兰森－塞万提斯。"玻璃人重复道,他的头垂着,仿佛陷入了沉思。接着他抬起头,"对不起。这是个,嗯,非常有乐感的名字。"

"如果你认识他,你就会知道你刚才说的简直是笑话。"凯斯说道,"我爱我的儿子,但是我从未碰到过任何比他更缺乏音乐天分的人。他现在十九岁了,在别处上大学。他学的是物理专业,在这方面他倒是有足够的智慧。我认为迟早有一天他会在他那个行当里出名的。"

"索尔·兰森－塞万提斯……你的儿子。"玻璃人说道,"令人着迷。好了,我们总是从莉萨的话题上岔开。"

凯斯盯着他看了一会儿,感到迷惑不解,随后他耸了耸肩,"她是个非常棒的女人,聪明、热情、有情趣、漂亮。"

---

① 词义为"太阳"。

"你说你和她绑在一起了?"

"是的。"

"这代表着……一夫一妻制,对吗? 你们不会和其他人待在一起?"

"是的。"

"没有例外?"

"是的,没有例外。"简短的停顿,"到目前为止。"

"到目前为止? 你打算改变这种关系?"

凯斯向别处看去。上帝,这简直太疯狂了。这个外星人怎么能理解人类的婚姻?"换一个。"凯斯说道。

"什么?"玻璃人问道。

"换一个,换一个话题。"

"你内疚吗,凯斯?"

"你究竟是什么? ——我该死的潜意识?"

"我只不过是一个感兴趣的人,就这么简单。"

"那么请你把兴趣转到其他方面。"

"对不起。"玻璃人说道,"你和莉萨第一次见面是在什么地方?"

"美妙晨光酒吧。德国人穿灰色,她穿蓝色①。"

"什么?"

"对不起。我想起了另一个浪漫的傻瓜②,这句话就是他说的。我们是在新东京的一个晚会上认识的,新东京是鲸鱼座天仑五第四颗行星上的地球殖民地。她和我的大学同学在同一家

① 电影《卡萨布兰卡》里男主人公里克回忆与女主人公(过去的情人)第一次见面时的台词。

② 指里克。

俱乐部工作。"

"是不是——那个成语叫什么？——一见钟情？"

"不是……是的。我不知道。"

"你们已经结婚二十年了？"玻璃人问道。

"马上就满了。我们的结婚纪念日就在下周。"

"二十年，"玻璃人说道，"眼睛一眨就过了。"

凯斯皱着眉，"事实上，能维持这么长时间已经可以算作很大的成功了。"

"我为说过的话抱歉，"玻璃人说道，"恭喜你。"沉默了一会儿之后，他又开口了，"你最喜欢莉萨什么？"

凯斯耸了耸肩膀，"我不知道。有那么几点吧，我喜欢她为人处世踏踏实实的样子。我则有点装腔作势——有时我会表现得比现实世界中的我更加成功，或是更加聪明。事实上，这在那些身居高位的人中很普遍，这些人通常会患上'冒名顶替综合征'——害怕其他人会发现其实他们并不配得到他们拥有的一切。我承认我有时会犯这种小毛病，但是莉萨却有极强的免疫能力。她一直是她自己，从来没有假装过什么。"

玻璃人点了点头。

"还有，我喜欢她的镇定、她平和的心态。如果事情出了差错，我会骂人，心情也会变糟。但是她只会笑一笑，尽可能地将错误扭转过来。如果错误实在无法修复，她也会平静地接受。"凯斯顿了顿说，"在很多方面，她比我出色。"

有那么一会儿，玻璃人仿佛在考虑下面的话该如何出口，"听上去她是一个你应该想法留住的人。"

凯斯看着面前的透明人，弄不明白他到底是什么意思。

第三章

儿童的积木——这是两年前凯斯在"泥浆"的轨道造船厂看着星丛的各个部件被总装起来时的第一反应。这艘巨大的飞船仅仅由九个部件组成,其中的八个看上去完全一样。

最大的那个部件是碟状中心及支柱的组合体。这个中央盘的直径有二百九十米,厚度为三十米。正方形截面的支柱从中央盘向上、向下各延伸了九十米,使得星丛的整个高度达到了二百一十米。每根支柱的顶端都安装了一个射电/超空间两用碟形望远镜。

中央盘实际上是由三个围绕着支柱的同心圆环所组成。由内向外,首先是由半径为九十五米、内装六十八万六千立方米咸水的巨大空间构成的一个小小的海洋;其次是二十米宽、十层甲板厚的工程环面;最后一个圆环由星丛的八个庞大货舱和二十个船坞隔舱组成,它们的舱门顺着中央盘弧形的边缘整齐地排列着。

其余的积木块为八个生活舱,均为直角三角形棱柱。每个棱柱高度为九十米,在底部的宽度为九十米,厚度为三十米。从中央盘向上方伸出的方形支柱有四个侧面,每一面之上都固定着一个生活舱。中央盘的下方以同样的方式对称地安装了另外四个生活舱。从侧面看过去，星丛就像是块中间穿着根珩条的钻石；由上向下俯视，它像个圆环，互联的生活舱在中间形成一个十字。

每个生活舱又被分为三十层甲板。任意一个生活舱可以随时替换，以符合某个种族的居住需求，或用以装载特殊的仪器设备；此外，生活舱也可被单独留下，作为长期探索某一特定新区域的基地。

星丛发射升空已过去一年了，还没有什么重大发现。但是现在，真正的第一次接触终于要到来了。现在，这艘伟大的飞船所能提供的所有功能终于要接受考验了。

第二艘更为精密的探测器被送往新近打开的空域。它同样侦测到了眨眼的恒星，而且它携带的超空间望远镜显示那附近存在着质量与整个太阳系相当的物质。要想得到更为精确的质量分布情况，需要更大的望远镜，就像星丛的两根中央支柱顶端所装载的一样。

接着，凯斯命令发射了一艘载人探测船，装载着杰格手下的一个地球人以及一个艾比工作人员，飞向捷径的另一端去做一次更为全面的侦测。他们并没有真的在造成恒星眨眼的物质中飞行，因为捷径的两端无法进行适时通信，如果他们碰到了什么麻烦，等到星丛知道时可能已经太晚了。但是他们做了全频谱电磁扫描，搜索了整个星空，以捕捉任何人为的无线电信号。随后他们返回星丛，报告说那儿没有明显的危险，但是，造成恒星眨眼的原因仍然不明。

凯斯耐心等待着各部门将两艘探测器和载人探测船采集的

数据全部仔细查看完毕。最终，由于确定了此次行动的风险程度较小，他命令萨将星丛导入捷径，准备前往那片才被打开的星空。

人们偶尔会用"虫洞"或是"隧道"这样的称呼来作为捷径的同义词，其实这是不对的。在捷径的进口和出口之间并没有空间的扰动，它们就像是一所房子内连接着两间屋子的门，只是房子的墙比纸还薄。当你穿越时，部分的你在这间屋子里，另一部分在另一间屋子里。就是这么简单，只是这两间屋子之间隔着许多光年的距离。

联邦渐渐弄清了如何在捷径系统中导航。在平常的太空中，一条休眠中的捷径就是一个点，但在超空间中，这个点被旋转的超光速粒子包围着。超光速粒子沿着成百万条极地轨道运动，每条极地轨道之间的距离都相等，只不过其中有一条只覆盖了半圈，它上头的超光速粒子沿着两个极点之间的半圆做来回往复运动。于是另外那个无超光速粒子在其上运动的半圆被称为"起点子午线"。这就是说，你可以像对待地球那样将超光速粒子球分割成经线和纬线构成的坐标系。

如果想穿越捷径，你得沿着一条指向超光速粒子球球心的直线航道前进。当你接近那个点时，你以某个特定经度及纬度组合穿越球面。这个经纬度组合决定了你会从哪条捷径出来，也就是说你能到达银河系的哪个部位完全由你在接近本地捷径时的角度所确定。

当然，为了使整个捷径系统开始运作，在最开始时，必定会存在一个已被激活的且与任何种族都没有关系的捷径——不然，首个技术成熟的文明在穿越当地的捷径时将找不到任何出口。很明显，最初的捷径——称之为"源捷径"——是个免费的礼物,是由捷径的创造者赠予的。它位于银河系的中央,距离银河系中央黑洞很近。地球人类对那个区域所做的最初勘测并没有发现当地有生命存在的迹象,显然这是由于银河系中央区辐射太强的缘故。

联邦刚成立时,整个银河系只存在四条被激活的捷径——鲸鱼座天仑五、"泥浆""平地"和源捷径。当越来越多的捷径开始发挥作用时,对于每个可能的出口来说,可接受的入射角度范围变得越来越小。在多于一打的捷径被激活之后,要想返回位于鲸鱼座天仑五的捷径,人们必须从东经140度、北纬36度的坐标点穿越包裹着另一条捷径的超光速粒子球。在地球上,这个位置与东京所处的地理位置十分相近,这就是为什么鲸鱼座天仑五的第四个行星——希尔纳斯——上的殖民地被称为"新东京"的原因。

每当飞船接触到捷径的时候,捷径点便开始扩张——但只是在二维平面内,并在空间形成了一个与飞船运行方向垂直的空洞。这个洞的形状始终与正在穿越的飞船各部位的横截面完全一致。在此过程中,超光速粒子不断在洞的边缘溢出,并立即转变为亚光速粒子,同时在空洞的周边形成一圈紫罗兰色的高频射线。

一个位于捷径正面的观察者会看着飞船渐渐消失在紫罗兰色的通道中。从捷径的背面看过去,他或她只能看到一个黑色的空洞遮挡了背后的星星,空洞的轮廓与正在消失的飞船完全一致。

萨拉响穿越警报,五声连续响亮的电子鼓点。凯斯按下控制键,他的第二号监视器随即转换成双画面模式。其中一个画面显示着正常的空间,在它里头是看不到捷径的;另一个显示着以超空间扫描为基础的计算机模拟图像,捷径被显示成绿色背景上的白色亮点,亮点被闪闪发光的橙色力场线球面包围着。

"好的,"凯斯说,"开始吧。"

萨操作着控制键,"没问题,头儿。"

星丛驶过它与捷径之间二十公里的距离,接触到了捷径点。捷径开始扩张,以容纳飞船钻石形的剖面,仿佛张开了如火焰般的紫色双唇。在星丛穿越的过程中,包围着舰桥的全息影像展现了两片互不匹配的星空。随着星丛不断地穿越,两片星空之间激荡的非连续界面从船头移向船尾。最后,当星丛完成整个穿越过程后,捷径又缩小成了无穷小的点。

现在,他们来到了英仙座涡臂——穿越了整个银河系跨度的三分之二,与任何一个联邦行星之间都有成千上万光年的距离。

"此捷径通道一切正常。"萨说道。他的小全息面部影像飘浮在凯斯工作站边缘的上方,与他真实的后脑勺排成一条直线。全息像中的红发与前方他浓密的鬃毛混在一起,看上去,他颇具立体感的面部特征仿佛消失在浩瀚的橙色海洋中。

"干得好。"凯斯说,"投下浮标。"

萨点了点头,按下几个控制键。尽管捷径在超空间内很容易辨认,但如果星丛的超空间无线电装置出现了问题,要想再找到捷径所处的位置就会比较困难。而浮标装备有超空间望远镜,能对外发送普通电磁波频率信号,出现上述问题时可以成为指示他们返回家乡的灯塔。

杰格站了起来,再次用手指了指不断眨眼的恒星,现在它们已经很容易被观察到了。萨旋转着全息影像,使恒星出现在舰桥的前部与中部,而不是原来的位于观察座椅廊的后方。

李安妮·凯伦道特将身体倾向前方,靠在她的工作站上,一只纤细精巧的手撑在下巴上。"究竟是什么东西使这些恒星总是眨眼呢?"她问道。

在她身后,杰格抬了抬他的四个肩膀,做了一个瓦达胡德式的耸肩动作。"当然不会是大气干扰而引起的,"他说,"光谱仪显示我们处于普通的真空空间内。但是在我们的飞船和这些星星之间必然存在着某种物质,这种物质至少有某些部位是不透明的,而且在不断地运动着。"

"也许是一种不发光的星云。"萨说道。

"哦,如果允许我做个猜测的话,我觉得可能是一大片尘埃。"菱形说道。

"在匆忙地做出无根据的判断之前,我想知道它距离我们有多远。"杰格说。

凯斯点头表示赞同,"萨,向——不管它是什么东西——向它发射一束通信激光。"

萨挪动着他的宽肩膀,俯身在工作站另一边的控制键盘上操作着,"发射。"

三个电子计时器浮现在全息显示屏幕上;计时器上显示的数字分别以行星联邦内三个计时系统各自的最小计时单位向上累计着。凯斯看着计时器显示的数字变得越来越大。

"在第七十二秒接收到反射激光。"萨说道,"不管那是什么物质,它们离我们相当近,大概只有一千一百万公里。"

杰格查看着他的监视器,"超空间望远镜读数显示那些障碍物质的质量很大,是一个典型的恒星系内所有行星质量之和的十六倍或者更多。"

"所以那不可能是飞船。"莉萨失望地说。

杰格抬了抬他最低的那个肩膀,"可能性不大。我们有可能面对着很多飞船——一个巨大的飞船舰队,舰队中单个飞船的运动不时遮蔽了恒星发出的光,而且舰队的人造重力装置制造了一个较大的时空扭曲。但是这种可能性实在很小,我自己都不相信。"

"将我们和它们之间的距离缩小一半,萨。"凯斯说,"把我们带到距离那些物质外围六百万公里处,看能不能再找到其他一些线索。"

全息像中的小脸和小脸后的真实大脑袋同时点了点头,"听你的,头儿。"

萨驾驶飞船逐渐向那些物质靠近,同时他还旋转着星丛,使星丛的一号甲板正对着前进的方向。无论飞船处于何种倾角或姿态,飞船的推进器都可以使飞船向任何方向运动。萨旋转星丛的原因只是因为两个射电望远镜中的一个安装在方形的一号甲板的中央,另外有四个光学望远镜安装在四个角上。

距离那些物质越来越近。他们发现不管这些遮挡了星光的物质是什么,它们的体积肯定都很大,并且相当坚固。从这里看,恒星发出的大部分光已经被遮挡,偶尔才能露出微弱的星光。因为没有足够的光线,所以很难进一步看清楚情况。距离这里最近的A级恒星实在是太远了,到目前为止,他们只能确定那里存在着一系列的让人捉摸不透的模糊阴影。

"有没有接收到什么无线电信号?"凯斯问道。出于习惯性的动作,他关掉了默认设置中出现的盘旋在他控制台上的李安妮的全息头像。过去,他发现自己总是盯着那个全息头像看,当莉萨坐在他的右侧时,这种行为太可怕了。

　　"没有,头儿。"她说,"只是在二十一厘米波长附近不时收到一些能量只有几毫瓦的微弱的噪声,即使这些也几乎湮灭在宇宙背景微波中。"

　　凯斯看了看坐在他右边的杰格,问道:"有什么想法?"

　　当飞船离不明物质越来越近时,这个瓦达胡德人也显得越来越迷惑——他的绒毛一簇一簇地竖了起来。"看起来不像是小行星带,尤其是离最近的行星这么远。我猜是欧特云物质,但是看起来这种物质要比欧特云的密度大许多。"

　　星丛继续向不明物质靠近。

　　"光谱学分析结果是什么?"凯斯问道。

　　"无论这物质是什么,"杰格咆哮着,"它们是不发光的!通过检查穿过它们的星光,我看到的光谱属于一种典型星际尘埃,但是吸收程度要比我预期的低许多。"他转身面对凯斯,"那里没有足够的光线让我们观察,我们应该发射一枚聚变信号弹。"

　　"如果对方是飞船怎么办?"凯斯问道,"飞船上的人可能产生误解——认为我们即将发动进攻。"

　　"几乎可以肯定那不是飞船,"杰格简单地回答道,"那些物质的体积几乎和星球一样大。"

　　凯斯看看莉萨,又看了看萨和菱形的全息头像,最后看了看李安妮的后脑勺,想看看是否有人有反对意见。"好吧,"他说,"那就发射一枚吧。"

　　杰格站了起来,走到站在外部控制台前的菱形身后。凯斯发现看他们两个谈话很好笑:杰格像一只愤怒的狗一样咆哮着,而菱形的回答却是闪烁的微光。因为他们只是在双方内部互相交谈着,幻影没有把他们交谈的内容翻译给凯斯。凯斯为了练习,试图去倾听他们在谈些什么。对于说英语的人来说,瓦达胡德语很难听懂,因为随着说话人和倾听人的性别不同,所用的语法和语气都会不同(比如,男性对女性说话时只能使用条件从句和虚拟语气)。另一方面,瓦达胡德书面语尽量避免使用特定名词,以免在名词术语的使用上发生歧义。在整个交谈过程中,杰格斜靠在菱形的工作台上以支撑自己的身体,他的那些中肢既可以用来支撑或移动身体,也可以用来干活,但是在人类面前,瓦达胡德人似乎不愿意采用下部四肢着地的姿态。

最终,杰格和菱形就应该使用什么样的信号弹达成了一致意见。在内务工作台上的李安妮发出一道指令,遮蔽了一号甲板到三十号甲板上的所有窗户。她还下令在敏感的外部照相器材和传感器上加盖保护性的覆盖物。

完成了所有这些工作后,菱形通过一条出口位于中央盘外缘的水平质量输送管发射了信号弹—— 一个直径约为两米的球体。当信号弹距离飞船大约两万公里时,菱形引爆了它。信号弹燃烧时发出强光,像一个微型太阳,整个燃烧过程持续了八秒钟。

当然,信号弹发出的光花了将近二十秒的时间才到达遮挡星光的物质,看起来这个遮挡物大致呈球形,直径大约有七百万公里,所以信号弹花了二十四秒钟——或者说光脉冲的三倍时间——才以一个弧形轨迹完整地照亮了整个遮挡物。一切结束后,菱形把这个物体依次被照亮的各个部分的特征总结起来,整体描述了这个物体,就好像这个物体的各部分是被同时照亮的。最后,在全息影像中,船员们终于可以揭开神秘物质的面纱了。

它是由几十个灰黑色的球体组成的,每个球体的表面都很暗,以至于被照亮的表面比没有被照到的表面亮不了多少。

"每一个球体的体积都和木星的大小差不多。"萨说,他的头低着,正在研究着读数,"最小一个球体的直径有十一万公里,最大的约为十七万公里。它们集合在一起,形成一个直径约为七百万公里的大球体,也就是说是太阳直径的五倍。"

每个单独的球体看起来都像是木星的黑白版照片,只是没有木星表面上整齐的云带。而这些球体上的云层——实际上是球体表面那些不知是什么东西形成的可见记号——看起来像是以简单的对流单体形式从赤道旋转到了两极,这和那些几乎没有旋转的星球的表面特点一样。在这些行星般大小的球体之间,是一些由玻璃体或是其他微粒构成的透明的薄雾。毫无疑问,他们所观察到的绝大多数恒星的闪烁效果正是由这些薄雾状的物质引起的。所有这些——球体和周围的薄雾——组合在一起,就像是各种型号的不锈钢滚珠轴承在一堆黑色的丝绸袜子中不停地四处滚动。

"它们是怎么……"杰格又开始咆哮了,还没等他说完,凯斯已经知道他想说什么了。这些如同行星般的球体是靠什么力量这么紧密地聚积在一起的呢?最近的球体之间大概只有十倍于直径的距离,分得最开的球体之间也只相隔大约十五倍直径的距离。凯斯不能想象是什么样的轨道能够使这些球体保持稳定,不会因为自身的引力撞在一起。可以想象,如果它们是由于自然力量作用而聚积在一起的话,那么它们的存在时间应该不会很长。这种神秘物质总算被照亮了,但结果只是使它变得更加神秘。

第四章

在地球上，生物细胞通过线粒体把食物转换成为能量。相应地，在植物体内存在着质体，用来储存叶绿素。起初，这些细胞器官的祖先是独立的、能够自由游动的生物体；慢慢地，它们开始依附于宿主生物共生，并且把宿主的DNA保存在细胞核中；到了今天，有些细胞器官仍然保留着它们自己的已经退化的DNA。

在"平地"上，各种生物的祖先也学会了在一起共同生活，但是规模比地球上的共生大了许多。一个艾比人实际上是七个大的生命形式的集合体——其实"艾比"就是"综合生物体（Integrated Bioentity）"的缩写。

这七个部分分别是：卵囊，一个形似西瓜的生物体，内含有过饱和溶液，溶液里生长着艾比人的大脑晶体；泵，一个包围在卵囊周围的器官，看上去就像是一件蓝色的套头衫裹在了一个绿色的罐子上，它负责消化/呼吸作用，并通过垂下的管状手臂来进食及排泄；两只轮子，镀有石英层的肉质圆环；框体，马鞍形的灰色物质，它为轮子提供了转动轴，并为其他部位提供了一个定位点；纤维束，由十六条古铜色的绳索组成，通常这些绳索堆在泵的前部,但是当需要的时候,它们可以像蛇一样向前射出;最后是网体,一张覆盖着泵、卵囊和上半部分框体的传感网。

在传感网的每个由两条或更多条网线构成的交叉点上都有一只眼睛和一个发光点。尽管艾比人没有可以用来说话的器官,但是他们的听力像地球上的狗一样灵敏,而且他们好脾气地接受了其他种族的成员给他们起的"语音名字"。星丛的外勤官叫"菱形","雪花"是位资深地质学家,"范氏"(范氏图的简称)是一名超光速推进装置工程师,"车厢"是一位生物化学家。现在莉萨正在和"车厢"合作,进行一项历史上最重要的研究项目。

1972 年,地球上的罗马俱乐部开始鼓吹成长极限理论。但是随着人类的足迹遍及宇宙,再也没有限制人类发展的约束条件了。忘掉教科书上只生二点三个孩子的说教吧!即使你想生两千个孩子,仍然有足够的空间来容纳他们——还包括你本人。以前那种"为了整个种族持续发展,个体必须做出牺牲"的论调再也不适用了。

车厢和莉萨正试图延长联邦公民的寿命,她们所遇到的困难十分艰巨。到目前为止,大部分有关生命是如何运转的问题仍然没有得到解决。也许在一个世纪之内,可能就会有人找到问题的答案,但莉萨很怀疑在她活着的时候人们是否能够解开衰老之谜。这多少会让人感到有些讽刺意味:延缓衰老专家,克莱莉萨·玛利亚·塞万提斯,可能属于最后一代还知道存在过死亡的人。

人类的平均寿命是一百地球年,而瓦达胡德人大约为四十五年(尽管他们六岁以后就能够独立生活,但这一事实并不能完全补偿短寿这一重大缺陷。有人认为正是由于瓦达胡德人的寿命在联邦公民中最短,他们才变成了最不容易相处的人)。在正常的环境下,海豚能活八十年。如果不发生意外,一个艾比人能精确地活到相当于六百四十一地球年那么长的时间。

莉萨和车厢认为她们已经掌握了艾比人长寿的原因。人类、海豚和瓦达胡德人的细胞都受制于海弗利克极限:即细胞正常复制的次数是有限的。具有讽刺意味的是,瓦达胡德人细胞的正常复制次数最多——大约九十三次——但是他们的细胞以及组成细胞的物质,只具有最短的生命周期。人类和海豚的细胞能够分裂五十次。但是构成艾比人身体的细胞器官丛——他们的身上没有细胞膜,不能把这些细胞器官丛包裹起来形成完成的细胞——的分裂次数是无限的。通常最终把绝大多数艾比人置于死地的是大脑短路:主脑中的晶体以恒定速率形成有序的记忆矩阵,但当晶体达到了最大信息存储量时,信息的溢出导致了平常控制呼吸和消化功能的那些晶体发生紊乱。

由于觉得在舰桥上没什么事可做,莉萨回到她的实验室,加入了车厢的工作。她坐在椅子里,车厢挨着她,一起看着前面工作台上竖起的监视器屏幕上一行一行向下滚动的数据。海弗利克极限应该是由某种细胞计时器控制的。因为地球和行星“泥浆”上的种族都有这种现象,所以她们希望能够通过比较基因组图谱的方法取得一些进展。以前,她们曾经试图比较不同基因平台上的控制不同种族生长、进入青春期、性器官成熟的时间机制,都获得了成功。但是令人沮丧的是,海弗利克极限产生的原因却仍然是个谜。

也许这次试验——也许这次反向RNA遗传密码调节聚合反应的统计分析结果——也许——

车厢的传感网上闪烁着亮光。“我很失望地发现,答案不在那里。”经过翻译的声音说道。纯正的英式英语,就像其他艾比人的翻译声一样;同时又是个女性的声音。他们中的一半人被随机指定为女性。

莉萨发出了一声沉重的叹息。车厢是对的,这条路又行不通。

"我下面要说的话没有任何冒犯的意思,"车厢说道,"但是我敢肯定,你知道我们种族的人是不相信上帝的。当我遇到一个这样的问题时—— 一个看起来像是有意阻挠我们获得解决方案的问题——的确会产生这样的想法:真相被有意掩盖起来了,也就是说,我们的造物主不想让我们长生不老。"

莉萨笑了笑,"你可能是对的。人类宗教信仰中有一个普遍的主题,就是认为上帝会出于妒忌和猜疑而保卫自己的权威。但是为什么上帝要创造一个无限的宇宙,却只在有限几个行星上创造生命?"

"不好意思,我要指出你问题中的一个明显漏洞。"车厢说道,"宇宙的无限只在于它没有边界。事实上,它是由一定数量的物质构成的。话又说回来,你们的上帝还有什么戒律? 多生孩子?"

莉萨大笑,"把宇宙填满需要很多很多的生孩子活动。"

"我以为那是你们人类热衷享受的一种活动。"

她咕哝着,边想着她的丈夫边说:"一些人比另一些人更热衷。"

"如果刚才我太冒昧了,请你原谅。"车厢说,"幻影在翻译你最后一句话的时候在前面加了一个符号,表明你说话的语气带有讽刺意味。我无疑是太笨了,好像没有完全理解你的意思。"

莉萨看着这个艾比人—— 一张没有脸,重达六百公斤的轮椅。和她讨论这个问题没有意义——不,应该是"它",它只是一个无性的物质形态,不懂爱,也不懂婚姻。对它们来说,人类的一生仅仅是个短暂的插曲。它怎么能理解一段婚姻所走过的路程——一个男人所走过的路程?

但是——

她不能和这艘飞船上的女性朋友谈论这个问题。她丈夫是星丛的指挥官——在过去的年代,他们会叫他……叫他船长。她不能冒险在这个飞船上制造众人的谈资,不能冒险在船员面前破坏他的形象。

莉萨的朋友塞布丽娜的丈夫叫加里,加里也在经历着同样的事,但是加里仅仅是一个气象学家,不是一位人人仰视的人物,不是一个万众瞩目的角色。

我是一个生物学家,莉萨想,而凯斯是一个社会学家。我怎么到头来成了一个政治家的妻子?到现在,他、我以及我们的婚姻无时无刻不被别人关注?

她想开口向车厢解释没有发生什么,幻影只是在刚才最后一句话的翻译中,错误地把她的疲劳——或许是失望情绪——理解成了讽刺意味。

但她转念一想:为什么不呢?为什么不能和艾比人讨论这些问题?说闲话只是单体生物(指人类)的缺点,而不是综合生物体(指艾比人)的毛病。如果能把这些闷气从胸口吐出来,如果能和其他人一起分担这个痛苦,她将会感觉很好——非常好。

"是这样,"她说,然后是一个明显的停顿,她想给自己一个最后的机会来控制自己的语言,但是她还是决定继续说下去,"凯斯变老了。"

车厢的传感网上闪起一片亮光。

"哦,我知道,"莉萨边说边举起一只手,"以艾比人的标准来衡量,他还很年轻。但是,对我们人类来说,他已经进入了中年。当一个女人进入中年的时候,我们的身体将会发生一些化学变化,随之而来的是我们育龄阶段的结束,也就是进入了所谓的绝经期。"

传感网上的亮光闪得更起劲了。艾比人点点头。

"但是对于人类的男性来说,变化并不这么立竿见影。当他们感到青春逐渐消逝的时候,他们会反省自己,思考他们的成就、社会地位、职业选择,还有……还有,他们是否对于女性还有吸引力。"

"凯斯对你来说还有吸引力吗?"

莉萨感到这个问题很奇怪。"是这样,我并不是因为他的长相才和他结婚的。"她突然间觉得这句话表达的意思并不符合她的初衷,所以接着说,"是的,是的,他对我仍然具有吸引力。"

"毫无疑问,对这件事发表任何见解都是不恰当的,所以我对我将要说的话表示歉意——我发现他在掉头发。"

莉萨大笑道:"我很奇怪你能注意到这样的事情。"

"我并不想冒犯你们人类,但是对于我们来说,区分一个人和另一个人是一件很困难的事情,尤其是当他们站在一起,使得我们的传感网只能以部分对着他们的时候。所以我们非常关注个体的细节。我们知道,对于人类来说,他们自认为应该能认出他们的人却不能认出他们,这是件非常令人沮丧的事情。我不仅注意到他的头发在脱落,我还注意到他的头发的颜色在变化。我已经知道,这样的变化意味着个体吸引力的降低。"

"我想对于有些女人来说,这些变化确实会降低吸引力。"莉萨说。接着她想,对一个异族人掩饰自己的情感很愚蠢,于是她继续说道,"我承认,我更喜欢他有一头浓密头发的样子。但是这一点并不重要，真的。”

“但是，如果凯斯仍然对你有吸引力，那么——请原谅我这么无知——我不知道问题到底出在什么地方？”

“问题出在他根本不在意他是否对我仍然具有吸引力。对他的伴侣具有吸引力好像是理所应当的事。我想，这就是为什么过去的男人们结婚后就会发胖的原因。我敢肯定，凯斯这些天心里想的是他是否对于别的女人来说仍有吸引力。”

“那么是不是呢？”

莉萨刚想随口说“当然”，但突然停顿下来，认真想了想这个问题——这个问题是她以前从来没有想过的。“是的，我想他还是有吸引力的。人们说最终能够引起性欲的是权力，而凯斯在这个……在这个运动中的团体中最有权威的人。”

“那么，请再次原谅我。困难在哪里呢？听起来他好像应该知道他所面临的问题的答案。”

“困难是，他必须向他自己证明——证明他是仍然具有吸引力的。”

“他可以做一次民意测验，我知道你们人类在很大程度上信赖以这种方式得到的信息。”

莉萨笑了。“凯斯是一个……是一个经验主义者，”她说道，接着，她的声音变得严肃起来，“他可能希望自己来做这个试验。”

闪起两点亮光，“哦？”

莉萨盯着墙上高处的一点，“无论什么时候，只要我们和其他人一起在社交场所时，他总是花很多时间周旋于在场的其他女人之间。”

“多少时间是‘很多’？”

莉萨皱了皱眉,然后道:"比和我待在一起的时间多,而且,他还经常离开我,去和比他年龄小一半的女人交谈——当然也比我的年龄小一半。"

"这些都让你不愉快吗?"

"我想是的。"

车厢想了一会儿,然后说道:"但这些难道不是很自然吗?不是所有的男人都这么做吗?"

"我想是的。"

"一个人是不能抗拒自然规律的,莉萨。"

她对着仍然显示着刚才海弗利克极限研究失败结果的监视器做了个手势,道:"这一点,我已经发现了。"

第五章

"给我一个这些球体构成物质的样本!"杰格咆哮着,他站在舰桥工作站旁,瞪着指挥官。凯斯咬了咬牙,不禁又像往常一样想到应该让幻影以后翻译杰格的话时不要这么直接,最好加上一些人类使用的礼貌用语,比如"请"和"谢谢"等。

"我们是不是应该发射一个探测器?"凯斯看着这张长着四只眼睛的瓦达胡德脸,"或者你想亲自出去看看?"他暗自幻想着如果杰格选择了后者,他将会很高兴地把他带到气密舱门那里。

"只需一个标准的大气取样探测器。"杰格说,"但是,这么大的球体,相隔距离又是如此之近,它们之间相互作用的引力必定是很复杂的。无论我们发射什么探测器,它都有可能坠落在其中一个球体上。"

这只表明有更多的理由把杰格自己发射出去,凯斯想着。但他只是简单地说了句:"发射探测器。"他转身看了看位于他右前方处的工作站,"菱形,由你负责。"

艾比人的传感网上闪过一阵亮光,表示同意。

杰格已然快速滑进了他的椅子,正与浮在他工作台边缘上方的菱形的全息像交谈。"一个德尔塔级的探测器是最合适的。"他说道。

凯斯按了一个按键，也参加了谈话。一个瓦达胡德人的微缩头像在他眼前冒了出来，和那个艾比人的全身像并排在一起。"那里共有多少球体？"凯斯问道。

菱形的绳索进行了一些操作。"共有两百一十七个。"他说，"但是除了体积大小有差别以外，它们看起来都差不多。"

"如果是这样，对于首次尝试来说，我们无论从哪个球体上取样都没什么区别。"杰格说道，"选择探测器最容易到达的那个球体。首先，取回一些球体之间物质的样本，然后从其中一个球体上取回气体样本，或是其他——无论是什么——球体构成物质的样本。先从云层的上层取一些，如果探测器能够承受足够大的压力，向内前进两百米，再取一次样本。当提取样木时，给样本舱加温、加压，使样本舱与采集点周围的自然状态保持一致。我想最大限度地减少样本的化学变化。"

光点在菱形的传感网上移动着，过了一会儿，他发射了探测器。接着，他把控制室的球形全息像转换成了探测器摄像头捕捉到的图像。那些隐藏在球体之间薄雾状物质后方的星星看上去仍旧在闪光，而球体本身就像是在一块由许多星星和远处一些模糊蓝色星云构成的大背景上的黑色圆圈。

随着探测器逐渐向着它的目标靠近，菱形禁不住问道："你们认为这些球体可能是什么东西？"

杰格的四个肩膀都动了动，做了一个瓦达胡德式的耸肩动作，"可能是最近爆炸的褐矮星残留物。当然，任何流体在零重力的状态下都呈球形，它们中的小家伙最终将被大家伙吸收殆尽。"

现在探测器已经接近了球体之间的那些物质。"那些雾看起来像是由气体组成的,其中散布着一些直径平均约为七毫米大小的固体颗粒。"菱形说道,他的部分传感网已经趴在了他面前的控制台上,以使他能够更加容易地从监视器上获取信息。

"是什么样的气体?"凯斯问道。

"它的分子质量显示它可能是大质量的复杂化合物。"正盯着监视器的杰格回答道,"然而,从光谱吸收成像来看,又似乎是普通的宇宙尘埃——例如碳颗粒等物质。"他停顿了一下,随后又接着说道,"球体周围没有测量到磁场,这倒是挺让人吃惊的,我还以为这些气体颗粒是在磁场控制作用下聚合在一起的呢。"

"与这些物质的碰撞会不会对探测器造成破坏?"凯斯问道。

"我很高兴地说,答案是否定的。"菱形说道,"我正把探测器的速度降下来,以避免发生这种事。"

部分全息像变得模糊起来,这是样本舱盖打开的缘故——设计上的缺陷。"现在开始收集球体间的物质样本。"菱形说道。过了几分钟,进气罩闭合,全息像又变得清晰起来。"一号样本舱已经满了。"艾比人报告道,"现在改变航程,向球体表面的大气层进发。"

探测器改变了它的运行轨迹,全息像中的星空跟随着一起旋转,一个黑色的圆圈立刻呈现在全息像的中央部位。这个乌黑的球体变得越来越大,直到占据了整个画面。菱形打开探测器头部装备的照明灯,照明灯形成的两条暗淡的光柱在黑暗的旋涡状物质中只能向前照射到几米的距离。当另一个样本舱盖打开时,全息像的另一部分又变得模糊了。

"提取外层空间样本。"艾比人报告,又过了几分钟,"样本舱已满。"

"足够了。"杰格说道,"现在向内前进两百米——或者前进到探测器能够在保证安全的前提下所能前进的最远距离——提取更多的球体物质样本。"

"乐意效劳。"菱形道。

除了探测器发出的光柱形成的两个光圈,其他地方看上去一片漆黑。这两道光柱现在只能照到前面一米左右的距离。有那么一刹那间,探测器运行的轨道前方好像出现了一个较为坚固的物体——大小相当于一艘卵形飞船——但是它立即就从视线中消失了。

"已经前进到九十一米的深度了。"菱形说道,"奇怪的是,探测器外部的压力非常小——远远小于我原来预想的压力值。"

"继续向更深处前进。"杰格说道。

探测器继续向深处进发。由于情绪高度紧张,菱形的传感网上闪起一片亮光。"压力传感器一定已经遭到了破坏——可能是被沙砾撞坏了。我现在仍然读不到气压值。"

杰格抬了抬他的上部肩膀,"没关系,就在这里取样,然后返回。"

第三个样本舱盖打开时,并没有遮挡住摄像头,但是由于舱门打开时造成的震动,他们看到的影像稍稍晃动了一下。

"样本舱内部配备的压力测量仪和外部压力测量仪都显示同样的压力值,几乎为零。"菱形说道,"当然,两个测量仪都要经过同样的微处理程序。无论怎样,考虑到样本舱在打开之前内部是真空的,它应该瞬间就被样本物质充满了。"

为了保险起见,菱形让样本舱盖继续打开了几秒钟,然后盖上舱盖,掉转探测器的前进方向,把它带回星丛。

当探测器返回到发射管后,样本舱随即与探测器分离,并通过机器人手臂转移到传送带上,最后由传送带把它们送进杰格的实验室。这时候,杰格已经坐着电梯来到了实验室里。

样本舱被插在实验室墙壁上的插孔内。不需要打开这些容器,传感器和摄像头就能够透过插孔研究里面的物质。

杰格坐在他的椅子里———一把真正的手工制作的瓦达胡德椅子,不是塑料的——启动他面前的超薄大显示器。随后他敲击了一连串的命令,选择一系列标准的测试程序。当测试结果显示在屏幕上的时候,他看着看着,脸上逐渐显出诧异的神情。

光谱学分析:没有发现。

电磁扫描分析:没有发现。

贝塔衰变分析:没有。

伽马射线放射分析:没有。

屏幕上不断地显示着:没有发现、没有、没有发现、没有。

他敲击了一个键,样本舱下的天平秤读数显示样本舱重量为12.782千克。

"中央计算机!"杰格冲着空中喊道,"查看一下这个样本舱本身的具体规格,看看它空的时候重量是多少。"

"这个样本舱本身的重量是12.782千克!"幻影用瓦达胡德语大声喊道。

杰格恨恨地说:"这里面是空的。"

"是这样。"幻影说道。

杰格又按下一个键,菱形的全息像出现了。"塔克拉革,"杰格叫着这个艾比人的瓦达胡德语名字,"你发射的探测器有问题。二号样本舱内的样本物质在探测器返回的过程中漏光了。"

"真抱歉,杰格。"菱形说道,"我为浪费了你的时间而请求惩罚。我将再发射一个探测器。"

"就这么办吧。"杰格说道,然后他重重地按下按键,切断了他们之间的通话。他的注意力转向第二个样本舱……然后震惊地发现这个容器内的样本也在探测器返回的时候漏完了。"人类制造的劣质产品。"他牢骚满腹地想。

当第二个探测器的样本舱由传送带运到实验室时,他的怨气更大了。测量结果还是一样的——包括探测器深入球体后反常的低压力读数。

又一次,杰格召唤了菱形的全息像。

"带着我所有的美好祝愿,亲爱的杰格,我想说,这两个探测器看起来都是没有问题的。样本舱的密封完好无损,没有什么东西能够漏出去。"

"'看起来'? 不管我们收集的是什么物质,它们最终都溜了出去。"杰格说道,"这意味着……意味着无论样本是由什么物质构成的,这种物质确实是不同寻常的。"

菱形的传感网上亮光闪动,"这是合理的假设。"

杰格磨动着他的上下排咀嚼板,"一定存在某种办法,能够提取一些物质的样本到船上来进行研究。"

"毫无疑问,你已经想到这个方法了,"菱形说道,"让我来说出这个方法将会浪费我们两个人的时间。不过还是我来说吧,我们可以用压力盒。你知道的,就是他们在实验室里用来处理反物质的那种装置。"

杰格举起他身体上部的两个肩膀,"可以接受。但是不要使用电磁力场,要用人造重力场来防止物质接触到盒子的四壁,至于采取哪种加速方式则并不重要。"

"遵命。"菱形说道。

压力盒是由牵引光束来操纵的。它由八个反重力装置组成,这八个装置排列在一个完美的正方体的八个角。每个装置前部中央部位都伸出宽宽的、像船桨一样的手柄,作为牵引光束的着力点。第一个压力盒被推入其中一个大的灰色球体中,第二个压力盒被放置在两个球体之间的微粒群中,并在那里进行样本采集工作。两个压力盒很快被拖回星丛。

最终,样本容器放在杰格实验室里单独的隔离舱中。使用反重力装置的小技巧获得了成功:一个盒子里确实存有构成球体气体的样本物质,另一个盒子里有几颗透明的沙砾,再加上一个如鸡蛋般大小的、一部分是透明的岩石。现在,杰格至少可以搞明白他们遇到的是什么物质了。

第六章

　　凯斯用手挠了挠头顶,向后半躺着坐在椅子上,看着包围着舰桥的星空全息像。在杰格回来报告检测结果之前,没有什么其他的事可做。莉萨依旧不在,她正和车厢一起工作,阿尔法班的换班时间已经到了。凯斯呼出一口气——也许发出的声音大了点。此时,菱形正在工作站前和他讨论一些问题。艾比人的传感网闪过一片亮光。"感到烦躁吗?"他那经过翻译的声音问道。

　　凯斯点点头。

　　"是因为杰格吗?"

　　凯斯又点点头。

　　"在行为礼貌方面,我觉得他并不是那么差。"菱形说道,"就瓦达胡德人一贯的行为方式来看,他的举止还是比较优雅、比较有教养的。"

　　凯斯转过头去,看着那片恰好遮住了杰格刚才走过的那个门的星空。"他太……太具有竞争性,太好斗。"

　　"他们瓦达胡德人都是那样的,"菱形说道,"至少是男人都那样。你在'泥浆'上待的时间长吗?"

"不长，尽管当人类和瓦达胡德人第一次接触时我就在场。我一直认为，对我来说，最好离'泥浆'远远的。我想，我……我仍然因为索尔·本－亚伯拉罕去世这件事而耿耿于怀。"

菱形沉寂了一会儿，可能是在咀嚼这句话的含义。然后，他的传感网又闪起一片亮光，"我们的这一班已经结束了，亲爱的凯斯。您能和我一起再待上几分钟吗？"

凯斯耸了耸肩，站了起来。他向屋内的所有人说："干得好，各位。谢谢你们。"

李安妮转过身来冲着凯斯一笑，浅金色的头发随着她的动作上下跳跃着。菱形和凯斯一起向阴冷的走廊走去，地球人在前，艾比人滚动着跟在他身后。

两个纤细的机器人也正行走在走廊上，一个拿着为某人准备的午餐盘，另一个从地板上滚过来一个吸尘器。凯斯仍然私下里认为这些机器人只是一些PHART——是"遥控的流动劳工（PHATOM）"的缩写。但是当瓦达胡德人发现星丛使用的术语不仅包含缩写词，缩写词内还嵌套了其他缩写词时[①]，他们大发脾气，极为不满。

通过走廊墙上的一扇窗户，凯斯能够看到一条垂直的海豚通道，这些管道内含有一段段一米厚的水柱，水柱之间隔着十厘米厚的、由力场来定位的空气带。这些空气阻隔带使得水压不会随着管道高度的升高而升高。他正看着的时候，一条长着大鼻子的海豚掠过他的眼前，向上游去。

凯斯看着菱形，后者的传感网上又闪起一片光来。"什么事这么可笑？"凯斯问道。

"没什么。"艾比人回答道。

---

① "PHATOM"本身就是个缩写，"PHART"是"PHATOM"的缩写。

"别怕,说吧。什么事?"

"我刚才在想萨今天说的一个笑话。换一个灯泡需要几个瓦达胡德人? 答案是五个——而且他们中的每一个都要归功于自己。"

凯斯皱了皱眉头,"李安妮几周前给你讲了同样的笑话。"

"我知道,"菱形说道,"那时我也笑了。"

凯斯摇了摇头,"我永远都不能理解为什么你们艾比人能就同一个笑话笑了一次又一次。"

"如果我能的话,我会耸耸肩以示对你的不满。"菱形说道,"当你欣赏同一幅油画的时候,每次你都会觉得它很好看。每次吃一道好菜的时候,你也会觉得它很好吃。为什么听同一个笑话的时候,你不能觉得每次都好笑?"

"我不知道。"凯斯说道,"幸好你现在每次见到我的时候,不再重复那个愚蠢的笑话'那不是我的轴——那是我的进食管'。这很惹人烦。"

"对不起。"

他们继续向走廊深处走去,都不说话。然后菱形说道:"你知道,凯斯,如果你在瓦达胡德人的星球上待的时间长一些,你能更容易地理解他们。"

"哦?"

"如果你允许的话,我想说,你和克莱莉萨一直幸福地生活在一起。我们艾比人的个体之间没有这样亲密的关系,我们在自身的部件中组合基因,而不是通过与配偶的结合。哦,我对我的其他组成部件很满意——比如说我的轮子,它虽然没有知觉,但是它与地球上的狗拥有同等的智力。我和他们之间的这种关系让我感到极大的愉快。但是我发现,你所享受的你和克莱莉萨之间的那种关系具有更加深厚的内涵。我只能模模糊糊地理解它,但是我相信杰格很欣赏这种感情。毕竟,瓦达胡德人像人类一样有两种性别。"

凯斯不能理解这番话的用意,从表面上来看,他认为菱形是在促进他们之间的友谊。"你想说什么呢?"

"瓦达胡德人有两种性别,但是他们性别之间的比例不均衡。"艾比人说道,"确切地说,平均每个女性对应着五个男性。可是,尽管如此,他们还是奉行一夫一妻制,形成终身制的配偶关系。"

"我听说过这些。"

"但是你有没有想过这些意味着什么?"艾比人问道,"这意味着每五个男人中将有四个终身没有伴侣——他们的基因将会从种族的基因库中被排除出去。也许你在追求克莱莉萨的过程中不得不面临其他的追求者——也许她不得不阻挡那些追求你的人。请原谅我,我不知道这种事情一般都是怎么发生的,但是我能想象,在这场竞争中,所有的竞争者都感到很安慰,因为他们都知道一个男人必定会有一个女人;反之亦然。哦,配对的结果可能不是一个人所希望的那样,但是一个男人最终将找到一个女人的机会很大,反之亦然——或者,如果他们喜欢,他们也可找到一个同性的伴侣。"

凯斯耸了耸肩,"我想是这样的。"

"但是对于杰格的同类来说,事情却不同了。女性在他们的社会里具有绝对的权力。每个女人被五个男人'追求着'——我认为这是个合适的词。这些女人到了三十岁左右进入成熟期后,将会从这五个在过去二十五年里一直在努力争取获得她青睐的男人中选择她的伴侣。你知道杰格的全名吗?"

凯斯想了想,说:"杰格·肯德罗·厄姆－佩斯,是这个吗?"

"是的。你知道它的来历吗?"

凯斯摇了摇头。

"肯德罗是一个地区的名字,"菱形说道,"它是杰格家族起源的地方。佩斯是一个女人的名字,杰格是她的追随团中的一员。实际上,她在'泥浆'上很有势力,她不仅是一个著名的数学家,而且是特拉丝女王的侄女。我在参加一次会议的时候见过佩斯一面,她很有魅力,而且也聪明——像所有瓦达胡德女人一样,她的身体大小是杰格的两倍。"

凯斯在脑子构思着一幅图像,没有开口说什么。

"你知道了吧?"菱形说道,"杰格必须做出些成绩来。如果想被佩斯选中,他必须使自己显得比她的追随团中其他四人更杰出。未配对之前的瓦达胡德男性所做的一切都是为了使他们显得更突出。杰格来到星丛是为了找到足够的荣誉以获得佩斯的芳心……无论多艰难,他都要为追求荣誉而奋斗。"

那晚躺在床上,凯斯翻来覆去地睡不着。

很长时间以来,他的睡眠一直有问题——尽管这些年来,人们给过他各式各样的建议。他从来不在晚上六点以后喝含有咖啡因的饮料。他在卧室内安装了扬声器,由幻影控制发出白噪声,以掩盖莉萨不时发出的轻微的鼾声。他的床头柜上嵌有一个电子时钟的显示屏,可是他把一块小小的正方形塑料卡片卡在床头柜木板的接缝处,让它正好遮住显示屏。盯着电子钟,担心现在已经是多么晚了,在天亮前他只能睡这么少的时间——这种做法只会让失眠变得更糟。当然,只要站起来,他就能看到电子钟的表面;如果他确实想知道时间的话,他还可以伸出手去,弯下塑料卡片,在床上看着显示的时间。尽管如此,小卡片还是能起到些作用。

有时候确实有帮助。

但是今天晚上不行。

今天晚上他在床上辗转反侧。

并且回想着在走廊里遇到杰格时的情景。

杰格。连名字都让人讨厌。

凯斯翻了个身,朝左躺着。

杰格目前正在为星丛上想掌握更多物理学知识的人举办一系列专业知识拓展讲座,而莉萨则为想学习更多生物学知识的人举办一系列生物学讲座。

凯斯一直对物理学很感兴趣。事实上,当他在大学里的头一年学习了很多科学课程之后,他曾认真地考虑过成为一名物理学家。物理学中有如此之多精妙的理论——比如说人类原理,它断定宇宙必将产生智能生命;又比如"薛定谔的猫",这种理论认为,实际上是观察行为塑造了客观现实。所有这些奇思妙想最终归结为爱因斯坦那特殊而又普遍的相对论理论。

凯斯崇拜爱因斯坦——崇拜他融合了仁爱和智慧的个人魅力,崇拜他的一头乱发,崇拜他像漂泊的骑士一样试图把他自己释放的魔鬼——核武器——按回原来关着它的瓶子里。甚至在已经选择社会学作为他的专业之后,凯斯仍然在寝室里保留了一张这位物理学领域内伟大老人的画像。他会非常愿意参加一些物理学讲座……但不会是杰格的讲座。生命这么短暂,不能和他一起浪费时间。

他回想着菱形谈到的瓦达胡德人的家庭生活——这使他想起了自己的姐姐罗莎琳德和弟弟布赖恩。

从某个方面讲,罗莎和布赖恩影响他的程度不亚于他本人的基因结构。由于他们的存在,自己只能成为家庭里排在中间的那个孩子。排在中间的孩子是桥梁构筑者,总是试图在大家之间搭建联系,或是把大家集合在一起。组织家庭聚会的任务总是落到凯斯的身上,比如为父母重要的结婚周年纪念日和生日举办聚会,或是安排家族的圣诞节团聚。他还组织过高中班级的第二十次聚会,还在家里举办招待会以接待从城外来访的同事。他还帮助过多文化并存组织和全世界基督教团结促进会。天哪,他花费了职业生命中的太多时间来使行星联邦运转起来,这些也是构筑桥梁的终极活动。

罗莎和布赖恩不关心谁喜欢他们、谁不喜欢他们,以及他们和其他人相处得怎么样;他们也不关心与别人如何交往,人与人之间的关系是否融洽。

罗莎和布赖恩可能每个晚上都睡得很好。

凯斯转身平躺在床上,一只胳膊枕在自己的脑后。

也许是不可能的,人类和瓦达胡德人永远不可能相处融洽。也许这两个种族相差太大了,也许是太相像了,也许是……

上帝啊,凯斯想,不想它了,再也不想这些事了。

他探身过去,弯下那片小塑料卡片,看了看在黑夜里闪闪发光、仿佛在嘲弄他的红色数字。

该死。

现在他们已经收集到了那些奇怪物质的样本,下面的任务就看两个科学分部的头儿——杰格和莉萨的了,他们需要提出一个研究方案。当然,下一步的计划取决于那些样本究竟是什么物质。如果研究结果表明样本根本不是什么特殊物质,那么星丛将会继续寻找激活这个捷径的原因——这次任务便会以生命科学为第一优先。但是如果那些奇怪的物质确实不同寻常，杰格将会坚持让星丛留在这里研究它们，莉萨领导的部门则会乘坐星丛上两艘外交飞船中的一艘——"纳尔逊·曼德拉"或是"科夫·达格拉罗·厄姆-斯塔尔斯"——继续搜索，继续他们的研究工作。

第二天早晨，杰格通过内部通信系统和在实验室内的莉萨进行了联系，说他想和莉萨见面详谈。这只能意味着一件事：杰格想抢先行动，让星丛以他的部门为第一优先。她深深地吸了一口气，做好进行一场斗争的准备，然后向电梯走去。

杰格的办公室和莉萨的布局一样，但是他用瓦达胡德人的泥塑艺术重新装修过——如果这也称得上是装修的话。在桌子前，他放置了三把不同型号的聚酯纤维椅子。瓦达胡德人不喜欢任何大批量生产的产品，放上三把不同型号的椅子，至少可以给人以每种椅子只有一把的感觉。莉萨坐在中间的那把椅子上，目光越过杰格那张宽大的、整齐得让人觉得不舒服的桌子，看着杰格。"好吧，"她说道，"你大概已经分析了昨天我们采集的样本。那些球体是由什么构成的？"

瓦达胡德人耸了耸他的四个肩膀，"我不知道。样本物质中的一小部分只是普通的太空尘埃——如碳颗粒、氢原子，以及诸如此类的东西。但是该物质的主要成分却是我们所有的标准测试程序无法验出的。比如，它在氧气或是其他任何气体里都不燃烧，而且据我所知，它不带任何电荷。无论我怎样尝试，都不能从那些物质中撞击出电子，并得到带有正电荷的核子。现在，德拉迪正在化学实验室里研究这种物质。"

"那么,那些球体之间的沙砾是什么东西?"莉萨问道。

杰格的咆哮声听上去跟平时有些不一样。"我带你去看看。"他说。他们离开他的办公室,穿过走廊,进入了隔离房间。"这些就是样本。"他边说边用中臂指着一个正面装有玻璃壁、边长为一米的正方体容器。

莉萨透过玻璃壁看着,皱起了眉头,"那个大点的东西——它的底部是扁平的吗?"

杰格也透过玻璃仔细地看着,"上帝呀!"

那个大大的、如同鸡蛋的物质的一半已经沉入了容器的底部,只剩下一个小圆丘还停留在表面。更加仔细地观察后,杰格发现一些较小的沙砾也在下沉。他伸出左上部手的第一根手指数着那些小沙砾。有六个不见了,可能是从容器底部渗出去了,但是它们并没有在底板上留下任何洞眼。

"它们透过底部漏出去了。"杰格说道。他抬头看着天花板,喊道,"中央计算机!"

"什么事?"幻影回答道。

"我需要那个样本容器保持零重力状态!"

"遵命。"

"好——不,等等。改变设置!我需要那里保持五个标准的G,但是我要求重力来自容器的顶部,而不是底部。懂了吗?我要容器里的重力把物体拉向顶部。"

"遵命。"幻影回答道。

莉萨和杰格出神地看着鸡蛋形的物体开始慢慢地从容器的底部升起。当物体完全从底部升起前,一些小的沙砾已经从容器结实的底部涌出,向顶壁运动。当这些沙砾撞向容器顶部时,并不是像人们想象的那样被弹回来,而是像鹅卵石落到松软的柏油里一样开始陷入顶壁。

"计算机,不停地改变重力,直到所有的物体都脱离底部和顶壁,然后切换到零重力状态,使它们浮在容器中间。"

"遵命。"

"天哪,简直难以置信。"莉萨说道,"这东西可以穿过其他物体。"

杰格嘟囔着:"我们以前试图收集的样本肯定是在探测器返回星丛的途中,在加速运动产生的力的作用下,穿过探测器样本舱壁漏掉了。"

幻影轮番从容器的顶部和底部向容器内施加重力,直到所有的沙砾都在容器中央自由地飘浮。但是当杰格看到了两个沙砾相向运动的结果后,他浑身的毛都抖动了起来。他预想这两个沙砾将会碰撞,然后弹开。然而事实是,当它们彼此相距还有几毫米时,这两个沙砾就转向相反的方向运动了。

"磁场作用。"莉萨说道。

杰格耸了耸他下部的肩膀,"不,这里根本没有磁场作用,这儿没有电荷。"

室内有四个从牵引光束发射器上伸出的、带有关节的手臂,杰格用自己的四只手同时操纵所有的牵引光束。他用牵引光束抓住一个直径约为一厘米的透明沙砾,又用第二个牵引光束抓住另一个大小差不多的沙砾,然后他操作牵引光束把两个沙砾抓到一起。一切都进行得很顺利,但到两个沙砾相距很近时,无论杰格在牵引光束上施加多大的能量,他都不能让这两个沙砾靠得更近一些。"令人惊异,"杰格说道,"必然存在着一种力量使它们互相排斥。我从来没有见到过这样的事情。"

"这个力肯定是使那些沙砾不会聚合在一起的原因。"莉萨说道。

杰格抬起他的上部肩膀，"我想也是。是综合作用的结果，构成球体中间薄雾的物质是由重力作用聚合在一起的，但是它们不可能比现在的距离靠得更近了。"

"那么又是什么使这些沙砾自身聚合在一起的呢？为什么那个排斥力不会让它们自身四分五裂？"

"它们必定是在化学作用力下紧密结合在一起的。我猜想它们最初是在很大的压力下形成的——这个压力要大于我们观察到的排斥力。现在它们的原子已经紧密地结合在一起，因而也就不会再分裂了。但是要把这些独立的沙砾再聚合成一个更大的集合体却是非常困难的事。"

"哦，天哪，"莉萨说道，"你知道我在想什么……"

杰格的四只眼睛都睁大了，"摔门者！我们只是看到了他们的武器对我们的探测器造成的破坏。如果他们的武器转向一个星球的话，也可能造成同样的结果。这确实是能够带来世界末日的装置：它不仅能够毁灭星球，而且能在这些沙砾上施加斥力，使它们不能再聚合在一起形成新的星球。"

"现在从这里到联邦行星有了一条开通的捷径。如果他们想过来……"

正在这时，杰格墙上的监视器发出嘟嘟声，辛西娅·德拉迪略显衰老的面孔出现在墙上，"杰格，它是——哦，你好，莉萨。谢谢你们送来的这些样本。你们知道这种物质能够渗入普通的物质中吗？"

杰格抬起上部肩膀，"难以置信，不是吗？"

德拉迪点点头，"是的。它不是普通的重子物质，当然也不是反物质，要不然，我们早就被炸成碎片了。普通的质子和中子由下夸克和上夸克的联合体构成，而这种物质是由粗糙夸克和光滑夸克构成的。"

杰格的毛发激动地抖动着，"真的吗？"

"我从来没有听说过这种夸克。"莉萨说道。

杰格发出一种怪声，仿佛无法忍受她的愚蠢，但是德拉迪却点了点头。"从20世纪以来，人类已经知道存在着六种夸克——上夸克、下夸克、顶夸克、底夸克、奇异夸克和粲夸克。实际上，在旧的标准物理模式下，六个已经是允许范围内的最大数目了。所以我们基本上放弃了寻找更多夸克的努力。但事实证明我们犯了一个大错。"她用尖锐的目光看着杰格，"瓦达胡德人也只是发现了这六种夸克。但是当我们遇到艾比人时，发现他们知道存在着另外两种夸克，我们用一对特指表面光洁度的反义词来称呼它们：光滑夸克和粗糙夸克。分解普通的物质是不可能获得这两种夸克的，但艾比人所做的工作十分独特，可以从量子波动中分离出物质。在他们的实验中，有时候能够分解出这两种光洁度夸克，但只是在温度极高的情况下。在这里，我们第一次在自然状态下获得了光洁度夸克。"

"难以置信。"杰格说道，"你有没有发现这种物质不带电荷？怎么解释这种现象？"

德拉迪又点了点头，然后看着莉萨。"电子带有一个单位的负电荷，上夸克带有三分之二的正电荷，下夸克带有三分之一的负电荷。每个中子是由两个下夸克和一个上夸克构成的，这就意味着中子所带的电荷为零。同时，一个质子是由一个下夸克和两个上夸克构成的，这使得质子带一个正电荷。因为原子含有相同数量的质子和电子，所以原子的整体带电量为零。"

莉萨知道这些解释是冲着她来的。她对着墙上的监视器点了点头,示意德拉迪继续说下去。

“这些光洁度夸克包含有被我称之为超中子和超质子的组合。超中子包含两个光滑夸克和一个粗糙夸克,超质子包含两个粗糙夸克和一个光滑夸克。但是光滑夸克或是粗糙夸克都不带任何电荷——所以无论你怎么组合,核子都不带电荷。核子不带正电荷,就没有办法吸引带有负电荷的电子,所以一个光洁度夸克原子只有一个核子,它没有由电子运行轨道所形成的电子壳。总之,光洁度夸克不是简单地呈电中性,实际上它不带任何电量,所以它不受电磁作用的影响。”

“老天,”杰格说道,“这就能解释它为什么能够陷入固体物质中。如果没有混杂在其中的普通碳颗粒和氢原子产生的拉动力,它应该能够自由地穿过固体物质,而且——当然是这样的!这就解释了为什么我们能看到它。如果它全部是由光洁度夸克构成的,我们看不到它,因为反射和吸收光是依靠电子势能的变化来完成的。我们看到的只是那些被引力吸入这些光洁度夸克物质中的星际灰尘,就像果冻中的沙子一样。”他看着墙上的监视器,说道,“好吧——它不会产生电磁相互作用。那么原子核力呢?”

“它同时受强核力和弱核力的作用影响。”德拉迪说道,“但是这些力的作用范围很小,我怀疑它们与普通物质之间很难通过核力产生相互作用,除非是在极高的压力和温度条件下。”

杰格安静了一会儿,沉思着。当他再次开始说话时,他咆哮的声音低了下来。“确实难以置信,”他说,“我们知道摔门者的武器能够破坏化学作用力,但是把普通的物质转变成由光洁度夸克构成的物质——”

“摔门者武器?”德拉迪说道,她的灰色眉毛扬了起来,“你认为是它制造了这些物质？不，我觉得不是。那些球体吸引了那么多沙砾，至少需要成千上万年的时间。我觉得我们看到的是一个自然形成的现象。"

"自然……"杰格不停地吠叫着，"真是令人着迷。引力作用结果怎样？"

"是这样的，每个光洁度夸克的质量大约是电子质量的七百一十六倍，比一个上夸克或者下夸克的质量多了百分之十八。所以一个光洁度原子的质量比一个由相同数目的核子组成的普通原子稍微多一些，产生的引力也多些。该死的，如果我能知道这些光洁度夸克是怎样相互产生化学作用的就好了。"

杰格来回踱着步。"好吧，"他说，"好吧——这样行不行？让我们在传统的四力上再加上两种基本力。不管怎样，自从传统的标准模式被推翻后，我们一直在寻找另外的力。一种力是长距离的排斥力——塞万提斯和我都已经注意到，当用牵引光束试图把沙砾抓到一起时，有这么一种力在起作用。另外一种力是中距离的吸引力。"

"这对我们有什么帮助？"德拉迪问道。

"是这么回事，"杰格回答道，"普通的化学作用力是由于围绕带电核子运动的电子运行轨道叠加而产生的，而这里却没有这样的现象。但是如果中距离的吸引力强于弱核力，那么它几乎可以起到'替代电荷'的作用，使得'替代化学作用力'成为可能。它能够不通过电磁作用而把原子绑缚在一起。同时，长距离排斥力将使得光洁度夸克互相排斥。只有当足够的物质密度迫使它们聚合在一起时，夸克自身的引力作用才能够压倒这种排斥力。这与引力迫使电子和质子聚合在一起形成中子的情形相似。"他看着莉萨，"这意味着我们已经获得了能够在分子层面上进行相当复杂反应的'替代化学作用力'。但是在宏观层面上，光洁度夸克只能以超大体积形式聚积在一起，只有这样它自身的引力才能克服斥力。"

德拉迪看上去大受震动，"如果你能够解决所有这些问题的内在机理，你肯定会获得诺贝尔奖。真的太了不起了——一种完全不同的、只与重子产生轻微相互作用的物质——"

"Pastark！"杰格咆哮道，"你知道这是什么？"他的毛发在空中舞动着，就像被狂风吹得东倒西歪的麦苗。

"快说吧。"莉萨恼火地说。

"我们不应该再叫它'光洁度物质'了。"杰格说道，"这种物质已经有了一个完美的通用名字。"他的两只右眼看着德拉迪，两只左眼看着莉萨，"暗物质。"

"天哪！"德拉迪说道，"天哪，我认为你是对的。"她惊叹着摇摇头，"暗物质。"

"就是这个，"杰格号叫着，"就是它构成了宇宙万物的绝大部分，但是直到此刻之前我们一直不知道它是什么。这将是本世纪最重要的发现！"他闭上四只眼睛，在脑海中勾画着即将到来的荣耀。

天龙星座第四

"索尔·本－亚伯拉罕是个什么样的人?"玻璃人问道。

凯斯边看着周围的仿真森林,边想着他能用来形容这个曾经是他最好朋友的所有方式。他很高,脾气暴躁,他发出的笑声在一公里以外都能听到,他能够在歌声响起的三个音符之内辨别出是哪首歌曲,他比凯斯遇到的任何人都能喝啤酒——他的膀胱肯定和冰岛的体积一样大。最终,凯斯停止了思索。"毛茸茸的。"

"对不起,请再说一遍。"玻璃人说道。

"索尔长了一脸浓密的胡须,"凯斯说道,"盖住了他的大半个脸。他的眉毛也很粗很浓,就像一只黑猩猩把它的前臂横在头上一样。当我第一次看到他穿短裤的样子时,我很吃惊,那时的他看起来活像一个北美野人。"

"北美野人?"

"一种虚构的灵长类的动物,出没于地球上我所生活的区域。我仍然记得当我第一次看到他穿短裤时,我说,哎呀,索尔,你长了一双毛腿。他用特有的方式大声笑着说,'是的——像真正的男人。'我说那双毛腿看起来比十个男人还男人。"凯斯停顿了一下，"老天，我真想他。像他那样的朋友或许一辈子只能遇到一次。"

玻璃人沉寂了几秒钟。"是的，"最后他说，"我想你说的是对的。"

"当然是对的。"凯斯说道，"除了身上厚厚的一层毛以外，索尔还有其他很多优秀品质。他才华横溢，我遇到的唯一一个我想可能比他更聪明的人是莉萨。索尔是一个天文学家，就是他通过观察在超空间内的蛛丝马迹而发现了鲸鱼座天仑五的捷径。他应该获得诺贝尔奖……但是他们不愿意给已经去世的人颁奖。"

"我理解这种失去朋友的痛苦，"玻璃人说道，"这就像——哦，对不起，我的计算机说我收到了一个思想包。能允许我离开一会儿吗？"

凯斯点点头，玻璃人踏着蹒跚的步伐，向旁边走去，消失了。毫无疑问，他穿过了一扇充斥着整个船坞隔舱的被仿真森林隐藏起来的门走掉了——这是凯斯得到的唯一一个证明，他确实没有返回地球的直接视觉证据。好吧，如果那里确实有一扇门，凯斯就得把它找出来。他用手摸了摸空气中玻璃人刚才消失的地方，但却什么也没发现。

但是这周围肯定有一扇门，隔舱不可能有那么大。凯斯开始向一个方向走，他想他最终一定会撞上一面墙。但是他连续走了大概五百米的距离都没有碰到任何障碍物。当然，如果他的——刚开始他还想用"捕获者"这个词，后来他再一次强压下这个念头，改用"接待者"——如果他的接待者足够聪明的话，他可能已经巧妙地处理了周围的场景，让凯斯以为自己是走在一条直线上，而实际上却是在转圈子。

凯斯决定休息一下。由于他在飞船上那些被设定成瓦达胡德标准、引力较小的公共区域内待的时间太多了,肌肉已明显地松弛了。他一直想抽出时间,去那个引力被设为一个标准G的星丛地球体育馆里锻炼。当萨·麦格诺邀请他一起玩手球的时候,他真应该接受。凯斯和索尔过去经常玩手球,索尔去世后,凯斯就不再玩了。

凯斯又坐在铺着苜蓿的那块地上了。他发现坐在苜蓿上很舒服,他用手摸着苜蓿,享受着它滑过皮肤的感觉,然后他抬头向四周看看。周围的仿真森林做得真好,他想,真美,让人放松。他看到几只鸟在头顶上很远的地方飞着,但是它们离他太远了,看不清是什么鸟。

凯斯拔下一根苜蓿,拿到眼前看着。可能今天是他的幸运日,也许他能找到一根四叶苜蓿……

真幸运!他的确找到了!

他又拔下几根看了看,他吃惊得下巴都快掉下来了。

他把脸凑到苜蓿上,一根一根仔细看起来。

这些苜蓿全是四叶苜蓿。

他用拇指和食指夹起一根苜蓿凑到眼前,仔细研究着。它几乎在各方面看起来都和普通的苜蓿完全一样,茎的断裂处甚至还流出一点绿色的植物汁液。但是这里的每一根苜蓿都是四叶的。凯斯记得在大学植物课程中苜蓿所属的植物类别的名称是"三叶草"——三片叶子!从定义上来说,除了奇异的突变异种苜蓿以外,一般苜蓿都只有三片叶子。但是这些苜蓿确实都有四片椭圆形的叶子。

凯斯看着其中一些苜蓿上开的白色和粉红色的花,心里想,肯定是苜蓿——只不过是四叶苜蓿。他摇了摇头,玻璃人做的其他事情都很好,怎么会把这个搞错呢? 这不太可能啊。

　　他再次向四周看了看,试图发现其他出错的地方。周围绝大多数落叶植物看起来确实像枫树——而且是糖枫,如果他没有搞错的话。而那些针叶植物是短叶松,稍远一些的是蓝叶云杉,那——

　　那只鸟是什么鸟? 那只站在蓝叶云杉树梢的鸟——肯定不是北美红雀,也不是松鸦。哦,这只鸟有穗状的鸟冠,但是鸟冠的颜色是翠绿的,鸟喙不像大多数鸣鸟的鸟喙,而是呈扁扁的片状。

　　毫无疑问,这里是地球。那是地球的月亮,高高地挂在白天的天空中。但是,又不全像是地球——有一些细节对不上。

　　凯斯咬着下嘴唇,迷惑不解……

第七章

　　杰格和莉萨坐着电梯升到舰桥上。瓦达胡德人很快便站在两排工作站前，向他的同事们宣布了这个奇妙的发现。"一个已经流传了很久的比喻说，"他咆哮道，"可见物质就是暗物质黑海洋上的泡沫。我们知道那些暗物质是由自身重力作用待在那里的，但是我们从来没有看到过它——在这一刻以前。那些球体，以及球体之间的由沙砾形成的薄雾是由暗物质构成的。"

　　李安妮轻轻地吹了一声口哨。凯斯抬了抬眉毛，他当然知道一些有关暗物质的说法。1933年，加利福尼亚理工学院天文学家福利兹·兹威基通过观察室女星群的星系而推断出了它的存在。这些星系以极快的速度互相围绕着旋转，如果可见的恒星是构成那些星系的唯一主要组成部分，那么在这么高的速度下，整个星群早就四分五裂了。随后的研究结果表明，宇宙中几乎每一个大的星系结构——包括我们的银河系——的运动，都显示了那里存在着比恒星以及合理数量的行星质量之和多得多的物质。那些以前还未被发现的物质，由于自己不发光，也不具有较强的光反射能力，因而被称为"黑暗"物质，这些暗物质占宇宙总质量的百分之九十还要多。

　　像往常一样，萨拉德·麦格诺把他的一双大脚放在控制台上，埋在红头发里的粗手指交叉着托着脑袋。"我们不是早已经发现了暗物质是什么了吗？"他说。

　　"只是一部分。"杰格说道，同时抬起四只手中的两只，"我们早已知道重子物质——构成质子和中子的物质——只占宇宙总质量的不到百分之十。在2037年，我们发现了无处不在的τ微子是有质量的——大约相当于七个电子伏特。我们还发现介子中微子也有质量，大约有千分之三的电子伏特。因为这两种中微子的数量非常多，它们合在一起的质量比所有重子质量多三到四倍。可是，即使算上它们，宇宙中还有三分之二的质量没办法解释——直到现在。"

　　"是什么使你认为我们得到的那些物质就是'黑暗'物质？"凯斯问道。

　　"是这样，"杰格说道，"那些不是普通的物质，这是肯定的。"尽管他试图隐藏，大家还是看到了他用手抓住萨的控制台倾斜的边缘，以使自己不至于采用四脚着地的姿势。因为瓦达胡德星球的白天短一些，所以为了照顾瓦达胡德人，星丛是按照四班轮换制来运转的，但杰格一直在加班工作。"在最初研究暗物质时，人们猜想它是由两种物质构成的，人类的天文学家把它们命名为WIMP和MACHO——顺便说一下，这两种说法都应该被冲进下水道。WIMP是'弱相互作用巨大物质'的缩写——大家看到为了了解这些愚蠢的缩写给我们带来的麻烦了吧。实际上，最终证明WIMP就是τ微子和介子中微子。"

　　"MACHO又是什么呢？"

　　"'巨大紧密光环物体'，"杰格说道，"'光环'星系中央的暗物质球体。一般的看法是，'巨大紧密物体'与任何一个特定的恒星都没有关系。大小为木星体积几十亿倍的物体——它是气态的薄雾状物体,星系的发光物质围绕着它运动。"

李安妮向前倾着身子,用手支撑着下巴。"但是如果宇宙确实充满了……充满了MACHO,"她问道,"那么,我们岂不是早就探测到它们了?"

杰格转过身面对着她,"在宇宙空间中,和木星差不多大的物体也是微不足道的。再加上它们不发光,我们要想看到它们,唯一的机会就是有一个MACHO恰好位于我们正在观察的恒星的前面。即使在这样的情况下,作用也是极其微小的:恒星发出的光只会在微弱的重力透镜作用下,在短暂的时段里突然变亮。这样的情景偶尔也会被观察到,最古老的这类观察记录是由人类的天文学家在1993年做出的。但是即使宇宙中充满了MACHO——它们多到构成了整个宇宙质量的三分之二的程度——在某一时刻,你能观察到的五百万颗恒星中只有一颗可能会由于正在经过的MACHO而受到重力透镜作用的影响。"他指了指星野中正在一闪一闪的部分说道,"我们在这里只能看到整体效果,因为我们离暗物质群这么近,而且暗物质本身就是透明的。事实上,我们看到的只是散布在暗物质里的普通的宇宙灰尘。"

凯斯看着莉萨,他的眉毛抬了起来,不过她没有什么反对意见。"那么,"指挥官说道,"看来这肯定是一个重大发现,值得进一步——"

"请原谅我打断你的话。"菱形说道,"我检测到了一个超光速粒子的脉冲。"菱形旋转着包围着舰桥的星空的全息像,把捷径放在全息像的前中部。这对凯斯的胃产生了不小的影响,就像在天文馆里,当操作员试图展示学习是快乐的过程时,凯斯所经历的感受一样。杰格很快在凯斯的左边坐了下来。捷径就像一个针刺的绿色小孔——它的颜色和穿过它的物体的颜色一致——被通常的紫色高频射线光环围绕着。

"那是联邦行星的飞船吗?"凯斯问道。

"不是,"菱形说道,"没有收到任何异频雷达发送机发出的信号。"绿色小孔正在逐渐变大,"可疑物体——它很亮。"幻影发出的呆板声音翻译出了闪过菱形大脑的想法。艾比人的想法是对的,捷径已然成为空中最亮的物体,甚至比杰格早些时候看到的A级恒星还要亮。

"不管它是什么,让我们给它腾些地方出来。"凯斯说道,"萨,我们向后退一些。"

"遵命。"

凯斯看看他的左边,"杰格,进行光谱分析。"

瓦达胡德人看着他的监视器,"扫描。氢、氦、碳、氮、氧、氖、镁、硅、铁……"

"看起来是纯绿色。"凯斯说道,"是不是激光?"

杰格转过他的两只右眼看着指挥官,另外两只眼睛仍然盯着他的仪器,"不是,那些光并没有聚积在一起。"

那个有着极强绿光的小孔逐渐变大,现在它已经变成一个直径为几米的刺眼光环。

"会不会是核聚变尾气?"李安妮问道,"可能是一艘飞船的尾部先从捷径中钻出来,就像是在减速一样?"

杰格研究了一下读数。"肯定是一种核聚变信号,"他说,"它的发动机功率肯定极大。"

凯斯离开他的控制台,走到菱形的身后,"有没有可能和那艘飞船取得联系?"

菱形伸出一根绳索按下一个控制键,"对不起,传统的无线电装置不起作用,它发出了大量的电磁干扰信号。或许可以建立超空间无线电连接,但是我们无法知道他们是用什么量子级别进行通信的。"

"从最低的级别开始试起,然后向上增加,"凯斯说道,"以标准的质数序列递增。"

菱形的另一根绳索甩了出去,"开始传送。但是每个级别都要试的话,差不多要用无穷长的时间。"

凯斯转身看着莉萨,"看样子,你终于有可能得到你的第一次接触的机会了。"他又转回身看着捷径,"上帝,它太亮了。"舰桥上没有被罩在全息影像中的所有物体现在已全都沐浴在绿光中。尽管没有阴影落在不可见的地面上,但是所有成员的影子都显眼地落在工作站后的座椅廊上。

"它甚至比看上去更亮,"杰格说道,"摄像头过滤掉了绝大多数光线。"

"这该死的东西到底是什么?"凯斯看着杰格问道。

"无论它是什么,"杰格说道,"它正涌出很多带有电荷的物质——可能是一种粒子束武器。"那个绿色的圆圈继续扩大,"现在的直径为一百一十米。"杰格继续说道,"一百五十米。"他的咆哮声弱了下来,充满了怀疑的语气,"二百五十米。五百米。一公里。两公里。"

凯斯转向全息像中那个耀眼的图像。"上帝。"他说,然后用手臂遮住了眼睛。

菱形的绳索甩打着——这是艾比人特殊的尖叫方式。"请原谅。"过了一会儿他说,显示器的亮度同时暗了一点,"那个物体的亮度比自动补偿器设计处理的亮度更大,我只能直接监控显示器了。"

那个绿环继续以极快的速度扩大着。它的边缘由于紫色高频粒子放电而闪耀着光芒——仿佛一个围绕着巨大绿芯的烟火光环,光环的中央部位仍旧看起来像一个扁平的圆圈。

"温度大约是一万两千开氏度。"杰格说道。

"温度确实很高。"莉萨说道,"它到底是什么?"

一个警报器响了起来,声音忽高忽低。"放射性警报!"李安妮大喊道,她转身看着凯斯,"建议移动星丛的位置。"

"好。"凯斯回答道,快速返回到自己的指挥站前,"萨,加速。使我们与捷径之间的距离增加五万米。"他瞥了一眼航天仪表盘,"航线 210×45 度。只用推进器,我不希望在我们知道那是什么东西之前就进入超空间。"

"遵命,头儿。"萨说道,手在控制仪表盘上飞舞着。

感觉好像绿色圆圈的扩张速度降了下来,但它还是在继续增大。它扩张的速度比星丛的移动速度还要大。

"我从不知道捷径能够扩张到那么大。"菱形说道,"杰格,你能确定穿过它的究竟是什么物体吗?"

杰格的两对肩膀抬起来又放下去,"不知道。光谱分析结果很不寻常——显示有很多重元素的弗郎霍弗和费吸收线,与我们数据库中任何物质都不匹配。"他停顿了一下,"如果它确实在释放核聚变尾气,那么这艘飞船肯定是个庞然大物。"

"它看上去完全是平的。"莉萨说道,"它怎么能保持一直以圆的形状扩大?"

"扩张是由捷径孔开启引起的,"杰格说道,"扩张的速度是一定的,而且,当接触到一个扁平的表面时,捷径孔将首先呈圆形,直到扁平表面的边缘开始进入捷径孔,才会变成穿越物体的剖面形状。"他用两只左眼瞥了一眼仪表盘,"捷径孔扩张的速度正在加大,但加速度不是恒定不变的。"

代表着捷径入口边缘的紫色光环现在已成为那个巨大圆圈外围光线最弱的那部分,就像过时的科幻电影中出现在宇宙飞船周围那圈明亮程度不等的光环。

"它现在有多大了?"凯斯问道。

杰格显然已经对回答这个问题感到厌烦了。他按下控制台上的一个键,三只具有不同刻度的颜色编码量尺包围了绿色圆圈,形成一个发光的四分之三框结构。它显示圆圈的直径为四百五十公里。

"放射量急剧增加。"李安妮说道。

"萨,把我们撤退的速度增加一倍。"凯斯说道,"我们的防护屏顶得住吗?"

李安妮看看仪表盘,摇摇头,"如果放射量继续增加的话,恐怕不行。"

警报的声音还在继续鸣响。"把那个该死的警报器关掉。"凯斯说,他看了看瓦达胡德人,"杰格?"

"它是扁平的,"杰格说,"像一面火墙。直径现在大于一千公里。一千三百……一千七百……"

绿色的光充满了整个星空,舰桥内的地球人再次抬起胳膊遮住各自的眼睛。

突然,一束绿火从那面墙射了出来,就像一条氖气鞭子抽击着夜空。它一直伸展着,直到从捷径伸出的长度超过五万公里。

"我的老天……"莉萨说道。

"告诉我那不是武器。"杰格说,他站了起来,四只手交叉着背在身后,"如果我们不移动飞船的话,我们已经被烧成灰烬了。"

"它是不是……是不是捧门者?"李安妮问道。

现在,那条绿色光束回到了捷径中那个巨大的发光圆圈里。在这个过程中,光束断裂成一段一段的燃烧带,每段都长达几千公里。

"萨,听我的命令,准备进入超光速推进状态。"凯斯说。

"所有人注意,保障安全,准备进入超光速运动状态。"李安妮通过扬声器说道。

"它是不是某种力场?"莉萨问道。

"不像。"杰格说道。

"如果那是一艘飞船的尾气,"凯斯说道,"该死的,它的另一头肯定装着有史以来最大的氢原子进气口。"

"直径现在为八千公里,"杰格说道,他已经两次调整了量尺上的刻度,"一万……"

"萨,三十秒后进入超光速推进状态!"

"所有工作站进入警戒状态,"李安妮说道,"二十五秒后进入超光速推进状态,注意。"

那个正在扩大的圆圈吐出了另一条绿色火舌。

"上帝,它太大了。"莉萨压着嗓子说。

"五秒后进入——超光速推进启动取消! 自动安全保障!"

"什么? 为什么?"凯斯盯着工作站上安装的两个中央计算机的眼睛,"幻影,出了什么事?"

"引力井太陡,不能保证安全进入超光速。"计算机回答。

"引力井? 我们在一个开阔的空间!"

"哦,上帝,"杰格说道,"它已经大到能够扭曲时空了。"杰格从工作台后走了出来,蹒跚地走到工作站组前,"把显示器的亮度减少一半。"

菱形的绳索飞舞着。巨大的绿色圆圈的图像暗了下来,但是它依然耀眼,亮度很强。

"再减小一半。"杰格急促地说。

图像变得更暗了。杰格试图仔细观察它,但是它的亮度对于在较弱的红色恒星下进化而来的眼睛来说还是太亮了。"再减小一半。"杰格说。

图像又变暗了——突然,可以看到绿色表面的详细情况了:颗粒状的、或明或暗的阴影……

"那不是一艘飞船,"杰格说道,在幻影翻译的声音里可以分辨出他本人发出的断断续续的、表示瓦达胡德式惊讶的咆哮声,"它是一颗恒星。"

"一颗绿色的恒星?"莉萨惊讶地说,"不存在这样的恒星。"

"萨,"凯斯急促地说,"将推进器的动力提升到最大限度,以垂直角度离开捷径。开始!"

警报器又开始忽高忽低地响起来。"二级放射警报!"李安妮用盖过警报器的声音喊道。

"防护屏打到最大。"凯斯急促地说。

"不能同时执行两个命令,头儿!"萨喊道,"施加最大推力的同时不能把防护屏打到最大。"

"那么先施加最大推力!让我们赶快离开这里。"

"如果那是一颗恒星的话,"莉萨说道,"我们离它就太近了,是不是?"她看着杰格,杰格没有回答。"是不是?"她又问道。

杰格抬起他的上面的肩膀。"太近、太近了。"他轻声说。

"即使射线不会杀死我们,"莉萨说道,"热量也会把我们烤熟。"

"萨,能不能把速度再提高一点?"凯斯问。

"不行,头儿。这附近引力井变陡的速度太快了。"

"弃舰会不会好一些?"李安妮问,"也许乘小船逃跑起来更容易些?"

"对不起,这行不通。"菱形说道,"首先,我们没有足够的辅助飞船来撤离所有的人;另外,那些飞船中只有一小部分装备有能靠近恒星的防护罩。"

李安妮的头侧向一边,倾听着植入耳内的通信设备传送的私人信息:"指挥官,我们收到了从飞船各处传来的恐慌信息。"

"启动标准射线防范措施。"凯斯急促地说。

"这些还不够。"杰格一边轻声说,一边向他的工作站移动。

凯斯看看莉萨。她的一个监视器显示着星丛的布局,两个互相垂直的钻石形物体横穿宽大的圆盘。"如果我们旋转星丛,使海洋甲板和我们前进的方向成直角会怎样?"她问。

"那样会有什么不同?"凯斯问。

"我们可以把海水当作抵御射线的防护罩。这里的海水深度为二十五米,是很厚的隔离层。"

菱形传感网上的小灯闪了起来。"这种做法当然可以为……为每个不在海洋甲板中或它下面的人提供保护。"

李安妮说:"如果不赶紧做些什么的话,我们都会被烤焦的。"

凯斯点点头,"萨,照她说的旋转星丛。"

"姿态喷气发动机点火。"

"李安妮,准备撤离从三十一到七十号甲板上的所有人员。"

她点了点头。

"幻影,打开内部通话系统。"

"内部通话系统启动。"幻影说。

"所有人——马上行动。我是指挥官兰森。请服从内务官凯伦道特的指令,从三十一到七十号甲板撤离。请离开工程环面、船坞、货舱、所有底部四个生活舱。所有海豚——要么从海洋甲板撤离,要么游到海洋的上表面,并待在那里。每个人务必做到有秩序地撤离——请立即行动。幻影,通话完毕,请翻译并重复播放。"

在全息像中,那颗星球的表面正从捷径的圆形出口处冒出来。"捷径口扩张的速度迅速加大。"杰格说道,"看来扩张还要持续一段时间。恒星刚开始穿越时,我们可以将它视为一个扁平的平面,但是现在它的表面显出了曲线,而且越来越大,现在的直径是十一万公里。"

"随着更多的恒星表面露出来,射线强度将迅速增加。"李安妮道,"如果它向我们射出另一束日珥,我们将会被烧成灰烬。"

"紧急疏散状态。"凯斯急促地说。

李安妮按下按钮。接着,二十四个正方形的图像出现了,代替了部分泡状星空全息像。每一个图像都显示着从幻影的视角看到的不同影像,而且这些影像在不断地平移,在计算机不同的摄像头之间来回切换。

一条走廊:根据像重合测距仪状态线显示是在第五十八层上,六个艾比人迅速地向前滚动。

一个十字路口:三个穿着运动服的地球妇女正冲着摄像头跑来,在相反方向上,两个瓦达胡德人和一个地球男子也在迅速靠近。

中央支柱的零重力区域:人们正抓着把手向上攀登。

一根垂直的水管中:三只海豚正向上游着。

一个电梯轿厢中:一个瓦达胡德人用一只手撑着电梯门,另外的三只手招呼着其他人赶快登梯。

另一个电梯轿厢中：十几个地球人围着一个艾比人挤在一起。

"即使我们所有人都在海洋甲板的上方，"李安妮说，"我仍然认为我们不能获得足够的防辐射掩体。"

"等等！"萨说道，"绕到捷径的背后怎么样？"

"嗯？"菱形说道——这声"嗯"是幻影对他传感网上闪起的几个亮点所发出的译音。

"捷径是一个圆孔，"萨扭过脸看着凯斯说道，"那颗恒星正从捷径中一点点冒出来。捷径的后部是一个扁平的、空空的圆环—— 一个黑色空环，它的形状与任何正在穿越它的物体形状一致。如果我们位于捷径的后方，我们就能得到保护——至少在一段时间里。"

杰格用四只手拍着控制台，"说得对！"

凯斯点了点头，"就这么干，萨。改变航线，把我们带到捷径的后部，同时始终保持海洋甲板的底部对着那颗冒出头来的恒星。"

"正在执行命令，"萨说道，"但还需要一段时间才能到那里。"随着萨驾驶着飞船开始移动，在包围着舰桥的球形全息像中，那个恒星耀眼的圆形轮廓慢慢地变成了一个绿色的圆丘。

"海豚高背向凯斯报告。"一个高频的海豚声音从内部通话系统中传了出来，伴随着哗哗的背景水声。

"收到，我是凯斯。"

"萨没有沿着轴线移动星丛，海洋甲板开始起浪了。"

"李安妮？"凯斯说，二十四个撤离影像全部变换成了不同角度的海洋画面。画面中，海水拍溅在左舷的全息像隔板上，而在海洋甲板中，真实的波浪拍到了人造的云朵上，迫使所有的海豚都挤在右舷边，以保证呼吸顺畅。

"该死，"萨道，"我没料到会这样。我将在前进的同时使飞船绕着它的轴线旋转。运气好的话，我应该能保持所有的力相互平衡。对不起！"

随着星丛继续移动，那个绿色恒星逐渐凸现的圆丘渐渐被捷径背后没有特征的黑色圆环遮住了。随后，绿色终于消失。星丛位于捷径的背后了。那个恒星存在的唯一证据是它照射在前方暗物质上的绿光。在这里甚至连高频射线环都看不到了——高频射线环是由超光速粒子溢出捷径形成的，但溢出方向与星丛目前前进的方向相反。黑环还在扩大，遮盖了越来越多的背景上的恒星。现在它的直径为八十万公里。

"根据我们在另一面看到的曲线，你能估计出这个恒星有多大吗？"凯斯问杰格。

"露出部分还不到它实际体积的一半，"杰格回答道，"而且它的形状还由于高速旋转而变扁了。我的估计？直径一百五十万公里。"

"萨，有机会进入超光速飞行吗？"凯斯问道。

萨对着飘浮在他控制台上方的凯斯的全息像说道："还不行。我们至少得离那个恒星中心七千万公里，才能获得足够平整的空间来启动超光速。我估计飞船驶过这段距离需要十一个小时。"

"十一个小时！现在离那颗恒星的赤道越过捷径还有多长时间？"

"或许只要五分钟。"

"疏散状态？"

"还有一百九十人仍位于海洋甲板下方。"李安妮说道。

"我们还来得及吗?"凯斯问道。

"我……"

"六号推进器报警,"萨叫道,"它过热了。"

"该死。"凯斯说道,"你要关掉它吗?"

"暂时不用。"萨说道,"我正在往它的温度调节器内注入微型机器人,它们或许能解决问题。"

"绿色恒星的赤道马上就要穿过捷径了。"杰格说道。

全息像的某个部位变成了演示正在发生的真实场景的示意图。左半面图像显示那颗恒星已从捷径中冒出的半球,捷径本身从这个方向看上去变成了一条直线,在它之后逐渐离它远去的是星丛钻石形的侧面。随着恒星赤道穿过捷径,太空中捷径造成的空洞开始减小,恒星发出的光子及带电粒子开始向后喷射。辐射逆流的边缘如同一个时钟的指针从十二点和六点开始向三点钟处会合。

萨将星丛的动力推到了最大值。凯斯看到舵手的控制台上亮起了一片黄色的报警灯。飞船继续在那个星球的引力井里挣扎着,它的逃生通道随着捷径的缩小而变得越来越窄。

"兰森!"杰格叫道,"暗物质正在移动——在远离那个恒星。"

"这会不会是你曾经提到过的排斥力造成的?"

杰格晃动着他的两个肩膀,"我并没有预计到这样的现象,但是——"

"下层甲板疏散已完成。"李安妮转过身体,面对指挥官说道。

"即使是这样,"萨说道,"在辐射逆流撞上来的时候,我们仍然要承受极大的辐射冲击。"

终于，恒星结束了穿越过程，捷径消失了。就在此时，萨将所有能量从发动机转向了力场罩，试图尽可能多地反射掉正在袭来的射线。星丛仍然以惯性向前移动，辐射警报器又一次响了起来。

"我们离它足够远吗?"凯斯问道。萨忙着操纵按钮，实在没有时间回答他的问题。"我们离它足够远吗?"他又问了一遍。

杰格做了一些计算。"我认为是这样，"他说，"但这是因为我们用海洋甲板当防护体的缘故。否则的话，我们都会遭受致命当量的辐射。"

"知道了。"凯斯道，"继续行动，直到我们达到安全距离。李安妮，做一张新的值班表，尽量减少海豚的使用数量，让那些不是必需的海豚进入药物冬眠状态，直到我们能换掉海洋甲板里的水。以那个星球离开捷径的速度来看，我们还要等上几天时间才能够安全地使用捷径。"他停顿了一下，随后说道，"大家干得好。菱形，我们的船坞状态怎么样?"

"应该仍然可以使用。那儿的舱壁特意加厚了，以应付万一发生的飞船相撞，或是内部爆炸而产生的辐射泄漏。"

"好。"凯斯说道，"萨，当我们距离那个恒星足够远时，请通知我。"他转向瓦达胡德人，"杰格，你应该对它做一番仔细研究，我要确切地知道它从哪里来，为什么会来这儿。"

第八章

人类花了很长时间才最终破译海豚的语言。成功破译以后，他们才发现海豚的名字实际上是每个海豚的声呐图谱，并且在其中突出了每只海豚最不同寻常的体形特征。所以，海豚唯一喜爱的人类艺术是政治漫画，这也就不足为怪了。

星丛上最好的探测船飞行员是一条英文名字叫"长喙"的海豚——他的亲属们用颤音和滴答声来表示他那巨大的口鼻部。对于他们想要表达的原意来说，"长喙"实在是一个蹩脚的译法。

长喙最喜欢的探测船是"琅姆信使"，一艘铜色的楔形舰，二十米长、十米宽。一个大水箱横穿探测舰的轴线，水箱左侧和右侧是隔离开的填充了空气的座舱，它们呈"U"形，在舰船的后部会合，中间隔着气锁。左舷的座舱通常保持着适宜人类居住的环境，右舷被设置成为瓦达胡德人习惯的稍冷一些的气温。

在驾驶时，长喙把小小的、能够自由飘浮的遥控器夹在自己的尾鳍和胸鳍上。探测船有几百个姿态控制装置，使它的运动方向能够最大限度地接近海豚在水箱里的游动方向。这种技术非常消耗能源——以至于瓦达胡德人拒绝投标建造这种类型的探测船，但是它的机动性能非常好，而且根据长喙的体验，在这种探测船里"飞翔"的感觉绝对一流。

"琅姆信使"能够一次离开星丛独自工作几个星期,但是在这次任务中,它离开星丛的时间不会超过一天,而且探测船上的工作人员只有长喙和杰格。

"琅姆信使"通常存放在七号船坞,这是五个能直接从工程环面来到海洋甲板的船坞之一。探测船被固定在甲板壁上,三条通道管以浅角进入舱顶盖内。

长喙和杰格上船以后,由多个分段部分连接起来的船坞门移动到了船坞顶上。长喙那著名的起飞动作颇具观赏性。先把探测船急速升起,离开船坞,然后他在水箱里翻滚,弯成拱形,让"琅姆信使"开始一段惊险的预热启动飞行——经过所有的船坞舱门,围着中央圆盘绕上一大圈。之后他翻滚向水箱的另一边,使船划过一个长长的弧线——就好像在真空的宇宙中盘旋,以探询世界。

杰格变得有点不耐烦了,但是长喙就像所有的海豚一样,丝毫没能察觉到杰格的感受。他在水箱中做了一系列的旋转和空翻,探测船也随之做出相应的举动。杰格脚下的引力盘完全抵消了由运动产生的加速度,但是在水箱中,长喙却能感觉到探测船的运动,探测船仿佛已经成为他身体的延伸。

最终,当他玩够了之后,长喙沿着一条大弧度的航线出发了。这仍然是一种浪费能量的行为,但是比沿着直线或是与普通的天体力学的弧度完全一致的曲线前进要有趣得多。

即便这儿离绿色恒星的表面有三千万公里,但看上去它仍然占据了大半个星空。"琅姆信使"的力场罩和物理防护罩比星丛装备的强得多,因而它可以在近距离掠过绿色恒星。在长喙独特的导航动作下,探测船一头扎了过去,在距离那个巨大天体的光晕上空仅十万公里处擦身而过。安装在探测船机翼前沿上的采集铲吸入了少量恒星上的大气样本。

"这个恒星的绿色令我疑惑。"长喙通过水箱中的水用麦克风说道。和多数海豚一样，长喙可以大致模仿人类及瓦达胡德人的声音（虽然语法较为混乱——因为在鲸类语中没有词语排列顺序这种概念），当他们模仿时，计算机只是对这些声音稍加处理，让声音听上去更清楚些。只有当他们在说海豚语时，计算机才会启动翻译模式。

杰格嘟囔着说："我也觉得奇怪。它的表面温度是一万两千度，这东西应该发出蓝光或白光才对，而不会是绿光。光谱分析也不对劲，我从未见过这么多的重元素集中在一个恒星上。"

"或许被破坏了，在穿过捷径时？"长喙问道，并在水箱中盘旋着，以此控制着探测船围绕轴线缓慢转动。即便装备了额外的防护罩，始终将船的某一侧对着那个恒星也是不安全的。

杰格又发出了一阵嘟囔声："我觉得有可能。这个星球的大部分色球层及日冕可能在穿越捷径时被刮掉了。捷径的唇缘闭合时刮过光球的表面，剥去了表面稀薄的气体层。然而，所有以前的实验结果都表明穿过捷径的物体不会发生任何结构上的变化，当然，以前从来没有这么大的物体穿过捷径。"

"琅姆信使"的监视屏充满了燃烧着的绿火，直视观察窗口已经全部转化为不透明状态。"带我们绕行赤道一周，"杰格说道，"然后绕着极地轨道再来一圈。这个恒星的结构可能并不均匀。在被这些吸收光谱线搞得焦头烂额之前，我想确认一下整个球体的光谱线是相同的。"

以千分之一的光速绕行周长为五百万公里的赤道一周，几乎要花五个小时，绕行极地轨道还要再花五个小时。长喙使"琅姆信使"保持螺旋前进状态,同时,杰格一直盯着扫描设备,仔细观察黑色的垂直吸收线。他一直含糊不清地自言自语着:"一团乱麻,一团乱麻。"——事实的真相还是不明朗。

杰格观察了恒星在超空间中留下的痕迹,以此研究恒星的构成物质。它比他以前想象的要重一些。除了颜色以外,它的表面还是典型的恒星表面,由紧密排列的、质量较轻的暗色小珠构成,这些暗色小珠是由光球内部的对流单体形成的。它甚至还有黑子,但是和其他恒星不同的是,这些黑子互相连接成哑铃形。毫无疑问,这确实是一颗恒星——但是和杰格以前见到的恒星都不一样。

终于,所有绕行活动都结束了。"准备回家吗?"长喙问道。

杰格抬起他的四个臂膀,做了个"放弃"的姿势,"好吧。"

"问题解决了?"

"没有,这样的一个恒星应该是不存在的。"

"琅姆信使"转向星丛方向飞去,杰格整理着整个航行过程中收集到的数据。

凯斯躺在他妻子的旁边,又一次难以入睡。他在黑暗中看着莉萨的身影,看着薄薄的被单随着她的呼吸一起一伏。

她本来应该能过得比现在更幸福,他想。他长长地呼出一口气,试图让呼出的这口气带走心中的忧虑,然后他在脑中开始想象一些愉快的场景。

莉萨有一双黑黑的大眼睛,当她笑起来的时候,眼睛向上翘起像一弯新月。她的嘴很小巧,但是嘴唇很饱满——嘴唇的高度是宽度的一半。她的母亲是意大利人,父亲是西班牙人,她继承了母亲富有光泽的头发,以及父亲炯炯有神的眼睛。在四十六年的生命里,凯斯·兰森从来没有遇到任何在烛光中比莉萨更动人的人。

他们第一次相遇是在2070年,那时他二十二岁,她二十岁,身材凸凹有致、美妙玲珑。当然,随着年龄的增大,她的身材按照自然规律发生了一些变化。尽管她的身体依然健康,但是比例已稍稍失调。以前的凯斯无法想象一个四十四岁的女人能够对他产生什么吸引力,但是令他感到无限惊奇的是,随着年龄的增长,他的品位发生了改变。尽管二十年的婚姻生活无疑会使他变得麻木,但每当他看到莉萨以一种新形象出现时——穿了套新衣服,或是伸展着身子去够放在高处架子上的东西——她仍然能使他的呼吸急促起来。

然而……

然而,凯斯知道时间已在他自己身上留下痕迹。他开始谢顶。哦,世上竟然有"治疗"谢顶的方法——想象一下,像男人谢顶这类如此自然的事需要什么治疗!——但要是真的采用这些治疗手段,未免显得有点愚蠢。而且,中年科学家本来就应该是个秃子,这好像是约定俗成的事。

直到五十五岁遇害身亡时,凯斯的父亲一直保有一头浓密的黑发。他现在怀疑父亲使用过头发再生治疗,但对于他本人来说,去接受这种治疗显得太低级了。

他回想起了蔓蒂·李。当他还是个十二岁的孩子时,他对那位娱乐明星非常着迷。当时,没有什么东西能比女人身上的大乳房更令他激动的了,可能是因为同班上的小女孩还没人发育出乳房来。乳房是禁地的象征,代表着奇异的成人性世界。蔓蒂——被某些娱乐收视指南称为"双星系"——以她的体形著称。但是当凯斯发现她的乳房是假的之后,他一下子对她失去了所有兴趣。每当他看到她时,他总是禁不住会想起她那肿胀而又光滑的皮肤下面的填充物以及皮肤上的疤痕(尽管他知道合成代谢激光手术刀不会留下任何疤痕)。噢,如果他在他自己的头上也做假,那简直就是该死。如果当别人看到他时,对他指指点点地说,嘿,这家伙其实是个秃子,那也是一件该死的事。

所以,莉萨·塞万提斯和凯斯·兰森就是现在这个样子:他们仍然相爱,虽然不像他们年轻时那样热烈,但是是以一种更令人满意、更令人平和的方式。

然而——

然而,该死,他才刚过四十六岁。可他已经老了、秃了、头发白了。迄今为止,他仅仅在高中及大学中与三个——如此之小的一个数目——女人有过笨拙的接触。三个,加上莉萨——总数是四,平均算来,每十年接触的女人连一个都不到。上帝,他想着,就连一个瓦达胡德人都能用他一只手上的手指将他的女伴数清。

凯斯知道他不应该这么想,他清楚他和克莱莉萨之间共同拥有了其他人可能一辈子都无法拥有的东西:一段随着年龄增长不断积聚和演进的爱情,以及他们之间稳固、安全且又温暖的联系。

然而——

然而出现了李安妮·凯伦道特。就像他年轻时的性感偶像蔓蒂·李,李安妮有着优雅的亚洲人外形,凯斯总是对亚洲女人的某些地方着迷。他不知道李安妮的年纪,但是毫无疑问,她肯定比莉萨年轻。当然,作为飞船的指挥官,他能轻易地访问李安妮的私人档案,但是他害怕这么做。看在上帝的分上,她可能还不到三十岁。李安妮是在星丛上次经过鲸鱼座天仑五时才加入的。现在，作为内务官的她，经常与凯斯在舰桥上一待就是好几个小时。而且，无论他与她待了多长时间，他总是盼望着下次见面的时间会更长。

到目前为止，他还没干什么蠢事。事实上，他认为自己仍然控制得很好。但是，每当他在内心深处进行反省时，他却无法对正在发生的这一切视而不见。他已感受到中年危机，害怕自己不再是个强健的男子汉。有什么能比和一个年轻漂亮的女人睡觉更能驱散这种感觉呢？

无聊的幻想。当然是的。

他翻身侧躺着，背对着莉萨，将自己蜷缩成胎儿的形状。他绝对不会做任何可能伤害莉萨的事，但是如果她永远察觉不到的话——

上帝，清醒点。她肯定能察觉到。在那之后，他怎么才能面对她呢？还有他们的儿子索尔，他该怎么面对他？他曾看到过儿子冲着他骄傲地笑，或是冲着他恼怒地大叫，但是还从未看到儿子向他投来鄙视的目光。

他多么想能沉入睡乡啊，他多么想不再折磨自己。

他向黑暗中望去，眼睛瞪得大大的。

"琅姆信使"停泊后，长喙前去进食，杰格直接去了舰桥。这位瓦达胡德人现在依靠一根雕刻着杂乱花纹的拐杖保持直立——总比四脚着地强点。凯斯、莉萨、萨和李安妮都已睡了一晚，还有菱形——嗯，艾比人不用睡觉，这个事实使他们本来就很长的生命对于其他人来说更显得不公平。通常做汇报时，杰格会站在六个工作站前方，然而今天他却直接走向座椅廊，瘫倒在中间那张椅子上。其他人只好纷纷旋转工作站面对他。

凯斯期待地看着瓦达胡德人，"怎么样？"

杰格稍稍整理了一下思路，随后开始了狗吠，"你们中的某些人应该知道，恒星可以分成三个年龄段。宇宙中最老的是第一代恒星，它们基本上由两种基本元素——氢和氦——组成。在组成它们的物质中，重元素中所占比例不到百分之零点零二，而且这些重元素都是通过聚变反应在恒星内部生成的。当第一代恒星经历了新星或超新星爆炸后，重元素便会散落到星际尘埃中。由于第二代恒星是由这些尘埃汇聚而成，所以它们的组成物质或多或少都含有些金属元素——在这里，'金属'指的是比氢重的元素。第三代恒星的年代则更近了，行星联邦所在的三个恒星系中的恒星，以及那些现在正在形成的恒星都属于第三代。当然，第一代恒星中的一小部分以及第二代恒星中的大部分仍然存在。第三代恒星的组成物质中大概有百分之二是金属。"

杰格停顿了一会儿，将屋里的每张脸看了个遍。"然而，那颗恒星，"他说道，并指着全息像中的绿色天体，"大概含有百分之八的金属元素，是一颗典型的第三代恒星所含金属物质的四倍。那东西内部有足够多的铁，甚至可以做到经济地开采。"

"发绿光又是怎么回事？"凯斯问道。

"当然那不是真正的绿光，就像所谓的红巨星不是纯粹的红一样。几乎所有恒星都是白的，只不过在色彩上稍有点差异罢了。"他用手指了指身边的星空全息像，向大家示意，"幻影按常规赋予全息像中的恒星以不同的颜色，颜色分配规则以赫罗图为基础。那颗恒星只不过带有点微绿的色调。它的金属成分削弱了它发出蓝光和紫外光的能力，所以，它发出的光更偏向于光谱的绿色部分。"他的毛发飞舞着，"如果不是亲眼所见，我肯定会说在我们宇宙的这个年龄段,不可能存在一个含有如此之多金属物质的恒星。它肯定是在某种非常罕见的情形下形成的,而且——"

"请原谅我打断你的话,杰格。"菱形说道,"我侦测到了一个超光子脉动。"

凯斯连忙旋转椅子,将脸冲着捷径。

"上帝,"杰格强撑着站起身来,"大多数的恒星都是某个多星系统的一部分——"

"我们无法再次承受恒星近距离通过了,不可能再来一次。"李安妮说道,"我们会——"

但是捷径已停止了扩张,一个小物体从里头冒了出来。此时捷径的直径仅为七十厘米,随后它坍塌成为一个无穷小的点。

"是个信使。"菱形说道。一个自动的通信浮标。"它的无线电发射应答机告诉我们它来自中央空间站。"

"开启应答。"凯斯说。

"收到消息,用的是俄语。"菱形说。

"幻影,翻译。"

中央计算机的声音响彻整个舰桥:"新东京殖民地瓦仑丁·伊利亚诺夫指挥官向星丛指挥官凯斯·兰森报告。一颗M级红矮星刚刚在鲸鱼座天仓五的捷径冒出。幸运的是,它冒出后朝着远离鲸鱼座天仓五的方向快速前进了,而不是冲着鲸鱼座天仓五飞来。到目前为止,它还未对我们这儿造成严重损害。但是我们在引导信使绕过那颗恒星以抵达捷径系统时遇到些麻烦,这已经是我们的第三次尝试了。我们还设法与'泥浆'的太空物理中心取得了联系,他们那儿也有个惊人的消息:那儿的捷径内也冒出了一颗恒星——一颗B级蓝巨星。现在我正与其他所有已被激活的捷径联系,调查这种现象到底有多普遍。报告完毕。"

凯斯环顾舰桥,浑身沐浴在绿色的星光下。"上帝。"他说。

第九章

　　"我认为我们遭受到攻击了。"萨拉德·麦格诺宣布道。他从舵手的位置上站起来，向着座椅廊走去，并在隔着杰格右方两三张椅子处坐下，"到目前为止，我们显然都很幸运，但是向某个生命系统中丢个恒星绝对可以毁灭全部的生命。"

　　杰格甩动着他下方的两条胳膊，做了个瓦达胡德人式的否定手势。"大多数捷径位于星际深处，"他说，"即使你称之为'鲸鱼座天仑五捷径'的那条，离着鲸鱼座天仑五也有三百七十亿公里，是木星与太阳之间的距离六倍还要多。我认为，新出现的额外恒星对于最近处的恒星系统影响很小，这种可能性占十六分之十五。而且，由于生命世界的数量很少，相互之间又隔得很远，因此，新出现的恒星对于那些有生命的行星造成短期伤害的机会非常小。"

　　"但是这些恒星有可能是，嗯，炸弹吗？"李安妮问道，"你说过那颗绿色恒星很不寻常。它会爆炸吗？"

　　"我对它的研究才刚刚开始。"杰格说道，"但是我认为这位新访客至少还剩有二十亿年的生命。还有，单独一颗M级的红矮星，比如从鲸鱼座天仑五捷径冒出来的那颗，是不会发生超新星爆炸的。"

"但是，"莉萨说，"它们会不会扰乱沿途的恒星系中的星际尘埃，使大量小行星被抛向恒星系的内层行星？我还记得一个古老的理论，在白垩纪，有那么一颗褐矮星，被称作——我想是叫'复仇女神'——可能曾经在近距离擦过太阳系，引发了大量毁灭性的小行星冲向地球。"

"研究表明，'复仇女神'其实并不存在。"杰格说，"即便真的有这种事，如今的行星联邦内任何一个种族都有足够的技术能力对付一定数量来袭的小行星。而且，这些小行星得经过几十年甚至几百年才能到达恒星系的内层行星区，所以这不是我们目前应当关注的事。"

"但是，这又是为什么呢？"萨问道，"为什么恒星被到处移来移去？我们应该采取措施制止它们吗？"

"制止？"凯斯笑了，"怎么制止？"

"毁灭捷径。"萨简单地说道。

凯斯眨了眨眼。"我不知道它们是否能够被毁灭。"他说，"杰格？"

瓦达胡德人陷入了沉思。过了一阵子，他开始说话，狗吠声也似乎变得柔和了许多，"是的。从理论上来说，有一种方法可以做到。"他抬起头来，但是他的两双眼睛都没有与凯斯的目光对视。

"当与地球人的首次接触进展不顺时，我们的天体物理学家接受了一项研究任务，去寻找在必要时能关闭鲸鱼座天仑五捷径的方法。"

"这太无耻了！"李安妮说道。

杰格看着地球人，"不，这说明了强有力的领导。必须为可能发生的危险做好准备。"

"但是却要毁灭我们的捷径!"李安妮说道,愤怒使她的脸上布满了扭曲的线条。

"我们并没真的这么做。"杰格说。

"但是你们有企图!如果你们不希望我们拥有通向'泥浆'的通道,你们应该毁灭你们自己的捷径,而不是我们的。"

凯斯转过身看着这位年轻的女人。"李安妮。"他轻声说道。她转过脸来看着他,他用嘴型向她示意要"冷静"。随后他转过身,对杰格道:"你们找到了什么方法?真的能毁灭捷径?"

杰格用他上面的两只肩膀做了个赞同的动作,"我的父亲,加夫·肯德罗·厄姆-维尔,是这个项目的领导。捷径是个超空间构造,该构造通过挤压普通空间而形成连接点。在超空间内存在着一个绝对坐标系,这就是爱因斯坦的光速极限理论在超空间内无法适用的原因,超空间并不是一个适用相对论的介质。至于出口——就是我们所称的捷径入口——则必须相对于普通空间中的某个物体锁定它自身的位置。如果有人能够将其锁定的物体移位,那么捷径将再也无法从超空间挤入普通空间,会在散发出一阵契仑柯夫辐射之后蒸发得无影无踪。"

"你知道如何移动锁定物体?"凯斯问道,语气暴露出他的怀疑态度。

"问题的关键是,在开始膨胀并包容穿越物体之前,捷径只是个点。我们可以在休眠捷径的四周放置一组呈球形排列的人造引力发生器,该组发生器可以被看成是对于当地时空弯曲的一种补偿。尽管多数捷径位于星际深处,但是它们仍然处于我们的银河系造成的时空弯曲之中。如果你通过上述安排中和了弯曲,那么锁定物将无从可锁,然后——噗!捷径将消失。由于处于休眠状态的捷径非常小,一个直径为一到两米的球形阵列就能完成整套把戏,只要向这个阵列注入足够的能量。"

"星丛能提供所需的能量注入吗?"菱形问道。

"轻而易举。"

"太奇妙了。"凯斯说道。

"实际上这没什么。"杰格说,"引力是造成时空弯曲的原动力。人造引力所做的只是改变这些弯曲。在我的家乡,每当遇到紧急情况时,我们会用引力浮标来平整当地的时空弯曲,从而使我们在离我们的太阳很近的地方仍能进入超光速飞行状态。"

"为什么你说的这些从来没有在行星联邦的天体物理学网络中出现过?"李安妮问道,她的声调提高了八度。

"嗯……因为从来没有人问过我们。"杰格勉强辩解道。

"那么,当绿色恒星刚出现时,你为什么不建议我们通过这种方式进入超光速飞行呢?"凯斯问道。

"你没法自己去干,必须得有人在外部给你提供能量。相信我,我们曾想方设法要让我们的飞船能独自完成整个过程,可最终还是失败了。借用一句人类的比喻,这么做就好比抓着自己的鞋带想要把自己吊起来。这办不到。"

"但如果我们在这儿行动的话——将这个捷径蒸发——我们就无法回家了。"凯斯说。

"是这样。"杰格说,"但是我们可以先放下引力浮标,并将它们设置成在我们穿过捷径以后才开始列阵。"

"但是,显然许多捷径中都冒出了恒星。"莉萨说,"如果我们蒸发了鲸鱼座天仑五、'泥浆'以及'平地'的捷径,那就等于毁灭了整个行星联邦,我们之间的联系将被彻底切断。"

"是的,为了保护行星联邦中的单个星球。"萨说道。

"上帝，"凯斯说，"我们当然不希望行星联邦就此完结。"

"还有另外一种可能。"萨说道。

"哦？"

"将行星联邦内的种族全部转移到远离任何捷径的恒星系中。我们能够找到三至四个相互邻近的恒星系，恒星系内应该有合适的行星。我们可以改造它们，让它们适合居住，并把所有人都迁到那儿。这样，通过普通的超光速飞行，我们仍然能维持一个星际社区。"

凯斯瞪大了眼睛，"你说的是迁徙——多少人来着？——迁徙三百亿个人？"

"两难选择。"

"艾比人不会离开'平地'。"菱形说道，表现得异常直率。

"这太疯狂了，"凯斯说，"我们不能关掉捷径系统。"

"如果我们的家乡受到威胁，"萨说道，"我们能——而且我们应该关掉它。"

"还没有证据表明冒出的恒星能带来什么样的威胁，"凯斯说道，"我不相信先进到足以移动恒星的生命能有什么恶意。"

"他们可能没有，"萨说道，"就像摧毁蚂蚁窝的建筑工人也没有恶意一样。我们可能刚好挡了他们的路。"

在收集到更多的信息之前，凯斯无法对前来拜访的恒星们做些什么。因此，在十二点时，他和莉萨一起离开了，去看看有什么吃的。

星丛上共有八个餐馆。之所以叫"餐馆"是有其原因的。人类一直想依照海军的术语来称呼星丛的各个部分：食堂、卫生室和舱室，而不是将它称为餐馆、医院及公寓。但是在行星联邦的四个种族中,只有人类和瓦达胡德人有军事传统,另两个种族对此十分敏感及紧张,因而在日常对话及生活中要尽量避免使用类似的军队术语。

每一家餐馆都很独特,其独特性表现在它的氛围及食物上。星丛的设计者在如何保证船上生活不会太过无聊方面耗尽了心力。凯斯和莉萨决定在考科特吃午餐,那是家位于二十六号甲板上的瓦达胡德餐厅。透过餐馆内的假窗户,可以看到"泥浆"表面的全息像:宽广且平坦的洪泛区,区内平原上的烂泥地呈紫灰色,一条条河流和小溪纵横交错。平原上到处散布着一丛丛的"丝达金"——瓦达胡德人世界上的树,看上去有点像三至四米高的风滚草。潮湿的土壤无法提供任何稳固的支点,但是它富含溶解的矿物质及腐烂的生物养料。每棵丝达金都有成千条纠缠在一起的嫩枝,嫩枝既可以被用作根,也可以作为光合作用器官而迎风招展,充当何种功能完全取决于它们是位于上方还是下方。这些巨大的植物在平原上到处都是,被吹得不断地旋转,或是在小溪里顺流而下,直到它们能找到肥沃的土地。找到这类地方时,它们就地驻扎,并不断往下钻,直到它们高度的三分之一都陷入柔软的泥土之中。

全息像中的天空呈现出绿莹莹的灰色,头顶上方的恒星又大又红。凯斯觉得这颜色搭配稍有点俗气,但是不可否认这儿的菜非常可口。瓦达胡德人基本上算是素食主义者,他们喜爱吃的植物全都美味多汁。凯斯发现每个月他都要来这里啃三四次丝达金嫩枝。

当然,这八个饭店对所有的种族都开放,这就意味着得准备一系列的食物来满足不同种族新陈代谢的需要。凯斯点了一份烤奶酪三明治和腌小黄瓜来配他的丝达金色拉。瓦达胡德的女人与地球上的哺乳动物一样,也分泌乳汁来抚养下一代,他们认为人类喝其他动物的奶真的很恶心。但是他们总算也会假装不知道奶酪是从何而来的。

莉萨坐在凯斯的对面。实际上,桌子是按照瓦达胡德人的标准来制作的,看上去就像是个人类的肾脏。桌子的原料经过抛光,虽然不是真的木头,却也有可爱的明暗条纹。莉萨坐在整张桌子的凹入处,这是瓦达胡德人的习惯,女人一定要坐在这个尊贵的位置上。在他们的家乡,这个位置上坐的是位贵夫人,旁边围着她的四个随从。

莉萨的口味比凯斯的更新潮。她点的是盖斯托罗德——"血蚌",瓦达胡德人的双壳贝类动物,生活在大多数湖底的淤泥层里。凯斯觉得鲜亮的紫红色让他倒胃口——多数瓦达胡德人跟他的感受相同,因为这颜色与他们血液的颜色完全一致。但是莉萨已经是个吃蚌老手了,她拿起一个贝壳,塞进嘴里,轻巧地咬开,吸出里头的肉。而且在整个过程中,她不会让自己或是坐在她对面的人有一丝能看到红色肉球的机会。

凯斯和莉萨安静地吃着。凯斯不知道这究竟是好事还是坏事。他们好几年前就已将无聊的闲谈消耗殆尽。哦,如果他们中的某一个有什么想法的话,他们也可以长时间交流。但是现在,他们只想享受对方的陪伴,即便他们之间几乎没有说过一句话。至少凯斯是这么认为的,他希望莉萨也能有同样的感觉。

凯斯正用"卡图可"(瓦达胡德人的餐具,样子像是鸭嘴钳)往嘴里塞着丝达金,突然一个通信面板从桌子表面弹了起来。面板里出现的是海克,一位瓦达胡德的外星交流专家。

"莉萨。"他的布鲁克林口音比杰格更重。从通信面板弹起的角度来判断,他看不到凯斯,"我一直在分析我们侦测到的二十一厘米波段附近的无线电信号,你不会相信我发现了什么。马上到我的办公室来。"

凯斯放下了他的餐具,隔着桌子看着他妻子。"我跟你一起去。"他说,起身离去。当他们走出餐馆时,他突然意识到这是整个就餐过程中他对她说过的唯一一句话。

凯斯和莉萨步入电梯。跟平常一样,梯内的监视器显示着当前的甲板层数以及该层的地形图:"26"以及一个细长的十字架形状。随着他们上升,甲板层数在不断倒数,十字架的手臂也变得越来越短。当他们达到一号甲板时,手臂几乎全都回缩了。两人走出电梯,进入无线电天文侦听室。海克靠在桌子边,他是个小个子瓦达胡德人,却比杰格还要傲慢。"莉萨,欢迎你来。"——这是对妇女顺从的典型表现。随后头一抬,"兰森。"这种粗鲁的口气是专门留给男性的,即便这位男性是他们的老板也罢。

"海克。"凯斯点头示意。

瓦达胡德人看着莉萨,"你知道我们摘取的那段无线电信号?"吠叫声回荡在小小的屋子里。

莉萨点点头。

"最初,我的检查显示信号中没有出现重复现象。"他转过一对眼睛来看着凯斯,"如果某种信号是个有意设置的信标,通常在几分钟或几个小时之内它就会重复出现某种特定的模式。我没有发现类似的东西,事实上,我觉得整个信号毫无规律可言。但是,当我开始更为精密的分析时,时长为一秒或更短的模式却不断地跳出来。到目前为止,我已经整理了六百一十七种序列。有些仅被重复了一两次,其他的却被重复了多次,更有一些甚至被重复了数千次。"

"我的上帝。"莉萨说。

"怎么回事?"凯斯问道。

她转身面对着他,"这意味着信号中可能藏有信息——它可能是一种无线电交流方式。"

海克耸起了他的上方双肩,"完全正确。每一个模式都可能是个独立的单词。那些出现频率最高的可能是常用词,或许是代词或介词。"

"这些信号是从什么地方发来的?"凯斯问道。

"来自暗物质场内部或是它们身后的某个地方。"海克说。

"你能肯定它们是智慧信号?"凯斯问道,心脏怦怦直跳。

这回,海克的下方双肩动了一下,"不,我无法肯定。一个原因是信号过于微弱,无法把它们从背景噪声中清晰地隔离出来。但是如果我认为它们是单词的这个判断正确的话,它们的确呈现出有一定规律的语法结构。其中,没有一个词重复连续出现了两次以上。有些词只出现在传输的开端和结尾。还有些词只出现在另外一些特定词的后面,前者可能是形容词或是副词,后者可能是它们所修饰的名词或是动词。"海克稍稍停顿了一会儿,"当然,我还没有就全部的信号做完整的分析,我只是将它们记录下来,以便今后分析之用。这批信号发送得非常密集,在两百多个非常接近的频段上,简直是一通狂轰滥炸。"他又停了下来,让他的听众能细细品味其中的含义,"我认为,暗物质内部或背后很有可能躲藏着一只舰队。"

凯斯正准备再次开口,海克桌上的内部通话器响了起来:"凯斯,李安妮报告。"

"请讲。什么事?"

"我想你最好赶快到舰桥来。有一个信使刚刚前来报告说探测器已经从'泥浆'376A返回了。"

"马上就来。请通知杰格。通话完毕。"他看着海克,"干得好。看看你是否能进一步查明信号的来源。我会让萨驾驶星丛围绕暗物质场兜圈子,扫描超光速粒子溢出、射线、推进器光芒,或是任何有关外星飞船的迹象。"

凯斯大步迈入舰桥,莉萨紧跟在他身后。他们径直走向各自的工作站。"开启信使信号回放。"凯斯说道。

李安妮按下一个按钮,随后在泡状全息影像中分隔出了一个加了外框的部分,里面是一段活动的影像信息。影像中是一位长着银白色头发的瓦达胡德人。幻影用英语代替了回放过程中这位瓦达胡德人的狗吠声,并将经过翻译的声音传入凯斯耳内的移植片中。当然,这些声音与瓦达胡德人的嘴型并不匹配。

"向你致敬,星丛。"屏幕底部的状态栏表明这位讲话者的身份为"泥浆"天体物理学中心的凯亚德·佩兰多·艾姆 – 胡斯,"送往'泥浆'376A的探测器已经返回。我想你们一定希望继续停留在你们现在所处的地方,调查你们那儿的捷径,因为它的突然出现还没有得到满意的解释。然而,我认为杰格和其他人可能会对探测器在即将返回之前所做的记录感兴趣,它们被作为附件贴在这份信息之后。我想你们会觉得它们……会觉得它们非常有趣。"

"好的,菱形。"凯斯说道,"用来自探测器的数据构造一个围绕我们的球形全息像。让我们见识一下它究竟看到了什么。"

"很高兴这么做。"菱形说道,"正在下载数据,全息像可以在两分四十秒钟之内准备完毕。"

李安妮将双手交叉在一起。"事情总是赶在一起。"她说道，转过身对凯斯笑道，"又打开了一个新空间，等待我们去探索！"

凯斯点点头，"它一直令我着迷。"他从椅子上站起身，来回踱步，等待着全息像的放映，"你知道，"他漫无目的地说，"我的曾曾祖父有一本日记，在他去世之前，他写下了这辈子他所见过的人类的伟大进展：无线电、汽车、动力飞行、太空飞行、激光、计算机，以及DNA的发现等等。"李安妮似乎听得全神贯注，但是凯斯意识到其他所有人可能会对他的话厌烦不已。管他的，职务有它的特权，作为他们的指挥官，他有权继续侃下去，"我十几岁时读到了这本日记。我不禁想到，在我的生命走向终结时，对于我的后辈们我却没有什么可写的。但是后来，我们发明了超光速和人工智能，发现了捷径系统以及外星生命，还学会了与海豚交谈。我意识到——"

"请原谅。"菱形道，他身上的光线以一种脉冲形式发射着。在他的族人中，这通常代表要打断别人的谈话，"全息像已准备完毕。"

"开始播放。"凯斯说。

星丛当前的外部星空影像被关闭了，一团毫无特征的黑色包围着舰桥，整个舰桥黑了下来。随后，新的图像随着一帧帧的扫描由左至右慢慢展开，仿佛在冲刷着整个舰桥，直到舰桥重新飘浮在星空影像之中—— 一片新的星空，对行星联邦首次开放的最新太空区域。

萨吹了声长长的口哨。

杰格嗑着他的咀嚼板，仿佛无法相信眼前这一切。

占据整个视野，并慢慢后退的是另一颗炽热的绿色恒星，距离捷径点可能有一千万公里。

"我想你曾经说过，我们的绿色恒星是个少见的怪物。"凯斯对杰格说。

"我们现在需要操心的不是这个。"萨说道，把他的脚从控制台上拿下，转过身子，面对凯斯，"我们的探测器钻进去之前，这条捷径没有激活。"

凯斯不解地望着他。

"这些影像是在它钻进去之前拍摄的。"

杰格一下子站了起来，"卡－达革！意味着……"

"意味着……"凯斯道，突然间他也明白了，"恒星可以从休眠的捷径中钻出来。上帝，它们可以从遍布银河系的四十亿个出口中的任意一个冒出来！"

第十章

这天晚上,凯斯独自一人吃着晚餐。他喜爱下厨,同时也希望能为所爱的人一展厨艺——但是莉萨今天晚上得加班到很晚。她和车厢终于在海弗利克极限研究中取得了突破,至少表面上看起来是这样。可是她们在复制实验结果时遇到了麻烦,所以她带上三明治直接去了她的实验室。

有时,凯斯会为能当上星丛的老板而感到疑惑。噢,当然,看上去合情合理。在人们的想象中,一个社会学家不仅能很好地管理船上的小社会,而且还能冷静地处理与他们可能遇到的新文明之间的关系。

但是就现在而言,尽管发生了这么多事,可他除了日常管理工作之外就没什么可做的了。杰格继续着他的暗物质研究,并竭力想要弄明白突然出现的恒星背后隐藏的原因;海克忙着破译潜在的外星无线电码;莉萨则追寻着她的延长生命项目。凯斯呢? 凯斯则一直希望能有个大风车向他压来——好让他能找点重要的事做。

他决定在一家艾比人的餐馆吃晚饭,当然,不是为了去欣赏那儿的氛围。餐馆窗户中的全息像描绘着“平地”的地貌,看上

117

去它的表面如同台球一样光滑,甚至比"泥浆"更让人感到无聊。要论起地形的吸引人程度,地球无疑是联邦内三个行星中最漂亮的。艾比人的食物完全以右旋氨基酸为基础构成,其他三个种族无法吸收。然而,这家饭店还能提供一系列人类食物,包括鸡肉炒饭,这正是凯斯现在想吃的。

餐馆内一反常态的拥挤,因为在下层生活舱内的四处进餐设施仍然无法投入使用。但是作为领导的特权之一就是你无须等待,总是能找到空座。一个光滑的银色机器人引着凯斯走向餐馆深处的一张空桌。一棵巨大的植物弯腰俯视着整张桌子,金黄色八角形的叶子在枝条上自由地摆动着。

凯斯告诉服务员他要点些什么,接着又冲着桌子上的阅读器下了道命令,要求它显示最新一期的《纽约人》。服务员给他带来一杯白葡萄酒,随后滚动着离开了。凯斯正打算读杂志的封面故事,突然——

"嘟"的一声,"凯伦道特向兰森报告。"

"请讲。什么事,李安妮?"

"我已完成了如何处理下层甲板受辐射区的工程研究。我们能找个地方一块儿待一段时间吗?我想向你做个报告。"

凯斯咽了口唾沫。这报告当然得马上处理,他们需要尽快解决人员拥挤问题。但在什么地方和李安妮见面呢?现在在舰桥值班的是伽玛班,没有必要去打扰他们。凯斯的办公室自然是个合适的场所,但是……但是……他信不过自己,不敢与李安妮单独相处。

上帝,这想法太蠢了。"我在艾比人餐厅,正在吃晚餐。你能把报告带到这儿来吗?"

"当然,现在就出发。通话完毕。"

凯斯喝了一口酒。或许这是个错误,或许人们会误解,并告诉莉萨说他和李安妮在餐厅约会,或许——

李安妮走了进来,一个机器人领着她来到凯斯桌前。她在他对面坐了下来,冲着他笑了笑。天,她来得太快了——仿佛通话之前就已经知道了他的所在。这一切似乎经过她的精心安排,只是为了能抓住他单独用晚餐的机会……

凯斯摇了摇头,现实点!"你好,李安妮。"他说,"你有份报告要给我?"

"是的。"她穿着浅绿色的套装,显得既活泼又专业,但是在她富有光泽的浅色金发上却扣了一顶潇洒的老式铁路工程师帽的复制品。凯斯以前看到过她戴这顶帽子,俏皮、时髦又性感。"有许多技术方法,"她说,"都可以修复辐射造成的损害,但是它们都太耗时了,而且——"

服务员带来了凯斯的晚餐。

"炒饭,"李安妮笑着说,"我做炒饭还是挺在行的。你该找时间试试我的手艺。"

凯斯伸手去拿酒杯,认真思索着她话里的含义,漫不经心地拿起餐巾纸,却一不小心将勺子碰到了橡胶地板上。他弯下腰去捡勺子——看到了桌子下李安妮修长的双腿。

"嗯,谢谢。"他说道,整理着乱糟糟的桌子,"那真是太好了。"他指着桌子上还在冒蒸汽的大浅盘子说道,"你想来点吗?"

"噢,不了。"她说道,拍了拍扁平的腹部,这个动作使得她的上衣在她胸部绷得更紧了,"待会儿我会吃份色拉。我得注意我的体型。"

你没必要这么做,凯斯暗自想道,我会非常乐意替你注意的。"你刚才说辐射的问题?"他说。

她点了点头,"是的。嗯,就像我说的那样,我们可以清理干净——但不是很快,得在干船坞内待上几个星期。"

"几个星期!"凯斯说,"我们不能等那么长时间。"

"的确如此。正是时间问题引出了我的建议。"

凯斯等待着她继续说下去,"什么建议?"

"星丛2号。"

凯斯皱着眉头。星丛是在"泥浆"的轨道造船厂建造的,它的姊妹船——当前暂时被称为星丛2号,一个毫无特色的名字,今后可能会另起个正式官方名——也已经开工建造差不多快一年了。它的建造工地在"平地",很自然,两个如此大型的工程项目不可能在一个星球上进行。

"它怎么样?"

"嗯,它还没有完工,否则的话我会建议干脆把那家伙整个给霸占了。建造它所用的工程图纸与星丛1号的完全一样——根据我最近收到的信息,它的八个生活舱中的五个已经建造完毕。我们可以穿过捷径前往'平地'的造船厂,把我们的四个下层生活舱扔给他们,用已完成的星丛2号的四个生活舱代替它们。这样安排之后,我们留下的舱室就能轻轻松松清洗好。星丛2号的中央盘还得五个月才能完工,而且,在那四个超光速引擎四周安装工程环面之前,还得对引擎进行详尽的测试。所以,他们有大量时间可以完成清洗工作。总装开始时,我们的四个旧舱室就可以装配到新船上。当然,这四个生活舱内所有个人的家居用品和设备也需要时间清洗,但是这种安排可以使我们每个人都立刻拥有生活空间和实验室。"

凯斯佩服地点了点头,"太棒了。这么做得花多长时间?"

"说明书显示,切断生活舱动力网加上重新连接需要三天时间,但我发明了一种改进方法。这种方法无须切断生活舱的动力供应。如果不用在下层生活舱身着防辐射服的话,我只需十五小时就可完成该工作。穿上防护服的话,也只需要十八个小时。"

"非常好。我们的主支柱下部和中央盘该怎么办?"

"嗯,主支柱的修复工作已完成了四分之三。清洗起来很不容易,但是我派出毫微机器人在它的内壁附加了一层防护层。至于中央盘,我们当然得将海洋甲板内的海水全部换掉,而且不能只是补充以淡水。换入的水必须与海水的成分一样,含有溶解的盐分以及其他各种矿物质,如果有可能的话,还得加上浮游生物和鱼群。还有,我想换掉船上所有的空气,只是为了以防万一。船坞那儿没什么问题——它们防护层的厚度足够了。工程环面也是同样的道理,它的防护层也能使它免于射线的冲击。"

凯斯点了点头,"我们什么时候才能安全地通过捷径?"

"明天下午,有可能更早。绿色恒星与捷径之间的距离正在急速扩大。还有,如果你愿意承担损失六七个信使的风险的话,我们可以把我们的意图马上通知'平地'造船厂,这样艾比人就能做好准备,迎接我们的到来。"

"干得好,李安妮。"他看着她。她又对他笑了笑,一个美丽、温暖又聪慧的笑容。凯斯有时会责骂自己忘记了李安妮加入星丛的理由。李安妮·凯伦道特是这一行内最棒的飞船工程师。

萨驾驶着星丛穿越了捷径,在"平地"所处的恒星系外围钻了出来。这儿的星空被麦哲伦星云笼罩着。"平地"所处恒星系内的太阳——"热点"——是一颗白色的F等星。"平地"自己则是个毫无特征的圆球,被裹在层层白云之中。

艾比人无法在零重力状态下工作。透过窗户，凯斯看着他们中的好几千人，身着如同冰球服般的单人飞行装置，蜂拥在星丛的周围。除了底部不透光的人造重力板以外，整个飞行装置通体透明。整项工作由艾比人负责，他们没有浪费一秒钟的时间。新生活舱被准确锁定在各自的位置上，星丛从四十一号甲板直到七十号甲板全部换上了新装。凯斯勉强只能分辨出李安妮乘坐的用以指挥整个行动的泡状分离舱。换装过程中发生的唯一问题是用于抽干海水的水管破裂了，海水洒到了太空中，立刻被冻成微小的冰晶。在热点白色光芒的照耀下，这些冰晶闪闪发光，如同颗颗夺目的钻石。

所有工作结束之后，星丛——现在已经是星丛1号和2号的组合体了——开始返航。

凯斯对于维修结果感到十分满意——更令他高兴的是，人们再也不用全都挤在上层生活舱了。各个种族之间已经发生了各种各样的争吵，但是现在大家又有了足够的私人空间，安宁再次降临到星丛之上。

在此期间，位于"泥浆"造船厂的五位研究员——一个艾比人与两个瓦达胡德人，他们都是暗物质专家；还有一只海豚以及一个地球人，这两位都是宇宙进化专家——加入了星丛的队伍。这五人在接到星丛的报告后，立刻放下手头的一切工作，匆匆穿过捷径，来到"平地"与飞船会合。

正如她保证的那样，李安妮只花了不到十八个小时就完成了换装工作。萨驾驶飞船再一次穿越捷径，重新回到暗物质场及谜一般的绿色恒星的周围。

第十一章

　　星丛的设计者曾计划将指挥官的办公室安排在舰桥隔壁，但是凯斯坚决要求更改了这种安排。他觉得，身为指挥官，他应该让全船的人都能经常看到他，而不能只蜷缩在某个小角落中。最后，他被安排在一个宽敞的边长将近四米的正方形房间之中。该房间位于十四号甲板之上，靠近二号生活舱的中间位置。透过覆盖了整整一面墙的窗户，他能看到与他所在的生活舱垂直的三号生活舱，此外还能看到下方隔着十六层甲板的古铜色圆盘，这是星丛中央盘的上表面。在那个部位上特意用瓦达胡德人的楔形文字标出了星丛的名字。

　　凯斯坐在一张宽大的长方形实桃木办公桌后面。桌子上放着带框的全息像，其中一张是他的妻子莉萨，穿着老式的西班牙舞蹈装，看上去颇有些异国情调；另一张是他们的儿子索尔，身穿哈佛的T恤衫，炫耀着奇形怪状的山羊胡，这是当今年轻人的时尚。全息像的旁边是一个1∶600的星丛模型。桌子后放着一个书柜，柜子里摆着地球、"泥浆"及"平地"的球形仪，还有一个传统的围棋盘，盘上摆放着打磨光滑的黑白子。柜子上方的画框内挂着艾米丽·卡尔的一幅作品，画的是居住在夏洛特女王岛上某片森林中的海达人所崇拜的图腾柱。柜子的两侧是高大的盆栽植物。屋子中还摆放着一张长沙发、三把塑料椅子,以及一张咖啡桌。

凯斯脱掉鞋子,把脚搁在桌子上。在舰桥区域,他绝对不会仿效萨,但是每当他独自一人待着时,他常常会采取这个姿势。他往后靠在黑色的椅背上,正打算阅读海克送来的有关侦测外星信号的研究报告,门铃突然响了起来。

"杰格·肯德罗·厄姆-佩斯来了。"幻影宣布道。

凯斯叹了口气,坐直身子,用手做了个让他进来的手势。门滑向一边,杰格走了进来。这位瓦达胡德人的鼻孔一下子张大了,凯斯禁不住以为杰格能闻到他脚上的味道。"我能帮你什么忙吗,杰格?"

瓦达胡德人碰了一下一张塑料椅的椅背,椅子立刻改变了形状来适应他的体形。他坐下,开始吠叫。经过翻译的声音说道:"你们地球上文学作品中的人物能受到我赏识的没几个,不过夏洛克·福尔摩斯我还是挺喜欢的。"

凯斯抬了抬眉毛。粗鲁、傲慢——是的,他能理解为什么杰格喜欢福尔摩斯。

"确切地说,"杰格继续着,"我喜欢他拥有的能力,能将思考过程压缩成简单的格言。他的格言中,我最喜欢的一条就是:'真相是思考之后的残余,尽管它有时显得不太可能,但它确实是在整个思考过程中将那些不可能的因素剔除之后的实情。'"

这句话使凯斯的脸上露出了笑容。其实柯南·道尔真正的话是:"剔除不可能的因素,余下的无论是什么,不管看上去有多么不可能,也必然是真相。"考虑到这句话先是被翻译成瓦达胡德语,然后又被反过来译成英语,杰格的这个版本倒也不算是半瓶子醋。

"研究进行得怎么样?"

"嗯,我最初的分析,也就是认为第四代恒星在这儿出现纯粹是单个反常现象,现在必须加以更正了,因为我们在'泥浆'376A也看到了同样的一颗恒星。通过应用福尔摩斯的格言,我相信,现在我已经知道了这两颗绿色恒星,以及其他的红色恒星都来自什么地方。"杰格不说话了,等着凯斯问他。

"什么地方?"凯斯没好气地说。

"未来。"

凯斯禁不住放声大笑——但是他此时的笑声听上去有点像狗叫,因而瓦达胡德人可能听不出其中所含的嘲笑意味。"未来?"

"这是最好的解释。绿色恒星无法在一个像我们这么年轻的宇宙中生成。出现单个绿色恒星可能是因为某种异常现象,但是同时出现两个却太不可能了。"

凯斯摇了摇头,"但是,或许它们来自——我不知道——太空中的某些特殊区域。或许它们离黑洞太近,强大的引力使它们内部的聚变反应加快了。"

"我想过这些原因,"杰格说道,"我设想了很多可能的情境,但是它们都与事实不符。通过分析长喙与我在附近的绿色恒星大气中采集到的物质,我已经完成了基于同位素均衡性的放射性年代测量。那个恒星中的重元素已经存在了二百二十亿年,当然,恒星自身的年龄没有这么大,但是组成恒星的重物质中有许多就是这个岁数。"

"我一直以为所有物质的年龄都应该相同。"凯斯说。

杰格抬起他的下部双肩,"是这样,除了那些不断由能量转换而来的新物质。还有,在某些反应中,中子可被转换成为质子－电子对,或是质子－电子对可被转换成为中子。所有的基本物质都是在大爆炸之后不久生成的,但是组成这些基本物质的原子可以在任何时候通过裂变或聚变来成型或是被摧毁。"

"原来是这样,"凯斯尴尬地说,"对不起。那么,你的意思是那颗恒星中的重物质原子的年纪比我们的宇宙还要老?"

"对。这种情形可能存在的唯一原因是那个恒星来自未来。"

"但是……但是你说过这些绿色恒星比现在的任何恒星的年龄都要大上好几十亿年。你是想让我相信这些恒星沿着时光往回旅行了几十亿年? 这太不可思议了。"

杰格在开始狗叫之前打了个响鼻,"跳跃性思维的难点应该在于接受时间旅行这一事实,而不在于一个物体往回旅行了多长时间。如果时间旅行真的存在,那么,旅行的长短不过只是个采用合适的技术以及保证足够的能量供应方面的问题。我认为任何一个强大到能够移动恒星的种族应该可以轻易地满足上述两个要求。"

"但是我认为时间旅行是不可能的。"

杰格抬起了所有的四个肩膀,"在捷径被发现以前,瞬时移动也是不可能的。在超光速被发现以前,以快于光速的速度旅行也是不可能的。我无法假设时间旅行是怎么发生的,但是显然它正在发生着。"

"没有其他的解释了?"凯斯问道。

"嗯,正如我所说的,我已经考虑了其他可能性——例如捷径可能充当着平行宇宙之间的通道,绿色恒星是来自平行宇宙,而非我们的未来。但是除了年龄之外,它们似乎完全符合我们这个宇宙的物质组成,产生于我们的大爆炸,并且按照我们这儿所规定的物理定律运行着。"

"很好。"凯斯说道,举起了一只手,"但是为什么要把未来的恒星往现在送呢?"

"这个,"杰格说,"是你问的第一个好问题。"

凯斯紧紧地咬着腮帮子,"那么答案是什么呢?"

杰格再次抬起四只肩膀,"我不知道。"

当凯斯沿着昏暗阴冷的走廊前进时,他已然接受了这个事实:星丛上的任何种族都在以不同的方式贬低其他种族。他知道人类使用了一种使其他种族备受折磨的做法,那就是花费无数的时间来创造出某些名词的首字母缩写。现在,所有的种族都将这些玩意儿称为"简称",因为只有地球上的语言才有"简称"这一词。在计划建造星丛的早期,几个地球人发明了一个简称,"CAGE①",意思是"公共区域总体环境",指飞船上那些必须被四个种族共享的区域的周边环境。

唉,这地方感觉真像是个该死的笼子,凯斯愤愤地想着,一个地牢。

所有的种族都能在氮氧大气中生存,尽管艾比人比人类需要高得多的二氧化碳浓度来启动他们的呼吸反应。公共区域的重力最终被设置成地球上的零点八二倍——瓦达胡德人的标准重力,对于人类和海豚来说稍稍小了点,只有艾比人所习惯重力的零点五倍。湿度被维持在一个高位:当空气太干时,瓦达胡德人的鼻窦会关闭。公共区域的光线比人类所喜欢的那种要红——与地球上落日的颜色类似。而且,所有的灯光都不能直射:

———————————
① 意为"笼子"。

艾比人的家乡永远被厚厚的云层覆盖着,他们感应网上成千个感光点可能会被直射光线破坏。

即便做出了这么多安排,可还是存在问题。凯斯避让在走廊的一侧,让一个艾比人滚动着通过。从他身上的生物泵中伸出两根不停摇摆的蓝色管子,经过凯斯身边时,其中的一根排出一个坚硬的灰色小球,小球掉在走廊的地板上。艾比人的这类活动是不受卵囊中的大脑控制的,大脑根本意识不到。这种生理构造决定了他们不可能学会什么时候上厕所。在"平地"上有些动物以这些小球为食,它们可以吸取其中无法被艾比人利用的营养成分。在星丛上,大小如同人类的鞋子的小型机器人能起到相同的作用。凯斯看着它们中的一个沿着走廊嗖嗖而来,吸入掉下的小球,随后又向前滚动着离去了。

凯斯已然习惯了看到艾比人随处大便。感谢上帝,他们的排泄物没有什么明显的气味。但是他相信自己无论如何也无法习惯寒冷、潮湿,或是瓦达胡德人强加于他头上的种种限制——

凯斯停住脚步。他站在一个丁字路口上,能听到前方传来的吵闹声:一个人类男子,大声地用——听上去像是日语——叫喊着,伴随着一个瓦达胡德人一阵阵愤怒的狗吠。

"幻影,"凯斯轻声说,"替我翻译他们的话。"

一个纽约口音说道:"你没用,山田,太没用了。你没有资格拥有配偶。和你自己性交吧!"

凯斯皱了皱眉头,怀疑计算机并没有按照日语的本意翻译过来。

纽约口音再次响起:"在我的世界上,你肯定是最难看、最弱小的女人的随从中最没用的一个——"

"辨明说话者的身份。"凯斯轻声道。

"那个地球人是生物学家山田广木，"幻影通过凯斯的耳内移植片说道，"瓦达胡德人是加特·迪伽若·艾姆－霍夫，他是一位工程技术人员。"

凯斯站在那儿，不知道该怎么办。他们都是成年人了，再说，尽管他们都得向他汇报，但却不能说他们必须对他唯命是从。

我不是长子，也不是幼子，只是家里中间的孩子，负责联络。凯斯沿着走廊向他们走去。"伙计们，"他平静地说，"需要冷静一下吗？"

瓦达胡德人的四只拳头握得紧紧的，山田的圆脸上充满怒气。"别管这事，兰森。"那个地球人用英语说道。

凯斯看着他们。他能做些什么？他又不能把他们扔进小船任其自生自灭，他们凭什么要在私人问题上也服从他的命令呢？

"我请你喝一杯，山田。"凯斯说，"还有，加特，为什么不好好享受一下这一轮的休闲时光呢？"

"我最享受的事，"瓦达胡德人叫道，"就是看着山田被一个粒子加速器射进黑洞。"

"算了吧，伙计们。"凯斯又往前走了几步，"我们毕竟得在一起工作、生活。"

"我说了你别管，兰森。"山田咆哮道，"跟你没关系！"

凯斯觉得血直往脸上涌。他不能命令他们分开，也不能允许有人在他飞船上的走廊里吵架。他看着他们两个——一个矮个子中年地球人，长着一头灰色头发；另一个则是肥胖强壮的瓦达胡德人，身上的软毛呈现出一片橡树的颜色。凯斯和他们两个都不怎么熟，不知道该做些什么来安抚他们。见鬼，他甚至不知道他们为什么争吵。他张大了嘴，想说——说什么都行——

正在此时，一扇门向旁边滑开几米，一个身穿睡衣的年轻女人——谢丽尔·罗森博格——出现在门口。"看在圣彼得的分上，你们不能小声点吗？"她说，"对于我们中的某些人来说，现在是晚上。"

山田看着这个女人，稍稍低下头，转身走开。加特，出于本能的对于女人的恭敬，草草点了点头，朝着另一个方向离开了。谢丽尔打了个哈欠，退回屋里，门在她身后滑动着关闭了。

凯斯一个人留在那儿，看着瓦达胡德人的背影消失在走廊深处。他很生气，因为自己无法处理这件事。他控制着自己的怒气。我们都是生理的囚徒，他暗自想道。山田无法拒绝一位漂亮女人的要求，加特则无法违背一个女人的命令。

当加特从视野中消失之后，凯斯继续沿着阴冷潮湿的走廊前进。在某些时候，他想道，他自己也愿意放弃任何东西来换取可以任意发号施令的团体雄性首领的地位。

莉萨坐在桌边，做着她本职工作中最令她痛恨的部分——行政责任。这种负担仍然被称为日常文书工作，尽管它们中的绝大多数从不会被打印出来。

门铃响了，幻影说道："车厢来了。"

莉萨放下输入笔，整了整头发。她不禁想道，这有点好笑，担心自己的头发太乱，可是见到她头发的却连地球人都不是。"让她进来。"

艾比人滚动着进来了，幻影将塑料椅移到屋子的角落，给她腾出足够的空间。"请原谅我对你的打搅，莉萨。"动听的英国口音说道。

莉萨笑了，"噢，你没有打搅我，相信我的话吧。能够休息一下还是很不错的。"

车厢的感应网像是船上的风帆般拱了起来,以便能看到莉萨的书桌。"文书工作,"她说,"看上去的确非常无聊。"

莉萨笑了,"的确如此。那么,我能为你做些什么?"

长时间的沉默——对于艾比人来说这很不寻常。随后,她终于说话了:"我来给你一个通知。"

莉萨迷惑不解地看着她,"通知?"

感应网上的闪光在跳着舞,"诚挚的道歉,如果我用错了词语的话。我想要说的是,很遗憾,我不能在这儿继续工作下去了,五天之后正式生效。"

莉萨觉得她的眼睛都瞪大了,"你要走了?辞职?"

感应网上亮起一阵闪光,"是的。"

"为什么?我以为你喜欢研究长生不老。如果你希望被分配到其他任务组——"

"不是这么回事,莉萨。这项研究非常有趣,又具有极高的价值,我为能成为整个项目的一部分而感到荣幸。但是五天以后,我必须处理别的急事。"

"什么样的急事?"

"还债。"

"给谁?"

"给其他的综合生物体。五天之内我必须走。"

"去哪儿?"

"不,不是走。是'走'。"

莉萨呼了口气,抬头看着天花板,"幻影,你确信你正确翻译了车厢的话?"

"我认为是的,女士。"幻影通过她的耳内植入片说道。

"车厢,我不明白你所说的'走'与'走'之间的区别。"莉萨说。

"我不是指我的身体要去什么地方。"车厢说道,"我的意思是我不存在了,我要死了。"

"我的上帝!"莉萨惊呼道,"你病了吗?"

"没有。"

"但是你还没到死的年纪。你多次跟我说过艾比人可以确切地活上六百四十一年。你才六百岁刚过一点。"

"车厢"的感应网变成了肉色,不管这种颜色表达什么意思,反正地球上没有确切的词语来描绘它,因为幻影继续翻译下面的话之前没有对此做出任何说明,"以地球年计算,我已经六百零五岁了。我生命的十六分之十五就要到了。"

莉萨看着她,"然后呢?"

"因为我年轻时犯过的错误,我被裁定缩减生命的十六分之一。下个星期我就结束了。"

莉萨看着她,不知道该说些什么。最后,她只得不断地念叨着"结束",仿佛这个词也译错了。

"是的,莉萨。"

她又安静了一会儿,"你犯了什么罪?"

"谈论它对于我来说是个耻辱。"车厢说道。

莉萨什么也没说,等着看艾比人是否会继续说下去,但是她没有。

"我和你分享了很多关于我及我婚姻的私人秘密,"莉萨轻声地说,"我是你的朋友,车厢。"

沉默。或许艾比人正在控制她的感情,随后她说道:"当我是个三等见习员时——与你们地球上的研究生差不多——我错误报告了我主持的一次实验的结果。"

莉萨的眉毛又扬了起来，"我们都会犯错误，车厢。我不敢相信他们会因为这个而这么严厉地惩罚你。"

车厢身上的闪光呈现出一种随机形态，显然，它们只是惶恐的标志。幻影再次没有提供口头翻译，随后，她说道："结果不是被误报的。"艾比人的感应网黑了几秒钟，"我故意捏造了那些结果。"

莉萨竭力保持着中性的语气："噢?"

"我以为那个实验并不重要，而且我知道——至少是我以为我知道——实验的结果是什么。回过头来想想，我意识到我当时知道的只是我想要得到的结果是什么。"感应网一片黑暗，停顿了一会儿之后，"后来，很多研究员在做研究时使用了我的实验结果，浪费了大量时间。"

"就因为这个，他们就要对你执行死刑?"

车厢感应网上的所有闪光点一下子全亮了—— 一种表示震惊的表情，"不是那种立即执行的死刑，莉萨。在'平地'上只有两种死罪：卵囊谋杀和用超过七个部件组成综合生物体。我的生命只不过是被缩短了。"

"但是……但是如果你现在是六百零五岁，那么你犯罪时是哪一年?"

"当时我二十四岁。"

"幻影，地球上那是哪一年?"

"公元1513年，女士。"

"上帝!"莉萨说道，"车厢，他们不能为了这么早以前的一个小错误就这么严厉地惩罚你。"

"时间的流逝并没有减轻我错误所造成的后果。"

"但是只要你在星丛上，你就受到行星联邦宪章的保护。你应该请求在这儿避难，我们会为你请个律师。"

"莉萨，你的关心令我感动。但我已经准备好还债了。"

"但是这么多年过去了，他们可能已经忘了。"

"艾比人无法遗忘，你知道的。因为组成我们卵囊的细胞以恒定速度复制着，我们具有异常清晰的记忆。即便我的伙伴可以遗忘也没关系，我在这件事上以名誉发过誓。"

"为什么你不早说呢？"

"我受到的惩罚不需要我公开我的错误，他们允许我不必生活在经常的羞辱之中。但是这儿的守则规定，如果我要离开，必须提前五天通知。所以现在，在五百八十一年之内，我首次告诉别人我的罪行。"艾比人停顿了一会儿，"如果可以的话，我会将我生命的最后期限用于整理我们的研究，以便你和其他人可以顺利地进行下去。"

莉萨的脑海里翻腾起层层波浪。"嗯，好的。"最后她说道，"好的，没问题。"

"谢谢。"车厢说道，她转过身向门口滚去，但是紧接着，她的感应网又闪动了一次，"你是个很好的朋友，莉萨。"

随后，门开了，车厢滚动着消失了。莉萨瘫倒在椅子里，整个人都麻木了。

第十二章

莉萨来到舰桥，想把车厢的决定告诉凯斯。正当她大步向他的工作站走去的时候，菱形突然大声说道："凯斯、杰格、莉萨，"经过翻译的声音听起来既清脆又冷静，"非常非常抱歉打扰了你们，但是我认为你们应该看看这个。"

"看什么？"凯斯说道。

趁菱形的绳索在控制台上飞舞的工夫，莉萨坐了下来。全息影像中的某个部位出现了带框的蓝色画面。"恐怕过去我没有对适时扫描图像进行过仔细的研究，"艾比人说道，"但是当我重新看我们曾经录到的这些资料时——在这里，请仔细看。这是用一千倍的速度回放那些图像，你们在以下六分钟里将要看到的几乎浓缩了我们到这里以后发生的所有事情。"

带框部分内出现了一个暗物质球体，摄像头的视角正对着它的赤道上空。实际上，它不是一个标准的球体：两级部分显得有点扁平。沿着它的纬度方向，排列着明暗相间的云带。根据标尺显示，这是他们发现的最大的一个球体，直径大约有十七万两千公里。

"等一等，"凯斯说道，"虽然它表面有云带，但是看上去它根本没有旋转。"

菱形的传感网闪起了亮光,"我希望事实不会令你难堪,凯斯,但实际上,它的旋转速度比我们观察到的任何其他球体都要快。在这一时间点上,它正绕着它的轴线以每两小时十六分钟一圈的速度旋转着——几乎是木星旋转速度的五倍。由于旋转速度太快了,云带里通常会出现的气流紊乱现象都消除了。在现在的快速回放过程中,这个球体每八秒钟就转完一圈。"菱形伸出一根绳索,轻点一个控制键,道,"我让计算机在赤道上做一个参考标记。看到那个橘红色的点了吗?那是我们人为设定的零经度线。"

那个橘红色的点在赤道上移动,然后在球体后部消失,四秒钟后又出现了,继续在球体可见的这部分移动。经过这样几次循环之后,杰格大声咆哮道:"你是不是正在加快回放的速度?"

"没有,我的好杰格。"菱形说道,"回放速度是恒定的。"

杰格指着数字时钟说:"但是这一次你做的标记点只用了七秒钟就转了一圈。"

"确实如此,"菱形说道,"球体实际的转速在增加。"

"这怎么可能?"凯斯问道,"有没有其他物体在和它相互作用?"

"是的,其他所有的球体都在对它产生作用——但这并不是我们观察到的现象发生的原因。"菱形说道,"旋转速度加快是由于它的内部原因引起的。"

杰格把头低了下来,趴在他的控制台上,开始启动简捷计算机模式。"除非在系统中注入能量,否则旋转速度是不可能增加的。在球体的内部必然发生着某种复杂的反应,而这些反应最终是由某些外部力量激发的,并且——"他抬起了头,发出一声尖厉的咆哮,幻影翻译为"大吃一惊"。

此时,全息像蓝色框内显示的暗物质球体的赤道部位开始向下凹陷。北半球和南半球不再是标准的半圆球形状,看上去像是在临近接触的部分缩进去了一些。现在,围绕较小的赤道圈旋转的橘红色标记点的转速比以前更快了。

随着球体继续加速旋转,赤道部位的凹陷现象越来越明显。很快,球体的轮廓变得像是个"8"字形。

莉萨站了起来,瞪大眼睛,目瞪口呆。赤道现在变得非常窄,橘红色小点已然覆盖了赤道宽度的四分之一。菱形按下一些控制键,那个小点消失了,代之以两个独立的橘红色小点,分别位于"8"字形的两个球体赤道上。

图像变得暗了下来。"请原谅,"菱形说道,"这个时候另一个暗物质球体移动到了我们与那个球体之间,遮住了图像。以目前的回放速度,我们将有十四秒钟看不到任何图像。我跳过这一段。"

菱形的绳索伸向控制台。图像又一次出现时,这两个球体连接部分的宽度只有原来球体直径的十分之一。注定的结果即将不可避免地呈现在大家面前,每个人都全神贯注地看着,只有空调设备的嗡嗡声打破宁静。终于,这两个球体相互分离了,其中一个立即沿着曲线向着蓝框的下部坠去,另一个则向顶部移动。它们之间的距离越来越大,这时,两个球体赤道上的橘红色标记点转完一圈所花费的时间越来越长了——旋转的速度慢了下来。

莉萨转身面向凯斯,她的眼睛睁得大大的。"它就像一个细胞,"她说,"像一个正在经历分裂的细胞。"

"完全正确。"菱形说道,"只不过这一次我们见到的母细胞很特别,光直径就有十七万公里,至少在分裂发生以前它应该是这么大。"

凯斯清了清嗓子。"对不起,"他说,"你是想告诉我外面那些东西是活的?它们是活的细胞?"

"我看过杰格乘坐的大气探测器所采集到的样本记录。"莉萨说道,"还记得探测器刚进入大气层时,见到的那个像是小型飞船般的东西吗?我当时就猜那个东西可能是某种生命形式,飘浮在云带中的一种气囊生物。地球上的科学家在20世纪60年代曾经提出过在木星上存在着这种生命形式的理论。但是这种小飞船模样的东西可能只是单个细胞器官——是一个更大细胞内的独立组织。"

"活着的生物?"凯斯充满怀疑地说,"直径几乎达到二十万公里的活着的生物?"

莉萨的声音仍然充满惊恐,"有可能,而且,我们刚刚看到其中的一个复制了自己。"

"难以置信。"凯斯摇着头,"我想说的是,我们在讨论的不仅仅是个巨大的生物体,也不仅仅是能在太空内自由生活的生命形式。我们真正在讨论的是由暗物质构成的生命体。"他转向左边说道,"杰格,这种事可能发生吗?"

"你是说暗物质——或是暗物质中的一部分——是活的?"瓦达胡德人耸了耸他的四个肩膀,"我们的很多科学和哲学理论都宣扬宇宙应该充满了生命,然而到目前为止,我们仅仅在三个星球上发现了生命的存在。或许我们只是找错了地方。德拉迪博士和我对暗物质代谢化学都了解得很少,但在那些球体中确实存在着很多复杂的化合物。"

凯斯摊开双臂,试图让大家都用常识来思考问题。他环顾舰桥一周,试图找到一个像他一样被整件事弄得摸不着头脑的人。

就在此时,一件更重要的事涌上他的脑海。他靠在椅背上沉默了一会儿,随后按下通信台上的控制键,并选取了一个通用频道。"兰森呼叫海克。"他说。

海克的头像出现在星空全息像中的另一个相框中,"到。"

"找到那些无线电信号的源头了吗?"

凯斯想象着瓦达胡德人的下方肩膀在摄像头拍摄范围之外抬了起来。"还没有。"

"你说过你在两百多个不同的频率上发现了智能信号。"

"是的。"

"多少个? 确切数字是多少?"

海克转过头查看着一个监视器,他的面部头像变成了侧面像,显出他突起的猪嘴。"两百一十七个,"他说道,"其中一些比另外一些要活跃很多。"

凯斯听到左面的杰格再一次发出了惊讶的咆哮声。

"那儿,"凯斯缓慢地说,"准确地说有两百一十七个独立的、木星大小的球体。"他停顿了一会儿,把原来想说的话咽了回去,转而说道,"当然,如同木星那样的巨大气体星球通常会成为无线电射线的源头。"

"但这些球体是由暗物质构成的,"李安妮说道,"它们是不带电的。"

"它们不是由纯暗物质构成的,"杰格说道,"它们中布满了普通物质微粒。暗物质可以通过强核力与普通物质中的质子相互作用,从而产生电磁信号。"

海克抬起他的上方肩膀。"有这种可能。"他说,"但是每个球体都以各自的频率发射信号，几乎像是……"带有布鲁克林口音的声音轻了下去。

　　凯斯看着莉萨，可以看出她也是这么想的。他扬起了眉毛。"几乎像是不同的声音。"他考虑停当之后说道。

　　"但是那儿已经不止有二百一十七个球体了，"萨转过身子说道，"现在应该是二百一十八个了。"

　　凯斯点了点头，"海克，再对信号进行一次普查，看看是否在你以前侦测到的信号频率段之上或之下出现了新的活跃信号。"

　　海克低下头，在他的桌子上操纵着控制键。"稍等，"他说，"稍等。"随后，"上帝，是的！有新信号！"

　　凯斯转向莉萨，笑道："我想知道那个新生儿的第一句话说的是什么。"

天龙星座第五

　　凯斯没有看到玻璃人是如何再次来到船坞的。他就那么一抬头,玻璃人已经在那儿了,慢慢向他走过来,透明的双腿带着他穿过草地及四叶苜蓿。他行走的姿势流畅优雅,整个人看上去仿佛处于慢镜头之中,尽管实际上他是以正常速度在移动。隐隐的碧绿色——他透明身体中的唯一色彩——显得很是扎眼。

　　凯斯想站起来,可最终还是选择坐在地上,抬头看着这个全身透明的家伙。阳光透过他的身体和蛋形脑袋闪烁着。

　　"欢迎回来。"凯斯说道。

　　玻璃人点了点头,"我知道,我知道,你很害怕。你隐藏得很好,但我知道你在想我究竟会把你留在这儿多长时间。不会很长的,我保证。但是在你走之前,我还想从你那儿了解些别的事情。"

　　凯斯抬起眉毛。玻璃人坐了下来,背靠邻近的一棵树。不管他的身体是由什么物质构成的,反正肯定不是玻璃。他管状的躯干并没有放大他身后树皮上的条纹,只是使条纹看上去稍微有点变形。

"你生气了。"玻璃人淡淡地说。

凯斯摇了摇头,"不,我没有。到现在为止,你对我挺好。"

一阵风铃般的笑声传过,"不,不。我不是说你冲我生气。只不过你心中有怨气,你的内心深处藏着一个秘密,就是它使你的心肠变硬了。"

凯斯将脸扭向一旁。

"我说对了,是吗?"玻璃人说道,"你心中的秘密使你一直很压抑。"

凯斯沉默着。

"来吧,"玻璃人说道,"说给我听听。"

"那是很久以前的事了,"凯斯说道,"我……我应该忘了它。我知道,但是……"

"但是它仍然困扰着你,不是吗? 到底是什么? 是什么改变了你?"

凯斯叹了口气,环顾着四周。所有的一切都是如此美丽,如此宁静。他已经忘了上次他待在草地与树林之中是什么时候的事了,现在他只想享受周围这一切,只想——只想放松。

"跟索尔·本-亚伯拉罕的死有关。"凯斯说道。

"死。"玻璃人重复道,仿佛凯斯刚说了个他不懂的词,和以前说过的"堂·吉诃德式"一样。他摇了摇透明的头,"他死时有多大年纪了?"

"已经是十八年前的事了,那时候他二十七岁。"

"一次心跳的时间而已。"

两人都陷入了沉默。凯斯不禁想起了当玻璃人将他与莉萨之间二十年的婚姻以同样的态度打发时他强烈的反应。但是这回玻璃人是对的。凯斯点点头。

"索尔是怎么死的?"玻璃人问道。

"是……是因为一次意外。至少,瓦达胡德人是这么定的。但是,我总是认为这种看法就像把臭虫扫进地毯底下……你知道,故意压制。索尔和我前往鲸鱼座天仓五第四行星上居住。他是个天文学家;我是个社会学家,在那儿研究殖民地的社会生活,作为我博士后研究的一部分。他和我从大学时代起就是朋友,在不列颠哥伦比亚大学时我们是室友。我们有很多共通之处——都喜欢打手球、下围棋,都曾经在学生剧团内演过戏,对音乐也有相同的欣赏品位。不说那么多了,总之,索尔发现了鲸鱼座天仓五捷径,我们派了艘探测器穿过它,到达了源捷径。当时,新东京还是个以农业为主的殖民地,不像现在这般繁华。当然,那时候它还没得到'新东京'这个绰号,人们只是将它称为希尔纳斯殖民地,希尔纳斯是鲸鱼座天仓五第四个行星的名字。总之,他们那儿当时没什么社会学家,所以最后派我研究捷径的发现会对人类文明产生什么影响。随后,瓦达胡德人的飞船冒了出来,我们只能匆忙间在当地组织了一个第一次接触小组,因为即使以超光速飞行,到达地球也需要六个月的时间。索尔和我都是这个小组的成员,受命去迎接飞船,然后……"凯斯的声音低了下来。他闭上双眼,轻轻地摇了摇头。

"然后呢?"玻璃人问道。

"他们说那是一个事故,说他们产生了误解。当我们第一次与瓦达胡德人面对面时,索尔随身带着个全息照相机。他并没有把它对着那些猪,当然——没有人会那么傻,他只是将它挎在身体的一侧。接着,他用大拇指轻轻一摁,相机打开了。"凯斯长长地叹了口气,"他们说相机看上去像是瓦达胡德的传统手持武器——基本形状一致。他们认为索尔在准备武器,就要向他们开枪了。那些猪中的一个带着随身武器,他朝着索尔射击,正好击中他的脸部。他的头在我旁边爆炸了,我身上溅到了他的……他的……"凯斯将脸扭向一边,沉默了很长时间,"他们杀了他,我曾经拥有的最好的朋友,他们杀了他。"他盯着地面,拔起一些四叶苜蓿,看了一番,随后扔了出去。

他们静静地待着。蟋蟀鸣叫着,鸟儿唱着歌。最终,玻璃人说道:"心里头装着这些事,对你来说一定很难过。"

凯斯什么都没说。

"莉萨知道吗?"

"是的,她知道,那时我们已经结婚了。她去希尔纳斯想探索那儿为什么没有任何土生土长的生命,虽然我们的进化模型显示那儿显然具备生命出现的条件。但是我很少谈及发生在索尔身上的事——不和她谈,也不和别的任何人。我不想让我周围的人负担我的痛苦。每个人都有自己的烦恼。"

"所以你把它深藏在心里。"

凯斯耸了耸肩膀,"我一直在努力忘掉这件事——努力控制情绪。"

"值得表扬。"玻璃人说道。

凯斯感到很惊奇,"你真这么想?"

"我确实是这么认为的,尽管我知道你的做法看上去不太寻常。大多数的人都以一种……请原谅我的幽默……透明的方式生活着。"玻璃人示意着他自己透明的身体,"他们的私人自我就是他们的公共自我,私下里是什么样,公开场合就是什么样。你为什么会不同呢?"

凯斯一耸肩,"我不知道。我一直就是这样的。"他打住话头,思索了很长时间,随后继续道,"我差不多九岁的时候,我家附近住着个小流氓。一个大个子笨蛋,年纪在十三岁到十四岁之间。他经常拎起小孩子,把他们丢在公园里的灌木丛中。嗯,当他这么做时,任何一个孩子都会手脚乱踢、大哭大叫。一天,他瞄上了我——在我和其他孩子玩捉迷藏或是类似的某种游戏时,他抓住了我。他拎着我,把我带到灌木丛边,把我扔了进去。我没有挣扎。挣扎没有意义,他的块头是我的两倍,我不可能挣脱的。我也没有大哭大叫。他把我丢进去,然后我就自己出来了。他就那么看着我,足足有十秒钟,随后他说道:'兰森,你有种。'从此,他再也没有碰过我。"

"所以,这种自我控制成了你的生存机制?"玻璃人问道。

凯斯耸了耸肩,"只不过是忍受你必须忍受的东西罢了。"

"但是你不知道这种性格是怎么养成的?"

"不知道。"凯斯说道。过了一会儿之后,他继续道:"嗯,实际上,我想我可能知道。我的父母都喜欢争吵,都是急性子。你从来无法知道他们中的哪位会为了一件小事而突然爆发,无论是公共场合还是私人场合都是如此。就连在他们好好说话时也要冒着惹火他们的危险。每天晚上,我们家都会聚在一起用晚餐,但我总是很沉默,希望晚餐能马上结束,希望能有那么一次大家都不用不开心,不会有人咆哮着离开桌子,或是大声喊着些难听的话。"

凯斯又停了下来。过了一阵子,他继续道:"公平地说,我父母的关系中存在着其他问题,可我当时只是个孩子,还无法理解。他们结婚时,两人都有工作,但随着时间流逝,自动化的进程砍掉了越来越多的工作机会。加拿大政府修改了税收法,家庭中的第二个有工资收入的人将被征以收入百分之一百一十的税,这样做的目的是将工作机会分配给尽可能多的家庭。当时爸爸的收入比妈妈少,所以在我们家是他放弃了工作。我相信,他的坏脾气跟这件事有很大关系。但我所感受到的就是我的父母把他们的怒气和不满发泄到了他们周围的每个人身上。即使当时我还只是个孩子,我就已经发誓永远不像他们那样。"

玻璃人全神贯注地听着。"真奇妙,"他说道,"这样就能说得通了。"

"说通什么?"凯斯问道。

"你。"

第十三章

凯斯感到一阵眩晕。这么多发现,这么多事件。他的几根手指在舰桥工作站上敲着,思考了一阵子,然后说道:"好了,各位,我们谈谈该怎么办。"

所有前排工作站都围绕各自的基座旋转过来,与后排工作站面对面:李安妮对着杰格,萨对着凯斯,菱形对着莉萨。凯斯挨个看了看他的每一个舰桥工作人员,"我们已经发现了很多令人不解的事情。"他说,"首先是那个从捷径涌出的恒星之谜——那个杰格认为是来自未来的恒星。就好像这个难题还不够让我们费脑筋一样,我们又无意中发现了生命——生命!——由暗物质构成的生命。"凯斯又看了看同伴的脸,"再考虑到海克发现的无线电信号的复杂性,有可能——很小的可能,我承认——我们甚至在与智能生命进行第一次接触。莉萨,要是在昨天,这种话可能像彻底发疯,但是,让我们把暗物质研究工作放在生命科学部吧。"

莉萨点点头。

凯斯转向杰格,"另一方面,由捷径冒出来的恒星有可能会对行星联邦构成威胁。如果你是对的,杰格,它们确实来自未来,那么我们必须搞明白为什么它们要回来。是不是特意计划的?如果是这样,是不是出于恶意?或者仅仅是一次事故?也就是说,从现在开始计算十几亿年后的某个时刻,一个星群与一个捷径相撞,然后出于某种原因使捷径超载,于是组成星群的恒星涌回到了这里?"

"是这样,"杰格大声咆哮道,"一个星群是不会通过一个捷径的,只有组成它的单独的恒星有可能!"

"除非,"萨说道,语气听起来带有一丝挑衅,"除非那个星群被某种超大的代森球体包围—— 一个包围着所有球体的壳。想象一下,几十亿年以后的某个时刻,像那样的物体碰到了一个捷径。当它穿越捷径的时候,壳可能破裂了,构成它的个体恒星散落在各处,从不同的出口涌了出来。"

"简直荒谬。"杰格说道,"你们人类总是喜欢相互为彼此的观点提供支持,甚至在你们最不切实际的幻想中也是这样。比如说你们的宗教——"

"够了!"凯斯的大手重重地拍在工作站的边缘,严厉地说,"够了。如果只是争吵不休的话,我们永远不会取得进展。"他看着瓦达胡德人,"如果你不赞成萨的假设,说说你自己的观点。为什么这些恒星从未来回到了这里?"

杰格面对指挥官,却只用他的两个右眼看着凯斯,左边的两个扫视着周围的环境,这是一种本能反应,预示他即将开始吵架。"我不知道。"他最后说。

"我们需要一个答案。"凯斯说道,声音听起来仍然很严厉。

"非常对不起,我打扰一下。"菱形说道,"不是想冒犯你们,也希望没有冒犯你们。"

凯斯转过脸来看着艾比人,"什么事?"

"可能你问错了人。当然,杰格刚才并不想故意无礼。但是如果你想知道那些恒星为什么被送了回来,你应该问那个送它们回来的人。"

"你是说问未来世界的某个人?"凯斯说,"我们怎么可能做到这一点?"

艾比人的传感网闪起了亮光。"这就是杰格的事儿了。"他说道,"如果来自未来的物质能够通过捷径前往过去,我们能不能把过去的某种物质送到未来呢?"

杰格安静了一会儿,认真思考着,最后他耸了耸下部的两个肩膀,"据我所知,不行。我所做的每个计算机仿真结果都表明,任何进入现在时刻的捷径的物体,都会转向另一个现在时刻的捷径。假设那些捣蛋的恒星被送回来是经过特意设计的,无论这是由谁做的,我都不知道控制捷径的这个人是怎么做到的,我也不知道怎样送物体到未来世界。"

"啊,杰格,"菱形说道,"原谅我,但是必然会有一种方法把物体送到未来世界。"

"什么方法?"凯斯问道。

"时间舱。"艾比人说道,"你知道,只需要做一个能永远存在的物体。最终,我们不需要刻意做什么,它将通过时间的自然流逝而存在于未来的某个时刻。"

杰格和凯斯互相看了看。"但是……但是杰格说那些恒星是由几十亿年以后的某个时刻回来的。"凯斯说道。

"事实上,"瓦达胡德人说,"如果让我来估计的话,它们应该是在一百亿年以后的某个时刻回来的。"

凯斯点点头,转身面对菱形,"这是联邦中任何一颗行星目前年龄的两倍。"

"是这样。"艾比人说道，"但是，请原谅，你要知道，不管是地球还是其他行星，都不是通过刻意的设计而制造出来的。但我们的时间舱将会是。"

"一个将存在一百亿年的太空舱……"杰格颇感兴趣地说道，"也许……也许可以用极其坚固的材料来制造，像是……像是没有晶体裂开面的大块钻石。但是即便做成了这么个家伙，我们也不能保证它会被发现。而且，在被发现之前，银河系的这个部分将会围绕它的轴心旋转四十多次。在这段时间内，我们怎样才能保证这个物体不飘流到其他地方呢？"

菱形传感网又闪起了一片亮光，"那么，假设这个捷径能够继续存在一百亿年，这是个很公平的假设，因为它现在就在这儿，而且当那个恒星被推出来时也必定存在着。所以，给我们的时间舱加载自我修复的功能——毫微技术实验室应该能够想出些办法来——并且使它能固定在这个捷径附近。"

"然后希望在未来当某些人到这儿来使用这个捷径的时候能够注意到它？"凯斯问道。

"可能不仅仅是这些，凯斯。"菱形说道，"也可能是他们到这儿来建造这个捷径。捷径系统有可能是在未来被制造的，并且让系统的出口点伸入过去。如果他们真正的目的是把恒星转移到现在来，这也是有可能发生的。"

凯斯转向杰格，"有什么反对意见吗？"

瓦达胡德人抬起了他的四个肩膀，"没有。"

他又转身面对菱形，"你认为这种方法可行吗？"

艾比人传感网上闪过一丝微弱的亮光，"为什么不行呢？"

凯斯思考着，"我认为值得一试。但是，一百亿年的时间。到那时，联邦内所有的种族可能都灭绝了。"

菱形传感网上又闪起了一片亮光，"所以我们必须将我们的信息设计成符号或是数学语言。让我们的好伙伴海克创造点东西出来，他是搜寻外星智慧生物的无线电天文学家，在设计符号通信方面是个专家。用一句你们和我们都有的俗语来说，这对他来说是正中下怀。"

舰桥上忙了起来，有很多事情急等着要做。但是杰格和海克已明显地萎靡不振了，尽管他们没有像人类那样戏剧性地一连串打哈欠，可他们的鼻孔开始有节奏地收缩扩张，表达了同样的生理反应。

有那么一阵子，凯斯想要在这儿熬个通宵。他上大学时经常这么干，但是大学时代已经是半个世纪以前的事了，而且他必须承认他自己也已经精疲力竭了。

"今天晚上就到此为止吧。"他说，从他的工作站旁站了起来。他刚一起身，他工作站上的指示灯便随之熄灭。

莉萨点点头，也站了起来。两人走向被全息像掩盖着的一面墙。门开了，现出门后的走廊。他们向电梯间走去。一部电梯正等着他们——他们刚踏上走廊，幻影便将电梯调度到了这儿。凯斯走了进去，莉萨跟在他身后。"十一层甲板。"他说，幻影发出"嘟"的一声表示确认。他们转过身，刚好看见李安妮·凯伦道特顺着走廊向他们小跑过来。幻影当然也看到了她，并将电梯门一直保持在开启状态，直到她进来。李安妮进来时冲着凯斯笑了笑，随后说了声她的甲板层数。莉萨的目光一直盯着墙上的监视器，那上头显示着这层甲板的布局图。

凯斯与莉萨结婚太久了，不可能读不懂她的身体语言。她不喜欢李安妮——不喜欢她站得离凯斯这么近，不喜欢和她待在一个狭窄的空间里。

电梯开始移动。监视器上这一层十字形的甲板布局图的四只手臂开始收缩。凯斯深深地吸了口气——随后可能是第一次意识到他是如此想念香水那微妙的味道。这是对可恶的猪们的又一次让步,他们的鼻子过于敏感。香水、古龙水、有香味的剃须水——所有这些在星丛上都是被禁止的。

凯斯在监视器的屏幕上看到了莉萨的脸,看到了她嘴角绷得紧紧的肌肉,看到了不安,看到了伤害。

凯斯也能够看到李安妮,她比他矮一点,光亮的金发半遮着富有异国情调的脸、年轻的脸。如果他们单独在一起,凯斯可能会和她聊天,给她讲一个笑话,然后微笑或大笑,甚至在说话时轻轻地碰碰她的胳膊。她是如此——如此富有活力,和她说说话都能让人焕发青春。

然而,他什么也没说。甲板层指示器数字一直在减小,最终电梯轿厢停在李安妮公寓所在的那一层。

"晚安,凯斯。"李安妮笑着对他说,"晚安,莉萨。"

"晚安。"凯斯回答道,莉萨则随便点了点头。

在她身后的电梯门关闭之前的几秒钟,凯斯能看着她沿着走廊慢慢离去。他从来没有去过她的公寓,很想知道她是怎么装饰她公寓的。

电梯继续上升了一会儿,随后再次停下。门开了,凯斯和莉萨走了一小段路回到他们的公寓中。

他们刚进家门,莉萨说话了——她的话是经过深思熟虑的,凯斯从她的声音里听得出来。"你很喜欢她,是吗?"

凯斯掂量着所有可能的答案。他非常尊重莉萨的智力,因而没有想要用说声"谁?"来逃避。迟疑了一会儿之后,他终于认为诚实是最好的对策。"她聪明、迷人、美丽,工作又出色。有什么不值得喜欢的地方吗?"

"她才二十七岁。"莉萨说道,仿佛她的年龄是一种可诉诸法律的罪行。

二十七!凯斯想到。好了,终于知道了,一个具体的数字。但是——二十七。上帝……他脱下鞋袜,躺在沙发上,让他脚上的气味散发出去。

莉萨在他的对面坐下。她的脸上是一种思索的表情,仿佛是在考虑是否要继续深入这个话题。显然她选择了放弃,转换了话题,"车厢今天来找我了。"

凯斯扭动着他的大脚趾,"哦?"

"她要走了。"

"是吗? 在其他地方找到了更好的工作?"

莉萨摇了摇头,"她将在下个星期被解体。仅仅因为她在六百年前浪费了其他人的时间,她就被判罚掉了她十六分之一的生命。"

凯斯安静了一阵子,"哦。"

"你听上去好像并不觉得奇怪。"莉萨说道。

"怎么说呢,我听说过这种判决。我从来就没能明白艾比人为什么对于惩罚时间浪费行为特别执着,要知道他们可以活好几个世纪。"

"对于他们来说,这只是很平常的寿命期限。他们当然不会认为这是不同寻常的长寿命。"短暂的停顿之后,"你不能让她经受这样的惩罚。"

凯斯伸开双臂,"我不知道我还能做些什么。"

"该死,凯斯。这样的惩罚将会在这里执行,在星丛上。你当然有这个权力。"

"如果是星丛上的事,当然有。但是这种事……"他抬头看了看天花板,"幻影,我在这种事上的权限是什么?"

"根据联邦法律条例,你必须遵守由各成员星球政府宣布的判决。"幻影说道,"条例中有关残酷和不寻常惩罚的部分特别排除了艾比人缩短部分标准生命周期的严厉惩罚。考虑到这些,你没有权力干涉这件事。"

凯斯又摊开手臂,看着莉萨说:"对不起。"

"但是她做的错事是那么微不足道、那么无关紧要。"

"你说她编造了一些数据?"

"是的,可那时她还是个学生。这当然是件非常愚蠢的事,但是——"

"你知道艾比人是怎样看待浪费时间的行为的,莉萨。我猜想其他的人依赖于她的结果,是不是?"

"是的,但是——"

"你知道,艾比人来自一个常年被云层覆盖的行星。在行星表面上看不到星星和月亮,他们的太阳也只是躲在云层后面的模糊的亮点。尽管如此,他们还是通过研究在那里被当作海洋的非常浅的小水洼的水位变化,找到了月亮存在的证据,他们甚至推断出了其他恒星和行星的存在。所有这些努力都发生在他们能够穿越他们的大气层之前。我打赌,在那样的条件下,人类是不可能完成他们那种研究的。这仅仅是因为他们的寿命很长,他们有大把的时间用于解决疑问。生存在这样的行星上的种族,如果生命比较短暂,他们可能永远都不会想到在他们的世界之外还有一个宇宙。但是,为了能够实现他们现在的成就,他们不得不依赖于其他成员的观测结果,如果有人弄错了数据,那么所有的一切就都会被搞糟的。"

"但是在经过了这么长的时间后,没有人会仍然在意她以前犯的错误,而且……而且我需要她。她是我的小组中的重要成员,她还是我的朋友。"

凯斯伸开双臂,"那你想让我做些什么呢?"

"和她谈谈。告诉她,她不需要经受这样的惩罚。"

凯斯挠了挠他的左耳朵。"好吧,"最终他说,"好吧。"

莉萨对他笑了笑,"谢谢你。我肯定她会——"

正在这个时候,内部通话系统的呼叫器响了起来:"卡拉卢萨呼叫兰森。"一个女声说道,弗兰卡·卡拉卢萨是第四班的内务官。

凯斯抬起头,"收到,我在这里。出了什么事,弗兰卡?"

"鲸鱼座天仑五发来的信使带来了一个消息,我觉得应该让你知道。从某种意义上说这是个旧消息——是十六天以前从太阳系通过超无线电信号发到鲸鱼座天仑五的,中央太空站一收到消息就传到了我们这里。"

"谢谢。请把信号传送到我这里墙上的监视器上。"

"好的。完毕。"

凯斯和莉萨都转身面对着墙。画面上出现了BBC全球新闻,播音员是一个长着银灰色头发的东印度人:"两个联邦行星政府之间的形势继续处于紧张状态。一方是太阳系联合国、印第安座第四和鲸鱼座天仑五;另一方是'泥浆'王国。今天,'泥浆'简短地宣布将再关闭另外三个大使馆——纽约、巴黎和东京,这导致双方关系更加恶化。加上一周以前关闭的另外四个大使馆,现在整个太阳系内只剩下渥太华和布鲁塞尔大使馆没有关闭。今天关闭的大使馆的工作人员已经乘坐瓦达胡德飞船启程前往鲸鱼座天仓五捷径。"

画面切换到一个健壮的瓦达胡德人头像。画面下方的状态栏显示他的名字叫普兰尼普地·达特·拉斯口·艾姆－胡斯。他说英语,不需要翻译器——很少有瓦达胡德人能够做到这一点。"很遗憾,出于经济原因,我们不得不做出这样的决定。你们知道,由于联邦行星间的贸易以超出人们预料的速度发展着,所有行星的经济都陷入了困境。减少地球上大使馆的数量只是针对这种形势而做出的一种调整。"

画面转向一个非洲中年妇女,状态栏显示她的名字叫丽塔·内盖什,是地球－瓦达胡德政治关系学家,来自利兹大学。"我不相信这个理由—— 一点也不信。"她说,"我的意见是,'泥浆'是要逐步召回全部大使。"

"这意味着他们将采取什么行动呢?"画面外的一个男声问道。

内盖什两手一摊,"当人类第一次进入宇宙时,所有权威人士都认为宇宙又大又富足,不同星球之间不可能由于物质缺乏而引起冲突。但是捷径系统改变了一切,它迫使我们可能在我们自己或是其他种族还没有准备好的时候,拉近各个种族之间的距离。"

"然后呢?"画面外的问话者又问道。

"然后,"内盖什说道,"如果我们将要面临一个……一个事变,它可能不仅仅是关于经济问题的,可能是关于一些更基本的问题的—— 一个简单的事实,就是人类和瓦达胡德人总是互相看对方不顺眼。"

墙上的监视器转回到路易斯湖的全息像。凯斯看着莉萨,发出一声长长的叹息。"一个'事变',"他重复着那个词,"好吧,至少我们两个都太老了,不可能应征入伍。"

　　莉萨长时间地看着他。"我认为这已经不重要了,"她最后说道,"我想我们已经在前线了。"

第十四章

　　凯斯一直喜欢乘坐电梯到船坞那儿去。电梯向下运行到三十一层,也就是组成中央盘的十个甲板中最高的一层,然后开始沿着四个由中心向甲板边缘辐射的辐条轨道中的一条水平移动。辐条轨道是透明的,电梯的墙面和地面也是透明的,所以乘客向下可以看到广阔的海洋甲板景观。凯斯可以看到三只正在下方畅游的海豚的背鳍。海洋甲板壁和中心轴上安装的振动器制造出大量的半米长的波浪,与平静的海洋相比,海豚更喜欢这样的波动。海洋甲板的直径有九十五米,凯斯一直对这里能装这么多水而感到惊讶。甲板顶部是地球天空的全息像,高高的白云在蓝色天空背景的衬托下移动着,这种场景总是能触动凯斯的心。

　　电梯最终到达圆盘的边缘,进入那个看起来很普通的通向工程环面的通道。当到达工程环面的外缘时,电梯向下运行了九层,来到船坞隔舱。凯斯下了电梯,走了很短的一段距离,来到九号船坞的入口。他一走进去就看到了符号通信专家海克和一个瘦削的人,他的名字叫沙辛沙·阿兹米,是物质科学研究部的负责人。在他们的中间是一个黑色的正方体,刻度显示边长为一米。正方体放在一个基座上，使它的高度与人们的视线持平。凯斯走向他们。

"日安，先生。"总是很有礼貌的阿兹米淡淡地说道。凯斯从旧电影中知道过去印度人的声音是多么悦耳动听，他想念在即时通信系统把人们话音里抑扬顿挫的变化都抹去之前，人类声音所具有的那些多种多样的音调。阿兹米指着正方体说："我们已经用石墨合成物加上少量的放射性物质建造了时间舱，除了超空间自我修复感应器和由星光能驱动的自动姿态控制系统以外，它很坚固。感应器将固定在捷径上，自动姿态控制系统用来帮助正方体保持与感应器的相对位置不变。"

"那么带给未来的信息怎么办？"凯斯问道。

海克指了指正方体的一个面。"我们把信息刻在正方体的表面上！"他的咆哮声回荡在整个船坞里，"从这一面开始。你可以看到，它包括一系列框在一起的示例。第一个框内是两个点加上两个点等于四个点。这是一个问题，加上这个问题的答案。在这里的第二个框，由两个点加两个点和一个符号组成。因为可以使用所有人为设计的符号，所以我们就使用了英语的'？'，只是没有下面的那个点；因为那个点很容易让别人误以为那是第二个符号，而不是一个。这个框给了我们一个问题，以及一个表明这个问题没有答案的符号。第三个框标出了问号，我设计的代表'等于'的符号，以及四个点，也就是答案。所以这个框在说，'这个问题的答案是四。'你看明白了吗？"

凯斯点点头。

"现在，"海克继续说道，"我们已经为对话建立了一套词汇表，可以问真正想要问的问题了。"他蹒跚着绕到正方体的另一边，那个面也刻着一些记号。

"你可以看到，"海克说，"在这里我们有两个相似的框。第一个画着代表捷径的图，捷径中间有一个恒星冒了出来。你看到了吗？这里，显示球体宽度的刻度线，下面还有一系列水平的和垂直的线条。那是用框的宽度为基本单位来衡量恒星直径的二进制表示方法，以免他们不理解那个图形所代表的意思。然后，这里还有一个等号、一个问号。所以这个图代表的意思就是'一个恒星从捷径中冒了出来代表什么含义'。在这个框下面是一个问号、一个等号和一个空白区域，代表'对于上面那个问题的答案是……'空白区域暗示我们需要一个答案。"

凯斯缓慢地点了点头，"很聪明，干得好。"

阿兹米指着正方体的另一面说："在这面上，我们刻上了有关十四个不同脉冲星的周期和相对位置的信息。如果未来捷径的创造者——或者无论是谁发现了这个正方体——存有能够追溯到现在的历史记录，他们将能够通过这些信息确定这个正方体具体建造于哪一年。"

"除了这些，"海克说道，"他们也非常有可能估计到，这个正方体是在那个绿色恒星从捷径中冒出后很短的时间内制出来的——可以假设他们同时也知道把恒星送往过去的确切时间。也就是说，他们有两种不同的方法确定什么时候回答我们的问题。"

"这能起作用吗？"凯斯问道。

"哦，可能不会。"阿兹米笑着说，"这只是海洋中的一个漂流瓶。我并不真的期望什么结果，但是我觉得这还是值得一试的。而且，麦格诺博士告诉我，如果我们不能得到一个合理的解释，如果我们确定这些恒星是一个威胁的话，我们可以使用瓦达胡德人的时空平整技术蒸发这些捷径。当然，恒星可能从成千上万的出口中涌出，我们可能也无法做些什么来阻止它们。但是如果他们知道我们有能力在一定程度上予以干涉的话,也许他们会给我们一个解释,而不是由着我们捣乱。"

"很好。"凯斯说道,"但是怎样能够让这个正方体处于一个显眼的位置? 你们怎么能确定它会被发现?"

"这是所有问题中最难解决的。"海克大声吠叫道,"只有几种办法能够突出某个物体。一个是让它能够反射光,但是我们做这个正方体没有用这样的材料,因为它可能必须在星际间尘埃的冲刷下保存长达十亿年之久。我知道,这种冲刷每个世纪仅有几次,只是非常微小的碰撞,但是在那么长的时间里,这样碰撞的后果将会使任何反射表面变得黯淡下来。

"我们考虑的第二种使用的方法是把时间舱做得很大——这样它就能吸引视线,或者变得很重——这样它就会扭曲宇宙时间。但是时间舱越大,它就越容易被流星撞毁。

"最后的可能性就是让它发出很大的声音——你知道,就是发射无线电信号,但是那需要一个动力设备。当然,现在那个绿色星球就在附近,我们可以使用简单的太阳能设备从中获取能量,但是那个恒星相对于捷径有显著的位移。仅仅在几千年以后,它将距离这里整整一光年,在这么远的距离上,它是不能提供足够的能量的。另外,无论我们使用哪种内部能源装置,它的能量来源都会在目标保存期到来之前很早的时间耗尽,或是其中的放射性物质衰变成石墨。"

凯斯点点头,"但是你也说过,可以把恒星发出的光转换成电能,来给姿态控制系统提供能量?"

"但是几乎没有多余的能量来发出哪怕是很微弱的无线电了。我们只是假设,无论是谁建造了这个捷径,不管怎样,他们都将会通过使用探测器最终发现这个正方体。"

"如果他们没有发现呢?"

海克抬起了他的四个肩膀,又放了下来,做了一个耸肩的动作,"如果他们没有发现——唔,反正我们只是试一试,不成功的话也不会有太多损失。"

"好吧,"凯斯说道,"我觉得不错。这是一个试验品,还是实际的时间舱?"

"我们原来只想把它作为一个试验品,但是整个制作过程实在是很顺利,"阿兹米说道,"我是说我们也可能就用这个了。"

凯斯转向海克,"你是什么意见?"

这个瓦达胡德人大声说道:"我同意。"

"很好。"凯斯道,"你们打算怎样发射它?"

"是这样,由于它除了姿态控制喷气发动机以外没有任何其他动力,"阿兹米说道,"我不敢把它单独放在充满暗物质生命的环境里,它有可能陷入这些暗物质形成的引力场里。但是我们也发现这些暗物质生命具有一定的移动性,所以我猜测,它们不会永远停留在这个地方。我已经编辑了标准的负载运输程序,把正方体带离这里,然后在一百年之后回来,把它放在距离捷径二十公里的区域。这以后,时间太空舱自己配备的姿态控制发动机应该能够保持它与出口点的相对位置。"

"非常好。"凯斯说道,"火箭也准备好了吗?"

阿兹米点点头。

"你能够从这里发射吗?"

"当然。"

"那我们就开始吧。"

三个人离开船坞,乘坐电梯来到船坞控制室。这里有几个互成角度的玻璃窗,透过这些窗户可以俯视凹陷的发射场。阿兹米在一个控制台前坐了下来,开始操作控制键。在他的命令下,一个机械化平台载着一枚圆柱形的运载火箭滚进船坞,机械手臂把正方体送到火箭前部的钳子里。

"船坞减压。"阿兹米说道。

来自四面墙中的三面,以及地板和屋顶的力场开始关闭,迫使船坞里的空气从后墙上的通风口排出。当所有的空气都被抽走,并压缩到罐子中后,力场消失了,船坞内部成为真空状态。

"开启太空舱门。"阿兹米说道,同时进行了一些其他的操作。由多个分段部分连接起来的弧形外墙开始上滑到船坞顶上。可以看到外面漆黑一片,船坞里的闪烁灯光盖住了星星发出的光。

阿兹米又按下几个键。"启动时间舱电子装置。"然后他敲了一个键,按照预先编好的顺序启动了安装在船坞后墙上的牵引光束发射器。运载火箭从平台上升了起来,从地板上空掠过,又掠过停靠在船坞上的纺锤形的维修船,飞入太空。

"火箭加速。"阿兹米说。圆柱体的尾部推进器点火,整个装置迅速地消失在视野中。

"就这样了。"阿兹米说道。

"怎样了?"凯斯问道。

阿兹米耸耸肩,"现在就忘记它吧。可能会有用,也可能没用——很可能没有用。"

凯斯点点头,"干得好,伙计们,谢谢你们。它是——"

"莉萨呼叫兰森。"扬声器里的一个声音说。

凯斯抬起头,"收到。你好,莉萨。"

"你好,亲爱的。我们已经准备好,可以尝试开始和暗物质生命进行第一次通信。"

"我马上回去。完毕。"他微笑着看看阿兹米和海克,"你们知道,有时候我们工作人员的效率简直太高了。"

凯斯来到舰桥,在后排的中间位置坐了下来。现在全息像不再显示着普通的星空图像,而是在苍白的背景上画着的一个一个的小红圆圈,这是描述暗物质球体所在位置的布局图。

"好啦。"莉萨说道,"我们将使用无线电和可见光信号与暗物质生命进行交流。我们已经制造了一个特殊的探测器,将由它来发射实际的信号。探测器位于飞船右舷大约八光秒远的地方,我将通过通信激光来操作它。当然,暗物质生命可能已经探测到我们的存在,但是也可能没有探测到。万一暗物质生命就是摔门者,或是其他同样令人恶心的生物,把他们的注意力引向一个不重要的探测器,而不是星丛本身。这样做更谨慎一些。"

"'暗物质生命'。"凯斯重复着,"这个叫法听起来有点拗口,我们肯定可以想出一个更好的名字来。"

"'黑人'怎么样?"菱形怀着希望说道。

凯斯有些不耐烦。"不好。"他想了一会儿,抬起头来,咧开嘴笑着说,"'强壮男人'怎么样?"

杰格的四只眼睛滚动着,发出一声表示厌恶的咆哮。

"'黑体'听起来怎么样?"萨问道。

莉萨点点头,"'黑体'不错。"她对房间里的所有人道,"好了,大家都知道,海克已经把他从黑体那里收集到的信号群分了类。在假设每个信号群都是一个单词的基础上,我们已经确定了其中用得最多的一个信号。在我们发出的第一个信息中,我将循环发出那个单词。我们假定这个词是个中性词——就是黑体语言中的'这',或是其他类似的词。当然,这样的重复不会传递任何有意义的信息。但是,如果幸运的话,黑体将意识到这是一种试图和他们进行交流的尝试。"她转向凯斯,"请求你同意继续进行,指挥官。"

凯斯笑道:"由你决定。"

莉萨按下控制键,"发射信息。"

菱形的传感网闪起亮光,"它确实起作用了,"他说,"会话的密度显著增加了。它们同时都在讲话。"

莉萨点点头,"希望他们会把那个探测器当成发射源。"

"我觉得它们已经发现了那个探测器。"过了一会儿,萨说道,并用手指着显示屏。五个地球大小的生物开始向探测器方向移动。

"下面开始比较关键的部分。"莉萨说道,"我们已经引起了它们的注意,但是我们是不是能够和它们进行交流?"

凯斯知道如果有人能解决这个问题,那一定是他的妻子。她是与艾比人进行第一次通信联系的小组成员之一。那次尝试是从简单的名词交流开始的——一种发光的形式代表"桌子",另一种代表"地面",诸如此类。即使这样,还是存在很多困难。艾比人和属于两足动物的人类在身体构造方面有很多不同之处,所以人类的很多概念他们是没有专门用语的,比如站立、奔跑、坐下、椅子、衣服、男性、女性等。而且由于他们总是生活在厚厚的云层下,对于其他很多概念——白天、夜晚、月、年、星座等——艾比人也没有通用单词。与此同时,艾比人也在试图传递一些对于他们的生活来说是非常重要的概念:综合生物体、全景视觉,以及很多与滚动前进和后退有关的比喻表述方式。

但是与和行星般大小的生物进行交流相比,那些问题简直是小菜一碟。确实,艾比人在理解独特的隐喻用法时没有什么困难——比如"小菜一碟"这种说法,他们很快便理解了。人类也可以轻易理解艾比人所用的表达相同意思的比喻:"顺着斜坡滚下"。而这些木星大小的异族生物可能有智慧,也可能没有;可能有视觉,也可能没有;可能懂得物理和数学的基本原理,也可能不懂。与这些生物进行交流可能是不现实的。

"所有在两百个频率上的谈话还在继续着。"菱形说道。

莉萨点点头,"但我们无法判断那是球体生物之间的谈话,还是针对我们的回答。"她按下另一个按键,"我还要再试一下,循环发送另一个不同的,但也是黑体经常使用的单词信号。"

这一次,无线电信号杂音停顿下来,一个黑体显然用嘘声阻止了其他黑体的说话。然后,这个黑体一遍又一遍地重复着一个简单的、由三个词构成的句子。

"是凭感觉干的时候了。"莉萨说道。

"怎么干?"凯斯问道。

"是这样,在这种情况下,一般我们会问的第一个问题是:'你是谁?'海克和我让幻影分析了黑体的词汇,并设计了一种符合有效构词规律的信号,根据我们目前掌握的情况,黑体还没有使用过这种信号。我希望它们把这个信号当作是星丛的名字。"

莉萨发送了几次这个自创的单词信号——最终,他们取得了突破:阻止其他球体谈话的那个黑体向探测器重复了这个单词。

"西班牙的雨,"莉萨咧开嘴,笑着说,"主要集中在平原地区①。"

"万分抱歉。"菱形说道,"我的翻译器肯定是出问题了。"

---

① "The rain in Spain falls mainly on the plain." 这是电影《窈窕淑女》中奥黛丽·赫本的台词,她扮演的是一个学习如何正确发音的卖花女,上面这句话就是她的练习句子。最后,卖花女在这个句子上取得了突破,学会了正确发音。电影中,她的老师大叫道:"I think she's got it." 即下面那句"我想她总算明白过来了"。

莉萨还在笑,"不是出问题了。我想她总算明白过来了——我想我们总算接上头了。"

凯斯指着显示屏问道:"是哪一个在和我们交谈?"

菱形的绳索在控制台上飞舞着,"是这个。"他说,屏幕上某个红色圆圈的周围随即出现了一个蓝色光环。接着,他又在控制台上作了一些操作,"在这里,让我把图像变得更清楚一些。我们现在已经有了那个绿色恒星作为光源,我可以把单个黑体的图像变得清晰些。"红色圆圈消失了,取而代之的是一个球体的灰白透视图。

"你能不能调高对比度?"凯斯问道。

"可以。"这个原来看起来是灰色和浅灰色的球体的各部分现在呈现出了不同的亮度,有的部分变成了纯白色。

凯斯很满意。在强对比度的图像上,可以看到一对垂直的白色对流线把两极连了起来,这两条线在球体的赤道部位闪耀着光。"像猫眼睛。"他说。

莉萨点了点头,"确实很像,不是吗?"她按下几个键,"好了,猫眼,让我们看看你有多聪明。"全息像中浮现出了一个水平的黑框,大约一米长、十五厘米高,"这个框体代表着探测器上配备的一组核聚变灯。"莉萨说道,"当探测器布置好以后,这些灯就被关闭了。现在让我们来看看。"她按下操作台上的一个键。那个黑框变成了电火花一样的粉红色光柱,持续了三秒钟,然后又变成黑色,又持续了三秒钟;接着以很快的速度连续两次变成粉红色,又变成黑色,持续三秒钟;最后快速地连续三次变成粉红色。"当框体变成粉红色时,我把所有的核聚变灯都打开了。"莉萨说道,"开灯的时候,探测器同时发射无线电信号,而关灯时,探测器则停止发射信号。我把舰桥的扬声器调到了猫眼使用的频率。"

扬声器没有发出任何声音，但是凯斯可以看到菱形控制台上的指示灯仍在闪烁，显示其他频段上有谈话在进行。

莉萨大约等了半分钟，然后按下一个控制键。核聚变灯又重复了一次刚才的发光程序——闪一下、闪两下、闪三下。

这次操作后很快就有了反馈，星丛收到了三个黑体的单词，通过扬声器听到的是幻影翻译过来的、三个明显不同的哔哔啪啪声。

"好。"莉萨说道，"如果我们幸运的话，那是黑体表示'一''二''三'的单词。"

"除非，"萨说道，"那是黑体表示'搞什么鬼？'的说法。"

莉萨笑了笑，然后按下刚才的那个键。探测器又闪了一下、两下、三下，猫眼的回复同样也还是刚才的那三个单词。"好了，"莉萨说道，"下面开始进行真正的测试。"她按下另一个键，每个人都认真地看着，那个光柱以相反的顺序闪着：三下、两下、一下。

黑体回复了三个单词。凯斯不太能肯定，但好像是——

"对了！"莉萨兴奋地大叫着，"这就是猫眼以前说过的三个单词，但是是以相反的顺序说的。他看懂了我们想表达的意思，所以他至少具有最基本的理解能力。"莉萨又命令探测器按照刚才的顺序闪烁了一遍，这一次，幻影用英语的"三、二、一"替换了开始时的发音，声音听起来像是一个合成男音，带有老式的法国口音——很明显，这将成为黑体语的标准发音。

莉萨继续着交谈，舰桥的工作人员全神贯注地关注着事情的进展，并知道了黑体语中从数字1到100的说法。无论是她还是幻影都没有在构词方面发现任何形式的重复结构，因而无法推断出黑体计数体系中的进制基数。看起来每个代表数字的单词在相互之间没有任何联系。她在数到"100"的时候停止了操作,因为她担心黑体会对这种游戏感到厌烦,最终完全停止和她的交流。

接着进行的是简单的数学练习:两次闪烁和一个六秒钟的停顿——这个停顿的时间是以前的两倍——又是两次闪烁,再加上六秒的停顿,然后是四次闪烁。

在莉萨前五次重复这个操作时,猫眼总是老老实实地用单词回答着"二""二"和"四",但是在第六次,他终于知道了那个加长的停顿时间所要代表的意思:六秒钟的时间间隔表明中间少了一个单词。当猫眼又一次说话的时候,幻影没有等待莉萨的最终确认就把黑体的话翻译成了"二加二等于四"——并把代表两个操作过程的单词加入了翻译数据库。在很短的时间里,莉萨搞清楚了黑体语中"减""乘""除""大于"和"小于"的说法。

"我认为,"莉萨笑得更开心了,"毫无疑问,我们在和一种智商较高的生物进行交流。"

看着莉萨兴致勃勃地通过数学方法获取了越来越多的词汇,凯斯禁不住赞许地点了点头。她很快掌握了黑体语中的"正确"和"不正确"(或者是"是"和"不是")——她希望在其他领域内代表"对"和"错"的也是这两个单词。然后,她示意菱形以一种特定的方式移动探测器(同时注意避免让姿态控制发动机喷出的高温尾气溅到黑体上),从而学会了"上""下""左""右""前部""后部""退后""前进""转弯""翻滚""转圈""快""慢"等黑体单词。

通过操纵探测器沿着围绕猫眼的轨道运动,莉萨知道了黑体语中表示"轨道"的单词,然后很快学会了"恒星""行星""卫星"等词汇。

通过在探测器核聚变灯上加载颜色过滤片,莉萨搞清了黑体语中表示各种颜色的词汇。下一步,她发送了她独创的第一个简单句子,句子头一个单词是刚才他们给星丛的替身——探测器——起的名字,"星丛向绿色恒星移动。"莉萨随后示意菱形控制探测器做出完全一样的动作。

猫眼立刻明白了,回应道:"正确。"然后他发回了他自己的句子,"猫眼离开星丛。"接着他按照他所说的那样做了。莉萨也回答道:"正确。"

阿尔法班结束后,凯斯回到公寓洗澡、吃饭,但是莉萨一直工作到很晚,积累了越来越多的词汇。猫眼始终没有显示一丝一毫的不耐烦或是疲劳。当伽玛班上岗时,莉萨已经精疲力竭了,她把翻译的工作交给了海克。他们工作了四天——共十六班——慢慢地,他们建立起了一个黑体词汇库。猫眼的注意力始终很集中。最后,莉萨说,他们已经能够进行较为简单的交流了。凯斯作为指挥官负责提问,而莉萨将是实际传递问题的人。

"问问他们到这里多久了。"凯斯说道。

莉萨俯身靠近她控制台上伸出的扩音器,"你们到这里多久了?"

对方回答得很快:"自从我们开始交谈的时间,乘以一百倍再乘以一百倍再乘以一百倍再乘以一百倍再乘以一百倍再乘以一百倍。"

幻影插嘴道:"大约是四万亿天,或者说大约十亿年。"

"当然,"莉萨说道,"他也可能只是采用了象征的手法——只是想表达一段非常长的时间。"

"但是,"杰格说道,"十亿年几乎和宇宙的年龄一样长。"

"如果你的年龄有十亿年那么长，我觉得你肯定也会变得很有耐心的。"萨咯咯地笑着说。

"还是用另一种方式问这个问题吧。"李安妮建议道。

"所有在这儿的你的同类都存在了这么久吗？"莉萨对着麦克风说。

"这一群那么长。"经过翻译的声音说，"这一个，自从我们开始交谈的时间，乘以一百倍再乘以一百倍再乘以一百倍再乘以五十倍。"

"大约五十万年。"幻影说道。

"也许他在说这一群黑体存在了十亿年，"莉萨说道，"但是他自己只存在了五十万年。"

"'只'？"李安妮说道。

"现在告诉他我们的年龄。"凯斯说道。

"你是指星丛的年龄？"莉萨问道，"还是联邦行星的年龄？还是我们种族的年龄？"

"我想，我们在比较不同的文明。"凯斯说道，"所以应该用联邦中最古老的种族来进行比较。"他看了看菱形那小小的全息像，"那应该是艾比人，他们已经以目前的生物形态存在了大约一百万年，对不对？"

菱形的传感网闪起亮光，表示同意。

莉萨点点头，打开了麦克风，"我们存在的时间，自从我们开始交谈的时候乘以一百倍再乘以一百倍再乘以一百倍再乘以一百倍。这一个，自从我们开始交谈的时间，乘以一百倍再加上一百。"她关上了麦克风，"我告诉他作为一种文明，我们存在了一百万年，但是星丛本身的年龄只有两年。"

猫眼重复了它自己的年龄，后面是一个表示减的单词，然后重复了那段表示星丛年龄的描述,再加上了"等于"单词,最后重复了它自己的年龄。"意思非常模糊。"莉萨说,"我想他在说我们的年龄和他比起来微不足道。"

"这个嘛,关于这一点他是对的。"凯斯大笑道,"我很想知道那么大把岁数是什么感觉。"

第十五章

　　凯斯很少进入飞船上艾比人的生活区域,那儿的重力保持在地球标准重力的一点四一倍(同时也是飞船上标准重力的一点七二倍)。凯斯感觉好像自己的体重变成了一百一十五公斤,而不是平常的八十二公斤。尽管在短时间内他还能承受这一变化,但是这种感觉令他很不好受。

　　这地方的走廊比星丛其他区域的走廊宽很多,甲板与甲板之间隔层的厚度也挺大,使得天花板的高度降低了许多。凯斯并不需要弯着腰走路,但是不知怎的,他发现自己还是这么做了。这儿的空气既温暖又干燥。

　　凯斯来到了他正在寻找的屋子门口;屋子的门上镶嵌着一个模型标记——黄色的灯光组成了一个长方形,在长方形底边的两端各有一个小小的圆圈。凯斯从未见过有轮子的火车,但是这个图形符号看上去的确很像一个火车车厢。

　　凯斯对着空气说道:"幻影,请通知她我来了。"

　　幻影发出蜂鸣声表示确认。过了一会儿,大概是得到了车厢的允许,门滑行着开启了。

　　以人类的标准来看,艾比人的生活舱显得极不寻常。乍一看,它们的空间大得奢侈——凯斯进入的这个房间有8米×10米那么大,但是随后你又会意识到它们的面积实际上与飞船上其他公寓的面积是完全一样的,只不过它们没有被分隔成独立的卧室、起居室及卫生间,里头也没有椅子、沙发之类的东西,也没有地毯,地面上覆盖着一层硬橡胶似的物质。在他们的家乡,艾比人会在屋内堆起些土墩子,墩子与墩子之间的宽度刚好符合他们轮子之间的宽度——因而当他们的轮子暂时与身体脱离时,他们的框体及其他部分仍能被支撑着。车厢在她屋子的一角安装了与土墩类似的装置,这个装置是她屋内唯一的家具。

凯斯觉得墙上的装饰画显得既古怪又令人不安:它们是由从不同角度观察同一个物体所得到的多个景象叠加而成的,而且这些景象多数呈现出一种扭曲状态。他无法分辨远处的墙上画着些什么,但是令他震惊的是,离他最近的这部分显示的是对人类及瓦达胡德人的严重畸形早产儿的研究,这些胎儿中有的长着断续的脊柱,有的长着奇怪的半透明的脑袋。尽管车厢是个生物学家,外星生物可能令她着迷,但是至少可以说,她选择的研究领域是较为异类的。

车厢从屋子深处朝凯斯滚了过来。看着一个艾比人从远处向你滚来会让你紧张,他们喜欢加速到高速滚动,直到离你只有一两米时才戛然而止。凯斯从未听说有哪个人被他们轧到过,但是他总是害怕自己会成为第一个受害者。

艾比人身上的亮光闪烁着。"兰森博士,"她说道,"真是个惊喜。请坐,请坐——我没有椅子,但是我知道这儿的重力太高了。不用客气,请坐在我的安乐墩上吧。"

她的绳索轻轻地冲着屋子角落中一个楔形构造舞动了几下。

凯斯的第一反应是拒绝她的好意,但是,该死的,在这种重力状态下站着实在难受。他走向前去,一屁股坐在墩子上。"谢谢。"他说道,他不知道该如何开始话题,但是他很清楚如果在谈话时兜圈子会冒犯艾比人,"莉萨叫我来看看你,她说你马上就要解体了。"

"亲爱的莉萨宝贝,"车厢说道,"她的关心让我感动。"

凯斯若有所思地环顾着屋子四周。"我想让你知道,"他终于说道,"你没有必要解体——至少当你还待在星丛上时。飞船上的所有工作人员都被视为真正的外交人员,我可以为你争取豁免。"他看着眼前这个生物,希望她能长着张脸——希望她能有双正常的眼睛,透过她的眼睛能够读懂她的内心世界,"你的工作是我们的典范,没有理由阻止你在你的有生之年继续为星丛服务。"

"你是个好人,兰森博士,非常好。但是我必须对自己负责。在此之前,尽管我没有和任何人提起我即将解体,但是在我的内心深处,我为这一时刻已准备了好几个世纪。我按照这个终结时刻安排好了我的生命,我不知道该怎么打发多出来的五十年。"

"你可以继续你的研究。说不定,再研究半个世纪的永生问题,你就能征服它,而且再也不会死去了。"

"永生的耻辱,兰森博士?永生的罪恶?不,谢谢。我决不会改变我的誓言。"

凯斯静静地思索了一阵子,论证与反驳在他脑海中交战;新的劝说方式、新的解决办法不断出现,但是都被他否定了。"我能做些什么来使你觉得好受些?你需要什么特殊的装置或是设备?"

"会有个仪式。通常情况下，多数艾比人都不会参加，要是参加的话，只能使他们在我身上浪费更多的时间。我认为只有我最亲密的艾比朋友会来，如果是这样的话，我不会需要一个大的礼堂。但是，既然你已经提出了，如果可能的话，我想要求使用一个船坞来举行仪式——当仪式结束时，我身体的组成部分可以从那儿被送入太空。"

"如果这就是你的要求，你当然可以得到我的允许。"

"谢谢，兰森博士。非常感谢。"

凯斯点了点头，朝着门口退去。穿过温暖的走廊，他又回到了中央支柱的兽笼般的环境中。通常，当他从艾比人的区域返回到飞船上的低重力区域时，他会感受到一种浮力，整个人仿佛轻如羽毛。

但是这次却不同。

"超光速粒子脉冲。"在外勤工作站的菱形宣布道，"有东西正从捷径中出来。是个小家伙，直径大概只有一米。"

极有可能是个信使，凯斯暗想。"让我们看看，菱形。"球形全息像中的某个部位被蓝色分界线隔离了，分界线里头是从望远镜中看到的那个刚从捷径中冒出的物体的影像。

"欢迎回家！"萨·麦格诺脸上乐开了花。

"谁去把海克和沙努·阿兹米①叫来。"

"我来吧。"李安妮说道。过了一会儿，她说道："他们往这儿来了。"

左舷处的星空开裂了，瓦达胡德外星通信专家蹒跚着上了舰桥。几乎在同一时刻，座椅廊后方的门开了，沙辛沙·阿兹米

---

① "沙努"是"沙辛沙"的简称。

走了进来。他穿着网球短裤,手里还拿着把网球拍。凯斯向他们示意着放大后的影像。"看看是什么回来了。"他说道。

海克的四只眼睛都睁大了,"这……这太棒了。"

"菱形,"凯斯说道,"做一遍扫描,看看它后头藏着什么东西。如果没什么问题,用牵引光束把它拖进六号船坞。"

"正在扫描……没有发现明显的问题。牵引光束锁定。"

"拖进船后,立刻将它隔离在一个单独的力场中。"

"遵命。"

"我真希望它是在上个星期回来的。"阿兹米说道。

"为什么?"莉萨问道。

"那样我们就不用费那么多劲去建造它了。"

莉萨笑了。

"沙努、海克,我们一起去六号船坞,好吗?"凯斯说道。

"我也想看一眼。"莉萨说道。

凯斯笑了,"没问题。"

四个人向船坞走去。到达之后,他们停在一堵力场墙跟前,海克在凯斯右方两米处,阿兹米站在凯斯的后面,而莉萨则紧紧挨着丈夫的左侧,他们俩的胳膊轻轻搭在一起。立方体被一系列看不见的光束拖拽进了船坞。刚一进来,它周围就立刻围上了一个力场泡。舱门从天花板上滑下闭紧了,他们等着船坞加压完毕之后,连忙走进去检查立方体。

这么多世代,它的磨损情况还算不错。表面看上去像被钢丝绒打磨过,但是上面雕刻的所有问题依然清晰可辨。他们现在才发现菱形在操纵立方体拖拽的过程中将留给答案的那一面当成了底面。

"幻影,"凯斯说道,"将立方体旋转九十度,露出它的底面。"

牵引光束操纵着时间舱。留给答案的那一面上，不知怎的被镶上了一块白色底板，底板上的黑色符号非常醒目。

"上帝。"海克说道。

莉萨张大了嘴巴。

凯斯一动不动。

答案区的上方是一串阿拉伯数字：

$$10-646-397-281$$

数字下方，用英语写着：**把恒星推往过去是一种需要，而不是威胁。这么做对我们双方都有利。不要害怕。**在这句话的下方，用稍小一点的字体写着：**凯斯·兰森**。

"我简直无法相信。"凯斯说道。

"嘿，看这儿。"海克将身体探向前叫道，"那个字母的书写方式有点不一样，不是吗？"

凯斯顺着他指的方向看去。每个小写的"u"字母下部的短线都出现在字母的左方而不是右方。"还有，'don't'上的省略符号的方向也反了。"凯斯说道。

"上方的一串数字代表什么？"莉萨问道。

"看上去像身份证号码。"凯斯说道。

"不对——它是一种数学表达式。"海克说道，"意思是……意思是……中央计算机？"

"负一千三百一十四。"幻影的声音说道。

"不，不对，"莉萨缓慢地摇着头说道，"当人类写信时，那儿是他们写下日期的地方。"

"以什么格式呢？"海克问道，"小时，随后是天，再是月，最后是年？这种排列不对。反过来看呢？第十年，第六百四十六天。这也不对，因为地球上的一年也就不到四百天。"

"不，"莉萨说道，"不，不是这样的。那就是年——整个一串就是年。一百零六亿四千六百三十九万七千二百八十一年。"

"是年？"海克说道。

"是年，"莉萨说道，"地球上的年，以基督的诞生——他是一位先知——为开始。"

"我以前看过很多人类的数字。"海克说，"你们以千位数来划分大的数目——我们的人以万位数来划分。但是我想你们用的是——你们叫它们什么？——那些位于下标处的小小弯曲？"

"逗号，"莉萨说道，"我们用逗号分隔大数目，或是空格。"她仿佛无法保持自己的平衡，向着船坞的舱壁走去，靠在了舱壁上，"但是……但是想象一下在那么遥远的未来，可能已经没有人使用英语了……有可能在英语使用者——"她指了指凯斯，"完全消失之后，再……再过成百万年或甚至好几十亿年，他们完全有可能记错了如何分割大数字，或是省略符号的方向，或是'u'的小小延伸应该在哪面。"

"肯定是个假的。"凯斯摇着头说道。

"即使是假的，那么它也是个完美的假货。"阿兹米摇晃着手持扫描仪说道，"我们在立方体的构造中加入了一些半衰期非常长的物质。立方体现在的年龄是一百亿正负九亿地球年。伪造这一年龄的唯一方法是用准确的同位素配比率来制作一个赝品。即便有个复制品与我们的真品在任何细节上都十分相像，它也无法仿照辐射衰变以及时间在物体表面留下的痕迹。"

"但是上头签署了我的姓名，"凯斯说道，"这难道不是个错误吗？"

"不管怎样,你的姓名与星丛联系在一起。"海克说道,"毕竟你是首任指挥官,而且,坦白地说,我们瓦达胡德人一直认为你获取了过多的荣誉。或许那不是个签名,或许它只是个地址,或是某种致敬,或是——"

"不是,"莉萨瞪大了眼睛说道,她的声音因为激动而颤抖着,"不是——它是你写的。"

"但是……但这是不可能的。"凯斯说道,"我怎么可能从现在开始再活一百亿年呢?"

"除非这是一种相对现象,"海克说道,"或是进入假死状态。"

"或者……"莉萨说道,她的声音依然在颤抖。

凯斯看着她,"什么?"

她小跑着离开了船坞。

"你去哪儿?"海克叫道。

"去找车厢。"她喊道,"我想告诉她,我们的生命延长实验将以一种做梦也没想到的方式成功。"

天龙星座第六

玻璃人从铺满苜蓿的地上站了起来。"也许你需要一些时间休息。"他说,"我一会儿回来。"

"等等,"凯斯说道,"我想知道你是谁。你到底是谁?"

玻璃人什么都没说,他的头歪向一边。

凯斯也站了起来,"我有权知道。我已经回答了你的每一个问题,现在,请回答我的这个问题。"

"好吧,凯斯。"玻璃人伸开他的手臂,"我就是你——吉尔伯特·凯斯·兰森——但是是将来的你。你不知道,这么长时间以来,一直有件事在折磨着我:我怎么也想不起来那个可恶的'G'代表什么。"

凯斯惊愕得张大了嘴,"这……这不可能,你不可能是我。"

"哦,是的,我是你。"玻璃人说,"当然,我有点老了。"他摸了摸他那光滑透明的脑袋,然后发出风铃一般的大笑声,"看到了吗?我的头发已经掉光了。"

凯斯的眼睛眯成了一条缝,"你是从多久远的未来回到这里的?"

"是这样,"玻璃人轻声说道,"实际上,你把事情搞反了。我们是在我的现在时间中,应该这样问:你是从多久远的过去来到现在的?"

凯斯感到有点头晕,"你是说……你是说现在不是2094年?"

"二十——九十四①是什么?"

"地球上的2094年——公元2094年。耶稣诞生后的第两千零九十四年。"

"谁? 哦,等等——我的计算机刚刚提醒了我。让我来算一算,我知道从宇宙形成的时候开始算到现在是哪一年,但是……啊,知道了。在你们的系统里,这是第一百零六亿四千六百三十九万七千二百八十一年。"

凯斯吃惊得后退了半步,"把我们的时间舱送回去的是你。"

"是的。"

"我是……我是怎么到这里来的?"

"当你的分离舱穿过捷径的时候,我把你锁定在一种静止状态。时光在宇宙中流逝,但是对你来说不是这样。当时间进入本年时,我解除了你的锁定。不要紧张,我将把你放回到你来的那个时间段。"他停顿了一下,"还记得你走出那扇门时看到的粉红色星云吗? 那就是以前的太阳遗留到现在的形态。"

凯斯的眼睛睁大了。

"别担心。"玻璃人说,"太阳发生超新星爆炸的过程中没有人受伤,整个过程是经过仔细设计和操作的。懂了吗,那种类型的恒星是不会自然发生超新星爆炸的,它只会衰变成白矮星。但是我们喜欢循环利用资源。我们把它炸了,这样它的金属物质可以丰富星际媒介种类。"

凯斯感到一阵眩晕,"那么你怎样……怎样才能把我送回到

---

① 英语中对于年数的一种读法。

我的那个时代去呢?"

"当然是通过捷径了。回到过去的时代是很容易实现的,只是我们无法去往将来——所以我们才不得不让你在锁定静止的状态下向未来前进一百亿年。具有讽刺意味的是,不是回到过去的时空旅行,而是通向未来的旅行造成了无法解决的难题,使前往未来成为不可能实现的事。我们将把你送回你离开的时刻。你不用担心你的朋友会想念你,无论你和我们在一起待了多久,我们都会在你应该出现的时刻把你送回到鲸鱼座天仑五。"

"难以置信。"

玻璃人耸了耸肩,"这是科学。"

"这是魔术。"凯斯说道。

玻璃人又耸了耸肩,"都是一样的。"

"但是……但是……如果你确实是我的话,如果你确实是来自地球,那么为什么你会在仿真影像中弄错一些事情?"

"对不起,请再说一遍。"

"我是说地球的仿真影像。那里有错误,比如长满了四叶苜蓿的田野,而这样的苜蓿只可能是偶尔发生基因突变以后才能长成,还有我以前从来没有见过的鸟儿。"

"哦。"风铃一样的声音又响了起来,"那是我的错误。我是根据我们的一些古老的纪录片做的这些仿真影像,我可能有点粗心大意了。让我来查询一下我的计算机……是的,是我的错。这确实是一个完美的地球仿真影像,但是是你出生一百二十万年以后的地球。这里出现的不合常理的事物都是在你那个时代还没有进化出来的物种。设想一下,如果我让地球仿真变成夜间的影像,你是不可能认出天上的星座的。"

"天哪。"凯斯说道,"我还没有开始考虑进化的问题。如果你比我老上一百亿年,那么……那么你会比我那个时代的任何一种地球生命都老。"

玻璃人点点头,"在你那个时代,生命已经在地球上进化了四十亿年。但是现在,由地球生命形式演变而来的生物已经经过了一百四十亿年的进化过程。你绝对想象不到雏菊——或者是海葵,或者是导致哮喘病的细菌——进化成了什么。实际上,我前几天还同一个由哮喘病细菌进化而来的生物共进午餐。"

"你在开玩笑。"

"我没有。"

"但这很难让人相信……"

"不,这只是时间作用,很长很长的时间作用。"

"那么人类怎么样了? 人类还生育吗? 还有小孩吗? 或是当……当生命延长的秘密被发现了之后,人类停止了生育?"

"没有。人类继续进化,并不断发生着变化。新人类——指那些在过去一百亿年里不断进化而来的人类——很少与像我一样的旧人类形态混合在一起,他们……他们很不一样。"

"但是如果你是我,你是怎样变化的呢? 我是说,你的身体看起来是透明的。"

玻璃人耸了耸肩,"技术的作用。血肉之躯最终都会消亡,现在这样会好些。实际上,我可以根据自己的意愿随意改变形态。现在流行透明风格,我觉得碧绿色的格调会更优雅些,你不觉得吗?"

第十六章

　　莉萨、海克以及外星通信小组的其他组员继续与他们称之为猫眼的黑体交换信息。随着新词不断加入翻译数据库内，还有旧词的意义不断变得更为精确，对话变得越来越流畅了。当凯斯再次来到舰桥时，莉萨显然正在与那些大家伙进行有关哲学方面的探讨。现在是阿尔法班值班时间，除了外勤工作站是空着的以外，其余阿尔法班成员都在场。菱形去处理其他一些事情，他的工作暂时由徜徉在舰桥右舷处水池中的海豚替代了。

　　"我们一直不知道你们的存在。"莉萨冲着她工作台上竖起的麦克风说道，"尽管通过观察到的引力现象，我们知道太空中存在着大量不可见的物质，但是我们不知道这些物质是活的。"

　　"两种物质。"黑体回答道。幻影给译音加上了法国口音。

　　"是的。"莉萨说道。凯斯在她一旁坐下，她抬头看了一眼，冲着他挥挥手，算是打个招呼。

　　"相互之间不会发生剧烈反应，"猫眼说道，"只有引力是一样的。"

　　"对。"莉萨说道。包围着他们的全息像在两排工作台之前显示着猫眼的放大影像。

"多数和我们一样。"黑体说道。

"是的,大多数的物质和你们一样。"莉萨回答道。

"忽视你们。"

"你以前忽视了我们?"

"可忽略的。"

"你们以前是否注意到我们中的某些物质是活的?"

"没有。不会去行星上寻找生命,你们太小了。"

"我们希望能与你们建立某种关系。"莉萨说道。

"关系?"

"为了双方共同的利益。一加一等于二。你们加我们大于二。"

"懂了。整体大于各部分之和。"

莉萨笑了,"对。"

"明智的关系。"

"你们用什么词汇来代表与你有共同利益的一方?"

"'朋友'。"黑体说道。幻影将这个首次收到的单词翻译成了"朋友","我们称他们为朋友。"

"我们是朋友。"莉萨说道。

"是的。"

"组成你们的那些物质——我们称之为暗物质——它们都是有生命的吗?"

"不,只是它们中很小的一部分。"

"但是你说有生命的暗物质已经存在了很长时间?"

"从开始时就有。"

"是什么的开始?"

"是……是所有恒星形成的开始。"

"是所有的一切？我们称之为宇宙。"

"从宇宙开始时就有。"

"这是个非常有趣的观点。"坐在凯斯左边的杰格说道，"关于宇宙有始点的看法——是的，宇宙的确有始点。但是他是怎么知道的？问问他。"

"宇宙开始时是什么样子？"莉萨冲着麦克风说道。

"压缩的，"黑体说道，"比小还要小。一个点，没有时间。"

"奇点，"杰格说道，"令人着迷。他是对的。但是我不懂像他这样一种生物怎么能推导出这一理论。"

"他们通过无线电相互联系。"李安妮在内务工作站上转身对杰格道，"或许他们采用与我们相同的方法得出了这一结论：通过观察宇宙背景辐射以及遥远星系散发的无线电波红移。"

杰格咕哝了一声。

莉萨继续着她的对话："你告诉过我们，不管是你自己——猫眼，或是你们整个黑体群体，都没有那么老。那么你是怎么知道黑体生命在宇宙开始时就存在了呢？"

"必须知道。"黑体回答道。

杰格轻蔑地叫了起来，"这是哲学，"他说道，"不是科学。他们只是愿意这么相信。"

"我们没有存在那么久。"莉萨冲着麦克风说道，"我们从来没有找到任何证据证明组成我们的物质已经存在了四十亿年了。"幻影将时间表达转换成黑体可以理解的方式。

"就像我刚才说的，你们是可忽略的。"

杰格冲着幻影叫了起来："询问：'可忽略的'这一词翻译的根据是什么？"

"根据数学，"计算机以合适的语言对着每个人的耳内植入片说道,"我们将3.7与4之间的差别定义为'重大的',但是3.99与4之间的差别则是'可忽略的'。"

杰格看着莉萨,"所以根据上下文来看,这个单词可能有不同的意义。它可能含有某种喻义——例如,'迟来者'可能与'可忽略的'代表了相同的意义。"

萨扭过脸来看着瓦达胡德人,笑了笑,"不喜欢被人忽视的感觉,嗯?"

"不要没礼貌,地球人。我只不过想强调在理解外星人用词时需要加倍小心,而且,或许他指的只是那个探测器。长度只有五米的探测器对于他来说,当然是可忽略的。"

莉萨点点头,对着麦克风说道:"当你使用'可忽略的'这一说法时,你是在说我们的体型吗?"

"不是指正在说话的这个东西的体型,也不是将说话的这东西弹出来的那家伙的体型。"

"跟他比聪明就到此为止吧。"萨笑着说,"他知道那个探测器是从我们的飞船上弹出的。"

莉萨用手盖住麦克风。这个手势如同其他命令一样有效,能下令幻影暂时中断语言传输。"我认为这并不是关键所在。"她将手从麦克风上挪开,继续对猫眼说道,"是不是因为我们并不像你们一样存在了那么久,所以我们才是可忽略的?"

"不是时间长度问题,而是绝对时间问题。我们在刚开始时就存在了,你们不是。根据定义,我们是重要的,你们不是。显然就是这样。"

"我可不同意这一点。"凯斯好脾气地说,"好东西从来不会头一个冒出来,时间早晚无所谓,只要更好就行。"

莉萨又盖住她的麦克风,看着他道:"无论如何,我想在双方能相互信任之前,我们应该先避开谈哲学。我不想无意间冒犯了他,让他从此拒不开口。"

凯斯点点头。

莉萨再次对着麦克风说道:"应该还有其他的黑体群体存在吧?"

"好几十亿个。"

"你和他们有联系吗?"

"是的。"

"你们的无线电信号能量不强,而且与宇宙背景微波辐射的频率接近。在经过长距离传播之后,它们不太可能被捕捉到。"

"正确。"

"那么你怎么与其他黑体群体联系呢?"

"一号无线电只是用来进行本地联络,二号无线电用于不同群体间的联系。"

李安妮转过脸来看着莉萨,"他说的跟我想的是一回事吗?黑体是天然的超空间无线电发报机?"

"我们来问一问。"莉萨说道,她再次将脸对着麦克风,"一号无线电以光速传播,是吗?"

"是的。"

"二号无线电以大于光速传播,是吗?"

"是的。"

"上帝。"凯斯说道,"如果他们使用超空间无线电,为什么以前我们从来没有侦测到他们的信号?"

"超空间的数量是量子级别的。"李安妮说道,"联邦内所有种族拥有超空间无线电技术的时间都不超过五十年,而且整个联邦仅仅使用了八千个左右的量子层级。很有可能我们从来没有进入过黑体使用的层级。"她将目光对准莉萨,"我们进行超空间无线电通信时需要大量的能量支持,继续深入这个话题可能会带给我们极大好处。他们可能有某种节省能量的通信方法。"

莉萨点点头,"我们也使用某种二号无线电。你能告诉我们你们是怎么做的呢?"

"可以告诉你全部,"猫眼说道,"但是没什么好说的。我们以某种方式思考,该想法是属于私人的;我们以另一种方式思考,该想法以一号无线电传播;我们以第三种较为困难的方式思考,则该想法会以二号无线电传播。"

凯斯笑了,"就像让一个人来解释他是怎么说话的一样。我们就是这么说的,就这么简单。它是——"

"请原谅我的打断,兰森博士。"幻影说道,"但是你让我提醒你和塞万提斯博士在十四点有个约会。"

凯斯的脸一下子沉了下来。

"该死,"他说,"该死。"他转向莉萨,"时间到了。"

她点了点头,"幻影,请通知海克到这儿来继续与猫眼对话。"

海克刚一进来,他们俩立刻从椅子上站起来,离开了屋子。

凯斯和莉萨下了电梯,走了一小段路,来到一扇巨大的黑门前,黑门上印着两个荧光大字"20"。他们打开门闩。凯斯总是隐约觉得这声音很熟悉,这次他总算发现了它到底像什么:它与老西部片中来复枪的扳机被扣动时发出的声音一模一样。

飞船上大多数的门在开启时都是从中间分开,然后滑入门两边的槽中。但是这扇沉重的大门只向左边滑去——安全条例规定它的闭合处不能有任何缝隙或是薄弱环节。

莉萨倒吸了一口气，凯斯觉得自己的嘴都合不拢了。

船坞中有超过一百个艾比人，一行行整齐地排列着——就像排满了轮椅的停车场。"幻影，里面有多少艾比人？"凯斯轻声问道。

"二百零九个，长官。"计算机回答道，"船上所有的综合生物体都来了。"

莉萨微微摇了摇头，"她说过只有她最亲密的朋友才会来。"

"嗯，"凯斯走进屋内说道，"车厢是个非常招人喜爱的人，我想这船上所有的艾比人都将她看成自己的好朋友。"

里头还有六个地球人，都是莉萨领导的生命科学组的成员。还有一个凯斯不怎么认识的瓦达胡德人。凯斯低头看了一眼手表：13:59:47。毫无疑问，不管会发生什么，该发生的马上就要发生了。

"谢谢你们所有来看我的人。"车厢的声音通过凯斯耳内植入片说道。凯斯很容易就能发现她：只有她的传感网在发光。整个现场令人不安。幻影的翻译声只传进他的左耳，但现在，他的右耳却什么声音也听不到——即使处于一大屋子艾比人之中。

车厢离凯斯和莉萨站着的地方有十五米远。幻影在装甲舱门前方放置了一个巨大的车厢的全息像，好让所有艾比人都能看到她的传感网。她身上有些奇怪的地方——传感网上的线条呈现出一种亮绿色，凯斯从未看到过艾比人的传感网出现这种颜色。

他转向莉萨，莉萨一定是已经猜到了他想问什么。"这表明一种强烈的感情状态。看到他们的人这么支持她，车厢哽咽了。"

车厢的传感网再次发出闪光，翻译后的声音说道："整体与部分——它们中的一个，它们中的所有。完整形态在微观与宏观中共鸣。它产生着约束。"

显然，车厢在对她的同伴们发表感言。凯斯觉得自己明白她话中的要点——能够成为艾比人社会中的一分子与成为她身体这个小社会中的一部分同等重要。凯斯为自己能够理解外星人而感到骄傲，尽管他与杰格之间时不时地会发生争论。但对于现在的他来说，这种感觉未免有点超现实。他知道他将要注视着某个人死去，但是他仍然感觉不到应该产生的那种感觉。莉萨与他不同，脸上一副努力不让自己哭出来的表情。凯斯意识到她与车厢之间的关系比他想象的更深。

"道路已经畅通。"车厢结束了讲话。她向前滚动了几十米，离开众多的艾比人，来到了船坞中央。

"她为什么要这么做？"凯斯轻声道。

莉萨耸了耸肩，但是幻影却通过他们俩的耳内植入片说道："在解体过程中，各部分——尤其是轮子——可能会恐慌，并想去和这个区域的任何艾比人结合。按照惯例，她必须留出足够的距离，所以当某个部分想要这么干时，其他艾比人能有足够的反应时间。"

凯斯微微点了点头。

随后，整个过程开始了。船坞中央放着一个标准的艾比人安乐墩。车厢滚动到它的上方，安乐墩在下方支撑着她的框体。她的传感网——在幻影设立的全息像中看得一清二楚——几乎变成了紫色——又是一种凯斯从未见过的颜色。传感网上无数个交叉点上的发光点变得越来越亮，看上去仿佛是一片密集的星云，而且星云内的每颗恒星都是超新星。随后，一个接着一个,发光点熄灭了。过了大约两分钟,所有发光点都暗了下去。

车厢的框体向前倾斜着,她的传感网滑落下来,松散地堆在船坞的地板上。凯斯以为传感网已经死了,但它却一下子拱了起来,高高地,好像在它下方有个拳头在顶着。传感网上的线条已经失去了所有颜色,现在看上去就像粗粗的尼龙渔线。

过了一会儿,传感网终于到达生命的终结,崩溃成了一堆废物。现在,车厢变得又瞎又聋(她以前还拥有磁力感应器官,但是这项功能在她离开她家乡后已通过毫微手术被中和了,因为在飞船上,这一功能会使得她的方向感发生严重紊乱)。

接着,车厢的轮子与框体上的轮轴脱离了。对于轮子来说,脱离并不是一件不寻常的事。负责将营养从轮轴输送到各个轮子的系统不能完全满足轮子对于食物的需求,在艾比人的故乡环境中,轮子会定期与综合体的其他部分脱离,自行前去进食。轮子两端还会伸出与艾比人的操纵绳索束类似的粗壮的卷须,以防它们摔倒(或在它们摔倒时将它们扶起来)。

几乎就在它们脱离的同时,左轮便开始想要与框体重新结合。就如同幻影刚说过的那样,当它意识到那个小小的墩子已经升高使它无法结合时,它开始恐慌了。它在船坞内滚动,轮缘上负责抓地的突起物以极快的速度不断伸展又收缩着。轮子自身有一些视觉感应,当它看到船坞内聚集着大群艾比人时,它径直向最近的那位滚去。那个艾比人转动着躲开了轮子。另一个艾比人——凯斯隐约记得他的名字叫蝴蝶,是船上的一个艾比人医生——急忙冲上前,伸出一根操纵绳索,绳索的尽头处抓着个击昏器。击昏器碰到了轮子,它停止了运动。站立几秒钟之后,它侧面伸出的卷须仿佛变软了,随后,轮子侧翻在地板上。

凯斯的注意力再次转回到船坞中央。车厢的绳索束已然滑落到地板上，躺在已废弃的传感网旁边。绳索束向上伸展着去抓框体，并将蓝色的泵与绿色的中央卵囊脱离开，接着轻柔地将泵放到地板上。凯斯可以看到泵内巨大的呼吸孔持续着它通常的四步循环：张开、伸展、收缩以及关闭。但是过了四十秒之后，整个顺序开始混乱了，仿佛泵已经无法控制它自身的行为。呼吸孔的运动次序乱了——张开，紧接着就收缩了，关闭后却想要伸展。船坞内弥漫着它轻微的喘息声——整个空间内唯一的声音。最后，泵停止了运动。

现在，剩下的仅有位于马鞍形框体上的卵囊了。

凯斯轻声问莉萨："没有泵的卵囊可以活多久？"

莉萨转过脸来对着他，她的眼睛里噙着泪水。她眨了几下眼睛，把眼泪挤了回去。"一分钟，"她最后说道，"也有可能是两分钟。"

凯斯握住她的手，用力捏了捏。

在接下来的三分钟，所有的一切都保持着静止。卵囊平静地死去了，没有动作，也没有发出声音——但是，不知为什么，显然艾比人知道它已然故去，一个接着一个滚动着离开了船坞。凯斯和莉萨最后离开。不久之后，蝴蝶将再次回到这儿，将车厢的遗体送入太空。

当他们走出船坞时，凯斯想到了自己的未来。显然，他将会活上很长很长时间。他不知道在几十亿年之后，他是否能摆脱自己过去所犯的错误。

那个晚上，他们无法入睡。车厢的死亡使莉萨的心情很是悲伤，而凯斯则忙着与自己体内的魔鬼交战。他们肩并肩地躺在床上,毫无睡意。莉萨盯着昏暗的天花板,凯斯看着墙上淡淡的红点,红点是从他通常用来盖住闹钟面板的塑料卡四周渗出的灯光打在墙上形成的。

莉萨开口了——只说了一个词:"如果……"

凯斯翻了个身平躺着,"什么?"

她沉默了一阵子。凯斯正打算再次开口询问,她说话了:"如果你已经不记得u是怎么写的,或是忘了省略符号的方向,你还会记住我吗——记住我们?"她翻过身来看着他,"你还要活上一百亿年。我实在是无法想象。"

"我……我不知道。"凯斯说道,头在枕头上摇了摇。他自己也沉默了一阵子,随后继续说道:"人们总是幻想着能够永远活着。然而,'永远'似乎还没有某段确定的时期吓人。我可以接受永生,但是一想到我还要活上一百亿年……我实在是想象不出是个什么样子。"

"一百亿年。"莉萨摇着头,再次说道,"到那时,照耀地球的太阳早已灭亡了,地球也不复存在了。"停顿之后,"我也死了。"

"也许是,也许不是。如果这的确是生命延长的话,那一定是因为你在星丛上的研究。要不然,我怎么可能成为这项研究的受惠者呢? 或许从现在开始,我们都能活上一百亿年。"

更长久的沉默。

"而且在一起生活?"莉萨终于说道。

凯斯大声地叹了口气,"我不知道,我想象不出。"他察觉到自己说错了话,"但是……但是如果我面临的不是这么长的未来的话,我愿意和你共同度过。"

"你会吗?"莉萨立刻问道,"在这么长时间之后,我们之间还有值得发掘、值得相互了解的地方吗?"

"或许……或许这不是实体形式的存在,"凯斯说道,"或许我的意识被转移到了某个机器中。新纽约不是有个教派想要这么干吗——将人类的大脑复制到计算机中?又或者……又或者,整个人类汇聚成了一个巨大的头脑,但是单个人的心智仍然存在,那将比——"

"那将比个人存活一百亿年的概念更容易接受一些。要是你还没有计算过,我告诉你吧,到现在为止,你只度过了你生命的两百亿分之一。"她停了下来,叹了口气。

"怎么了?"凯斯问道。

"没什么。"

"不对,你心里有事。"

莉萨沉默了十秒钟左右,"没什么,只不过,你目前的中年危机就已经够难应付的了。我讨厌看到当你五十亿岁时你会耍出些什么花样。"

凯斯不知道该说些什么。最后,他只得发出一阵大笑,连他自己都觉得笑声空洞勉强。

又陷入了沉默——长得他以为她可能已经睡着了。但是他自己却睡不着。还没到时候,他脑海中有太多的想法了。

"达西妮亚①。"他轻声道——如果她已经睡着了,他不希望他的声音吵醒她。

"嗯?"

凯斯咽了口唾沫。或许他不应该提起这个话题,但是……"我们的结婚纪念日快到了。"

"下个星期。"黑暗中传来她的声音。

"是的,"凯斯说道,"二十个年头,而且——"

---

① 小说《唐·吉诃德》中唐·吉诃德心目中的情人。

"二十个美妙的年头,亲爱的。不要忘了加上形容词。"

又是一阵勉强的笑声,"对不起,你说得对。二十个美妙的年头。"他停顿片刻,随后接着道,"我还记得,我们计划在那天重申我们的结婚誓言。"

莉萨的声音带着点小小的尖刻,"是吗?"

"没什么,忘了我说过的话吧。这真是美妙的二十年,不是吗?"

在黑暗中,凯斯能勉强辨认出她的脸。她点了点头,随后看着他,双眼迎着凯斯的目光,仿佛要看透凯斯,看到他目光后隐藏的真相,看看到底他在为什么而烦恼。随后她明白了,接着翻了个身,背对着他。"没什么。"最后她说道。

"什么?"

随后,她说出了那个晚上他们之间的最后一句对话。"如果你不想说那句话,没什么。"她说,"就是那句誓言,'直到你我生命的尽头。'"

凯斯坐在他工作站旁边。三个人以及一只海豚的全息像飘浮在工作站边缘的上方。通过眼角的余光,凯斯注意到一扇舱门打开了,杰格蹒跚着从门外走了进来。但是瓦达胡德人没有走向他自己的工作站,而是站在凯斯的面前等着,看上去处于十分激动的状态中。凯斯结束了他主持的与全息头像之间的会议,头像们散去之后,他抬起头来看着杰格。

"你也知道,黑体一直在移动,"杰格说道,"它们的好动程度令我异常惊奇。他们似乎是在协同工作,每个球体都在操纵着自己与其他球体之间的引力及斥力,以使整个群体能同时移动。通过这么做,他们群体的形态发生了变化。以前有些黑体我们无法清晰地观察到，但现在，这些黑体已经来到了群体的边缘地带。我做了个关于接下来哪个黑体将要复制的预测，我想要测试一下我的理论。为此，我希望你能将星丛移动到暗物质区域的远端。"

"幻影，显示本地星空示意图。"凯斯说道。

在凯斯与杰格之间出现了一个全息像。黑体已经移动到了绿色恒星的背面，因而，星丛、捷径、绿色恒星以及黑体群体差不多位于一条直线上。

"如果我们移动到黑体区域的远端，我们就看不到捷径了。"凯斯说道，"我们可能会错过某个从捷径冒出的信使。你就不能派个探测器去那儿吗？"

"我的预测基于非常精细的质量浓度，因而必须使用一号甲板或是七十号甲板上的超空间望远镜来观察。"

凯斯考虑了一会儿，"好的。"他敲击了一下控制台上的某个键，萨及菱形的全息头像如约出现了，"菱形，请与每个在做飞船外太空扫描的工作人员联系，看看在不打扰他们工作的前提下，我们最快能在什么时候移动飞船。萨，当我们能移动时，请把我们带到暗物质区域的背面，杰格将给你提供具体的坐标位置。"

"为你服务是我最大的快乐。"菱形说道。

"没问题。"萨说道。

杰格上下摇动着他的头，模仿着人类的肢体语言。瓦达胡德人从来不说"谢谢"，但是凯斯认为这个猪显然是异常高兴。

第十七章

　　舰桥内很平静，六个工作站安详地飘浮在全息夜空影像中。现在是船上时间凌晨五点，离德尔塔班下班还剩一个小时。

　　坐在指挥官位置上的是一个名叫"酒杯"的艾比人，还有两个艾比人分别位于内务部及舵手工作站。物理科学部交由一只名叫"凹头"的海豚负责，一个瓦达胡德人负责着生命科学部，还有一个地球人，名叫黛娜·冯·豪森，掌管着外勤工作站。

　　从看不见的天花板上辐射下来一张力场屏网，在每个工作台之间制造了几毫米厚的真空隔离带，以防止声音在工作台之间传递。内务工作站的艾比人正与三个飘浮着的艾比人微型全息像以及三个瓦达胡德人的头部全息像开会。在外勤工作站的地球人正在阅读着她面前屏幕上的一篇小说。

　　突然，隔音力场一下子关闭了，随即响起了警报声。"不明身份飞船正在靠近。"幻影宣布道。

　　"在那儿!"冯·豪森指着一个临近绿色恒星的影像说道，"它刚刚从光球层的后面经过。"幻影将不明身份飞船显示成一个小小的红色三角;真正的飞船太小了，在这么远的距离外是看不到它的。

"它有可能是信使吗?"酒杯问道,他的英国口音中带有一丝伦敦腔。

"不可能,"冯·豪森说道,"它至少与我们的探测船一样大。"

酒杯的传感网上划过一道亮光。"让我们好好看看它。"他说道。位于舵手处的艾比人微微旋转着飞船,将七十号甲板处的望远镜阵列对准闯入者。恒星影像处出现了一个方框,框内显示着放大的影像。正在接近的飞船的一个侧面被绿色恒星照亮了,另一侧只是个黑色的轮廓,完全因为它遮挡住了在它背后的恒星,这才能被显示出来。

酒杯对着他右面的瓦达胡德人克里特说道:"那个看上去像是一艘瓦达胡德式的飞船。瞧那个中央引擎舱,不是吗?"

瓦达胡德人认为每一艘船——或是建筑,或是车辆——都应该是独一无二的,他们不会大量生产基于同一设计的产品。克里特举起他的四只肩膀说道:"可能吧。"

"收到过任何无线电信号吗,黛娜?"酒杯问道。

"如果有信号的话,"地球人回答道,"也会淹没在恒星散发的无线电噪声中。"

"请设法与那艘飞船取得联系。"

"正在发射信号,"黛娜说道,"但是他们仍然位于五千万公里之外,我们得等上差不多六分钟才可能收到回答。而且——上帝!"

第二艘飞船在绿色恒星的边缘处飞过。它与第一艘飞船的大小差不多,但是在设计上则显得更为坚固,而且,它仍然带有瓦达胡德人特有的设计特征:中央引擎舱。

"最好把凯斯叫到这儿来。"酒杯说道。

位于内务台处艾比人的传感网上闪起了波纹状的亮光,"兰森指挥官,请马上来舰桥。"

"设法与第二艘飞船接触。"酒杯说道。

"正在接触中,"冯·豪森说道,"还有——上帝,我也会设法与第三艘取得联系。"另一艘飞船,一半是光滑的金属表面,闪耀着翠绿色的火焰,另一半隐藏在黑暗中,正从恒星背后冒出来。过了一会儿,第四艘和第五艘也冒了出来。

"这是一支舰队。"冯·豪森说道。

"它们是瓦达胡德人的飞船可以肯定,"位于物理工作站左侧水箱中的凹头说道,"推进器尾气特征最为明显。"

"但是五……六、八……八艘瓦达胡德人的飞船来这儿干什么?"酒杯问道,"黛娜,能确定它们前进的方向吗?"

"它们正沿着恒星作抛物线运动,"地球女人说道,"很难讲它们到底要去什么地方,但是星丛目前的位置与它们最有可能的航线之间的夹角只有八度。"

"它们冲着我们飞来。"凹头说道,"我们应该——"

全息像中出现了一扇门,凯斯·兰森大步走进舰桥。他没有刮胡子,头发也因为刚刚从床上爬起而显得乱糟糟的。

"请原谅过早叫醒你。"酒杯说道,滚动着离开指挥官的工作台,"但我们这儿有情况。"

凯斯冲着艾比人点点头,等着塑料椅从他控制台前方地板上的暗门中升起。椅子从地板中升起时已经将自己变成了适合人类就座的形状。凯斯坐下之后问道:"你们设法与他们联系了?"

"是的。"黛娜回答道,"但是最快的回答也得在四十八秒之后才能收到。"

"它们是瓦达胡德人的飞船,不是吗?"凯斯问道。他的工作台上升到了他喜欢的高度。

"极有可能。"酒杯说道,"但是瓦达胡德人的飞船被卖到了联邦内的各个角落,它们可能是由其他种族的人在驾驶。"

凯斯揉了揉眼睛,将睡意赶走,"为什么这么多飞船到了这儿,我们却没有提前发现?"

"可能是从捷径中一个一个冒出来的,我们的视野被绿色恒星挡住了。"酒杯说道。

"上帝,就是这么回事。"凯斯说道,他看了一眼屏幕上显示的工作台人员分布表,"双点,把杰格叫到这儿来。"

内务台的艾比人用绳索敲击着控制面板,过了一会儿,他说道:"杰格将通话转到了语音信箱,现在是他正常的睡觉时间。"

"撤销他的指令,"凯斯说道,"马上把他叫到这儿来。黛娜,收到任何回复了吗?"

"没有。"

凯斯向飘浮在星空影像中的电子钟瞥了一眼。"反正换班时间快到了,"他说,"把整个阿尔法班的工作人员都叫来。"

"阿尔法班,马上来舰桥报到,"双点说道,"李安妮·凯伦道特、萨拉德·麦格诺、菱形、杰格,还有克莱莉萨·玛利亚·塞万提斯,请马上来舰桥报到。"

"谢谢。"凯斯说道,"黛娜,针对所有正在靠近的飞船打开一个通信频道。"

"打开了。"

"我是G.K.兰森,联邦研究船星丛的指挥官。请表明你们的身份。"

"传送中。"黛娜说道,"他们已经极大地缩短了我们之间的距离,如果他们愿意回答你刚才发送的信息,那么我们将在三分钟之内收到他们的回答。"

全息像中显示那些飞船特写的方框里开启了一扇门。杰格走了进来,他的绒毛还未经过整理。"出什么事了?"他问道。

"可能没什么要紧的,"凯斯说道,"但是八艘瓦达胡德人的飞船正在接近星丛。你知道是什么原因吗?"

所有四只肩膀上下晃动着,"我不知道。"

"他们拒绝回答我们发出的问询,而且——"

"我说过我不知道。"杰格转过身子,面对刚才在全息像中开门的位置。他的所有四只眼睛分别追踪着四艘不同的正在向这边靠近的飞船。

"它们是什么类型的飞船?"凯斯问道,"侦察船?"

"大小刚好适合干这个。"杰格说道。

"每艘上可搭载多少船员?"

"飞船并不是我的研究领域。"杰格说道。

凯斯看着生命科学台的瓦达胡德人,"你,就是你——克里特,是吗? 这样一艘船上能搭载几个船员?"

"可能是六个,"克里特说道,"不可能更多了。"

四扇舱门中的两扇同时打开。萨拉德·麦格诺从其中一扇中走了进来,莉萨·塞万提斯从另一扇处进入舰桥。艾比人及瓦达胡德人立刻将舵手及生命科学工作站的位置腾了出来。

"八艘飞船正在向星丛靠近。"凯斯对着萨及莉萨说道。

莉萨点点头,"在来的路上,幻影已向我们简要介绍了。按理说,在我们同意之前,其他飞船不应该穿越这条捷径。"她站在控制台的旁边,等待椅子调整形状。

"或许他们只是不小心闯到这儿来的。"萨敲击着控制台上的按键说道。他的椅子正从地板下方升起,"当有新的捷径被激活时,前往某个目的地的可接受入射角就会变窄。他们可能在计算角度时犯懒了,他们原来想去的是别的地方。"

"一个飞行员可能会犯错误,"凯斯说道,"但是八个都犯了错误?"

"通信时滞已结束,"黛娜说道,"如果他们想回答你刚才发出的信息,那么他们的回复现在应该到了。"菱形到了有一小会儿了,但是他正忙于将自己滚动到外勤台旁边的一个位置上,以便黛娜能继续待在工作台上。

"萨,如果我命令离开这儿,"凯斯问道,"我们能甩开那些飞船吗?"

萨耸了耸肩,"我不敢保证。它们堵在捷径前方,所以我们不能去那个方向。看到它们引擎舱上的光环了吗?那是瓦达胡德人Gatob级的超光速推进装置的特征。当然,没有人能在离绿色恒星这么近的地方使用超光速推进,但是如果我们想脱离,我们必须进入平整到足以支持超光速推进的空间,到了那种地方,它们在一秒钟之内就能赶上我们。"

凯斯皱起眉头。

"那些飞船已散开成扇形队列,"萨说道,"我认为它们已进入了攻击队形。"

"攻击?"菱形说道,亮光在他的传感网上迟疑地闪动着。

"收到信息。"黛娜说道。

星空全息像中出现了另一处被闪闪发光的边框围起来的区域,一张瓦达胡德人的脸在区域中浮现出来,脸上长满棕色的绒毛,绒毛上镶嵌着一条条古铜色的条纹。"星丛指挥官兰森,"经过翻译的声音说道,"我是加斯特。好好记住这个名字,加斯特。"凯斯点点头。对于瓦达胡德的男性来说,名誉就是一切,

"我们来这儿是为了护送星丛穿过捷径返航。你们要把飞船交给——"

"答复得经过多长时间才能到达他们那儿?"凯斯问道。

"——我们。"

黛娜看着屏幕上的读数,"四十三秒。"

"与我们合作,"加斯特继续道,"你们的飞船及船员将不会受到伤害。"

"萨,我们能不能刚开始沿着一条明显的轨道飞向捷径,但是在临近穿越的刹那间突然改变入射角度,使他们摸不清我们冒出的方位?"

舵手摇着头,"那些小侦察船可能可以办到,但是星丛的体积是三百万立方米,我无法让它跳踢踏舞。"

"那些船需要多长时间才能到达我们这儿?"

"他们的速度是光速的零点一倍,"萨说道,"二十分钟不到,他们就能赶上我们了。"

"兰森呼叫加斯特:星丛是联邦的财产。你的要求被驳回。完毕。菱形,他们收到这信息后通知我一声。"这时,李安妮·凯伦道特大步踏上舰桥。"我需要些建议,伙计们。"凯斯叫道。

"建议一,"李安妮坐在她的椅子上说道,"撤退。我们离捷径越远,他们就越不可能强迫我们穿越它。"

"对。萨,让我们——"

"请原谅我的打断,凯斯。"菱形说道,"他们收到了你的信息。"

"好。萨,让我们离开这里。使用全部推力。"

"我将带着大家绕行离开这里,"萨说道,"我们可不想进入暗物质区域。那是条充满障碍的航线,在那儿飞行,小飞船比我们这种大船占优势。"

"好的。"凯斯说道,"菱形,看看你是否能派个信使带上今天的任务日志前去鲸鱼座天仓五。我要向肯亚塔首相报警。"

"正在执行命令。但是从这儿到捷径得花上一个小时的时间,而且——对不起:加斯特发来的信息。"

"兰森,"加斯特说道,"星丛是在'泥浆'造船厂制造的,而且注册在'泥浆',因而它是瓦达胡德的财产。让我们尽可能地避免一些不应发生的不愉快。一旦飞船回到'泥浆',我们将立刻释放所有的船员,让他们自由返回各自的世界。"

"回答,"兰森喝道,"联邦内所有的行星都资助了星丛的建造,它的注册只是为了走个形式罢了——所有飞船都要求有属地记录。你的主张被拒绝。如果有必要,我们会为防止非法占有而采取抵抗措施。结束。"

"抵抗措施?"萨摇着头说道,"凯斯,这艘船没有武器。"

"我很清楚这一点。"凯斯飞快地说道,"李安妮,列出船上所有能充当武器的设备库存清单。我想知道船上任何能发射能量束、能往外弹射东西,或是能爆炸的设备。"

"正在着手处理。"李安妮说道,她的双手在控制台上飞舞着。

"星丛并不是被设计成用来进行特技飞行的。"萨冲着飘浮在他工作台边缘上方凯斯的全息头像说道,"跟小型战斗船相比,我们就像是在热水中打滚的河马。"

"那么我们就照他们的规矩来战斗,"凯斯说道,"我们用探测船来保卫星丛。"他瞥了一眼李安妮传送到他三号监视器上的清单:地质挖掘激光、探矿炸药、用来发射探测船的推进器,"李安妮,你与菱形一起将这些东西尽可能多地装上我们最快的五艘探测船。我需要在十五分钟之内将所有的东西装载完毕。我不会在意你们为了完成任务而不得不毁坏某些船上的装置。"

黛娜·冯·豪森终于离开了外勤控制台，菱形滚动着进入自己的岗位。操纵绳索束在控制台上方飞速移动，菱形的大半个传感网也躺在控制台上，以便更好地与机器交流。

"即便拼凑了一堆武器，"萨说道，"我们的探测船也无法在火力上超过真正的战斗船。"

"我并不想在火力上超过他们，"凯斯说道，"星丛是瓦达胡德式构造，但我们的探测船却不是。"

"你以为他们不想冲着艾比人的船开火，但是——"

"这并不是我的想法。"凯斯说道，"与正在接近的这群飞船不同的是，我们的探测船不是瓦达胡德的工程师设计的。"

"哈——而且我们还有海豚来驾驶它们!"萨叫道。

"正是。"凯斯说道，"幻影，用全息链接进行内部通话：长喙、瘦鳍、裂尾、斜眼、侧斑，回答。"

拉长了的海豚头部全息像在凯斯控制台上方出现了。

"到了。"

"什么发生了?"

"瘦鳍，收到。"

"什么事，凯斯?"

"你好。"

"我们即将受到瓦达胡德飞船的攻击，"凯斯说道，"我们的探测船具有较高的机动性——前提是由海豚驾驶它们。事情本身有点冒险，但是待在这儿什么也不干同样危险。你们是否愿意——"

"飞船是我们的家园大海——我们保卫!"

"如果有必要，帮忙我会。"

"准备帮忙。"

"好的。"

"我——是的，会参加。"

"非常好。"凯斯说道，"去发射船坞。菱形会为你们分配船只。"

萨看着凯斯的全息像说道："我们的探测船无疑反应更为迅速——但是海豚没有使用武器的经验，应该为它们中的每一艘船上再配上一名炮手。"

菱形的传感网闪着光，"如果使用武器，会有人因此而死亡的。"

"我们不能就这么干站着而不去保卫自己。"萨道。

"交出我们的飞船是一个更好的选择。"菱形说道。

"不，"凯斯说道，"我拒绝这么做。"

"但是要杀死——"

"没有必要杀死谁，"凯斯说道，"我们可以朝着他们的引擎舱射击，使他们的飞船失去动力，没有必要去毁坏他们的座舱。至于炮手——我们只是些科学家和外交官。"他思索了一阵子，随后说道，"幻影，查一下个人档案，看看哪五个人是我们这儿的射击能手。"

"计算中。完毕：王怀仁、海利纳·史密斯－泰特、利德·杰里斯科·艾姆－雷斯、克莱莉萨·玛利亚·塞万提斯、达斯克·霍尼布·艾姆－卡尔奇。"

莉萨？凯斯暗自想道。

"如果发射的是地质激光，"萨说道，"为什么不用雪花呢？她是个高级地理学家。"

"我们艾比人的准头很差，"菱形回答道，"只有当你能聚焦视野时，瞄准工作才能做得好。"

"幻影，"凯斯说道，"从别的种族那儿找人替换掉那两个瓦达胡德人，并立刻在我们之间建立独立的通话系统。"

"完毕。通话系统开启。"

"我是兰森指挥官。幻影认为你们中的每一个人受过的训练和拥有的技能，使你们成为最适合操作装载在由海豚驾驶的探测船上的临时武器系统。我无法命令你们，但是我们需要志愿者。你们愿意吗？"在海豚的脸部全息像上边又出现了一排全息头像。"上帝——是的，我愿意。"

"算我一个。"

"我不知道我是不是合适，但是……是的，没问题。"

"我来了。"

莉萨已经站在了她丈夫的身旁。"我会尽我的全力。"她说道。

凯斯看着她，"莉萨……"

"不必担心，亲爱的。我还得确认你是不是真的能活上好几十亿年呢。"

凯斯抚摸着她的手臂，"菱形，给他们每人分一条船。幻影，尽快将他们送到那儿去。"

"正在执行。"

"大家的工作都十分出色。"凯斯说道。他坐在椅子上，身子向前倾斜着，手撑在脸上。

"上帝！"萨叫道，全息像中出现了一个小小的爆炸点，"他们把我们的信使干掉了。"

"杰格，分析一下他们用的武器。"凯斯说道，"至少我们可以辨别出他们使用了哪种装备。"

杰格瞥了方框内的图像一眼,"标准的瓦达胡德警用激光。"他说道。但是随后他从工作台处站了起来,并向在第四班充当物理学主管的海豚凹头挥了挥手。杰格敲击了几个控制键,"将物理科学交与一号海豚工作站负责,"他说道,随后将脸转过来对着凯斯,"或许……或许最好我不要再参与了。加斯特没有使用特拉丝女王的名义,所以我认为他和他同伴的这次行动并没有得到皇室的批准——只是为了得到更多荣耀。但无论怎样,他们仍然是瓦达胡德人。或许我该回到我的公寓去。"

"别这么快就溜,杰格。"凯斯站起来说道,他看了李安妮一眼,"午饭还有多久?"

"还有十——或是十一——分钟。"

凯斯转过脸来看着杰格,"你让我把星丛移动到这儿来,好让我们看不到瓦达胡德舰队在绿色恒星那端搞什么鬼。"

"我拒绝承认。"杰格说道,两双手臂都交叉着放在背后。

"难道你会不忠于你们瓦达胡德人吗?"

"我的忠诚属于特拉丝女王,但是并没有证据表明她授权了这次抓捕星丛的行动。"

"李安妮,在过去的两天里,杰格收到了多少信使?"

"检查中。三个。两个来自CHAT——"

"有没有来自瓦达胡德行星附近的——"凯斯说道。

"第三个是'泥浆'上通信设施发射的商业设备。"

"它里面是些私人信息,"杰格说道,"有关于我家族中有人生病了的消息。"

"检查这些信使,李安妮。"凯斯说道,"我想查查它们都携带着什么信息。"

"当我下载了我所需的数据之后，"杰格说道，"我将这些信使重新投入了使用——当然是在抹去所有数据之后。"

"我们应该可以恢复些东西。"凯斯说道，"李安妮？"

"检查中。"她说道，过了一阵子，她又开口了，"好了，发给杰格的信使仍然在船上。我们的飞船上携带了一百个信使，那三个仍然位于等待着重复使用的队列中。"她按下一些按键，"三个都检查了，空的。"

"没留下什么可恢复的东西？"

"没有。数据区被抹掉了，又被注入了一些随机序列。没剩下什么东西。"

"我通常使用七级删除标准。"杰格说道。

"比地球上的军事标准还要高上两级。"凯斯道。

"我喜欢井井有条，"杰格说道，"而你总是对我的这种习惯横加指责。"

"这都是扯淡，"凯斯说道，"我不相信你让我移动飞船只是个巧合，如果我们能看着它们一个接一个冒出来，瓦达胡德人就不可能实施群体攻击。"

"我告诉你，这是个巧合。"杰格说道。

凯斯转过脸看着内务工作台，"李安妮，立刻解除杰格·肯德罗·厄姆–佩斯所有的指挥权，终止他手头的一切工作。"

"你没有权力这么对我。"杰格说道。

"那么就控告我去吧。"凯斯说道，他看着瓦达胡德人，"我是那些坚决反对在星丛上安装军事设施的人中的一分子。要是我们真的装了军事设施，现在至少有个能把你关起来的禁闭室。"他看着一对飘浮在坐椅廊上方的计算机的眼睛说道，"幻影，记录新规章。名称：'软禁'。批准单位：G.K.兰森。内容：处于软禁状态的个人不得进入任何工作区域，幻影不得为他开启通向工作区的隔离门。此外，剥夺他使用对外通信装置的权利，并且只能向幻影发布四级以下用于整理房间的命令。明白了？"

"是的，规章建立完毕。"

"记录：从此时此刻——0752点——开始，直到我亲自宣布废止为止，杰格·肯德罗·厄姆-佩斯处于软禁状态之中。"

"命令确认。"

凯斯控制着自己的语气，"现在你可以离开舰桥了。"

杰格再次将两双手臂环抱在背后，"我不认为你有权力将我驱逐出这间屋子。"

"刚才你还想离开这儿。"凯斯说道，"当然，在那时你还有权力发射小飞船，并借机逃向瓦达胡德舰队。"

菱形离开了外勤工作台，滚动到指挥官控制台的旁边。他的传感网上闪烁着亮光，传感网上的线条也变成了黄色，一种代表愤怒的颜色。"我支持凯斯。"带有英国口音的声音冷冷地说道，"你破坏了我们为之奋斗的一切。主动离开这里，杰格，否则我会把你撵出去。"

"你无权这么做。攻击任何同为智慧生命的船上人员是违反操作守则的。"

菱形开始朝着杰格滚去，就像一台有生命的压路机。"等着瞧。"他说道。

杰格仍然站在那儿，带着挑衅的神情。菱形继续缩短他们之间的距离，石英制的轮缘在星空全息像中闪闪发光。艾比人那如同绳索般的触须已从平常的集束状态中散开，仿佛愤怒的蛇一般往前探着头。杰格终于转过身去，他面前的星空裂开了，他走了出去。门在他身后关闭了。

凯斯向菱形点点头表示谢意,随后说道:"萨,瓦达胡德飞船目前的状态?"

萨拉德·麦格诺转过脸来看着凯斯,"如果他们只配备了标准的警用激光,在三分钟之内他们将进入有效射程。"

"我们自己的飞船还得过多久才能发射?"

菱形在滚动着回到自己的岗位途中,他的传感网闪亮了一下,对凯斯的问题做出回答:"两艘已经准备好,另三艘——请再给我四分钟。"

"我要让它们五艘一起发射。所有的飞船在两百四十秒之后全部飞离。"

"好的。"

"他们的数量仍然超过我们,八比五。"萨说道。

凯斯皱起眉头,"我知道,但它们是我们仅有的五艘最快的、由海豚飞行员操纵的飞船!菱形,一旦所有的飞船离开船坞,立刻将屏蔽力场调至最大。关掉引擎,将所有能量转移到力场中。"

"好的。"

"李安妮,"凯斯说道,"我需要再发射一个信使通知鲸鱼座天仑五。用质量推力管发射,将它设置成沿转移轨道飞行,只依靠惯性到达捷径。我需要它在整个飞行过程中都不使用能量。"

"用这种方法的话,信使得经过三天时间才能到达捷径。"

"我知道。计算好轨道。离我们的飞船发射还有多长时间?"

"二点五分钟。"菱形说道。

凯斯点点头,按下了保密按钮,在他的控制台四周升起了四堵力屏,形成一个可屏蔽声音的真空隔离带。

"幻影,"他说道,"搜寻所有由加夫·肯德罗·厄姆－维尔及其助手所做的研究,特别是那些从未由瓦达胡德语翻译过来的材料。"

"搜寻中。找到了。"

"以英语显示标题及摘要。"

凯斯扫视着眼前的屏幕,"将第二、第十九篇论文——等等,最好再加上第二十一篇——下载至信使中。将所有的文章都加载在密码'Kassabian'之下:K–A–S–S–A–B–I–A–N。录下我下面说的话,并将它作为未加密信息附加在加密信息之后:

"凯斯·兰森向新东京指挥官瓦仑丁·伊利亚诺夫报告。瓦尔①,我们遭到瓦达胡德飞船的攻击,我认为你们很快也将遭受攻击。我了解到一种在理论上可毁坏捷径的方法——通过平整围绕捷径的时空,以使得它无法挤入正常空间。如果瓦达胡德的舰队有包围你们的企图,或许你可以考虑摧毁你处的捷径。这么做可以有效地将太阳/印第安座第四/鲸鱼座天仑五与银河系其他地方隔离开,并使得入侵的瓦达胡德舰队无处可退。在做决定之前,我的老朋友,你一定要三思。摧毁程序可以从本信息附带的文章中提取。我已经将它们加密,密码是一个女人的姓;多年以前,在新纽约,你我都曾为那个女人着迷过。结束。"

"完成。"幻影说道。

凯斯敲击了一个键,保密力屏消失了。"发射信使,李安妮。"他说道。

"正在执行命令。"

凯斯看着那个小罐子飘离了星丛。他的心脏怦怦直跳。如果瓦尔决定使用这个手段,将给他们带来一个他不曾提及的后

① 瓦伦丁的简称。

果：他和莉萨，还有星丛上其他所有来自地球的人将再也看不到家园了。

"准备好了，"菱形说道，"五、四、三、二、一，'PDQ'发射。三、二、一，'琅姆信使'发射。三、二、一，'马克·加纽'发射。三、二、一，'达克特斯'发射。三、二、一，'长征'发射。"

随着五艘探测船飞离星丛的中央盘，十个双发引擎喷出的核聚变尾气火焰点亮了星空全息像。朝着星丛飞来的瓦达胡德飞船已经接近到足以在全息像中正常显示，再也不需要用带色的三角形来标示了。

"屏蔽力场调至最大。"菱形说道。

"在力场中开启窗口，并将我的命令用扰频通信激光直接传送到每一艘探测船上去。"凯斯说道，"在瓦达胡德人向我们射击前，任何人不得率先开火，或许向他们展现一下我们的决心就足以使他们退却。"

"他们已经干掉了我们的一个信使。"萨说道。

凯斯点点头，"但是如果要向活人射击的话，第一枪必须是瓦达胡德人开的。"

"有信息传入。"李安妮说道。

"让我们看看。"

加斯特的脸出现了，"最后一次机会，兰森。交出星丛。"

"不必答复。"凯斯说道。他瞥了一眼他面前的监视器，星丛仍然将自身的下层望远镜阵列对着绿色恒星以及不断接近中的瓦达胡德战斗船。

"加斯特的飞船正全速朝我们飞来。"萨说道，"其余的七艘停留在离我们九千公里处。"

"所有人，保持镇静，"凯斯说道，"保持镇静。"

"他开火了!"萨说道,"正中我们的屏蔽力场,没有造成破坏。"

"我们的屏蔽力场还能将他的激光偏转几次?"凯斯问道。

"还能承受四次,或是五次射击。"李安妮说道。

"其余的瓦达胡德飞船靠过来了,他们想包围我们。"萨说道。

"你想让我们的探测船缠住它们吗?"菱形说道。凯斯没有开口回答,"指挥官,你想让我们的探测船缠住它们吗?"

"我……我没有料到加斯特真的会开火。"凯斯说道。

"他们以等距分布形式排列在我们的周围。"萨说道,"如果八艘船同时以相同波长的激光向我们射击,我们的屏蔽力场将会过载。没有地方可以偏转那么多能量。"

海豚飞行员和炮手的全息像飘浮在凯斯控制台的上方。"让我来对付离我们最近的一艘飞船。"与长喙同在"琅姆信使"中飞行的莉萨说道。

凯斯闭上双眼。几秒钟之后,他睁开眼睛,下定了决心,"干吧。"

"对准引擎舱射击。"莉萨说道。

幻影在球形全息像中画出一条红线,来代表从"琅姆信使"射向瓦达胡德飞船那不可见的地质挖掘激光。激光束沿着引擎舱的纵轴切割着,飞船随即喷出了一片等离子火舌。

"嘿,"莉萨说道,"看来玩了这么长时间的飞镖,今天总算是派上了用场。"

"加斯特又向星丛射击了。"萨说道,"还有一艘飞船盯上了'琅姆信使'。"

"离开那儿,长喙。"凯斯说道。"琅姆信使"做了个弧形机动,就像海豚在做后滚翻动作。在动作结束时,它又发出一束激光射向来袭飞船,飞船只好突然转向以避免与激光接触。

"加斯特的飞船有两门激光炮,一门在左舷,一门在右舷。"萨说道,"他用它们同时向我们的下层无线电望远镜射击——天,他很聪明。他用我们天线的抛物线圆盘来聚焦激光束,集中攻击我们的设备。"

"晃动星丛,"凯斯说道,"不要让他得逞。"

全息像中的恒星开始忽左忽右地跳起了摇摆舞。

"他仍然对准了我们。"萨说道,"我打赌——是的,他成功了。即便力场屏蔽已开到最大,但仍有足够能量的激光渗透进来,然后用我们的天线圆盘聚焦。他破坏了七十号甲板的传感器阵列,而且——"

星丛一阵颤动。凯斯吓了一跳:他以前从未感觉到星丛发出过这种颤抖。"其余的七艘瓦达胡德飞船正在向我们连续射击。"萨说道。

"探测船,缠住瓦达胡德飞船,不要让它们有机会向我们开火。"

"他们将使我们的力场屏蔽在十六秒之内过载。"李安妮说道。

在全息像中,凯斯可以看到"PDQ"和"长征"分别向两条瓦达胡德飞船射击。瓦达胡德飞船则设法用一小片力场屏蔽来抵挡攻击,同时继续向星丛发射着激光。但是探测船做出各种高难度的机动,使得瓦达胡德飞船很难将力场屏蔽保持在合适的位置,从斜刺里飞来的打击依然能够穿过。

舰桥内响起了一阵警报声:"力场屏蔽即将崩溃。"幻影宣布道。

突然间，一艘瓦达胡德飞船无声地爆炸了。原本在向别的瓦达胡德飞船射击的"马克·加纽"忽而转向朝着"PDQ"一直盯着的目标开了火，而目标飞船在船头部分没有设置力场屏蔽。战斗中的第一个牺牲品——而且，由于使用的是手动激光武器，永远都不会有人知道炮手海利纳·史密斯－泰特瞄准的究竟是座舱，还是在向引擎舱射击时出现了失误。

"已干掉两艘，还剩六艘。"萨说道。

"力场屏蔽已崩溃。"李安妮宣布道。

五艘海豚驾驶的飞船开始猛攻，它们的武器向着四处射击。全息像中交叉着各种激光的动画演示，其中红色代表着联邦发射的激光，攻击者发出的则用蓝色表示。

就在此时，加斯特的飞船开始沿着从船头至船尾的纵向轴线飞速旋转，仿佛就像是把转动着的螺丝刀。

"他究竟在干什么？"凯斯问道。

幻影在全息像中画出了加斯特船上两管激光炮射出的激光束，这样一来，他的目的就很明显了。随着飞船的旋转，激光束形成了一个由连续光线组成的圆柱体——实际上将两个点状的激光武器变成了一个能发射粗大激光的装置。加斯特瞄准的目标是星丛中央盘下表面上四个主发动机其中一个的底部。

"如果不出什么差错，"萨说道，言语中竟然带着一丝钦佩之情，"他可以切开第二号发动机，像地质学家采集矿石标本一样。"

"移动飞船！"凯斯大声喝道。

星空全息像开始旋转。"正在执行，但是他用牵引光盯住了我们。我们——"

飞船再次震动了一下，随即响起新的警报声。李安妮转过身来看着凯斯道："四十号甲板处的内部船体破裂,那地方刚好是海洋甲板与中央支柱的连接处。海水正沿着中央支柱灌入下层甲板。"

"上帝!"凯斯说道,"艾比人在安装新的下层生活舱时,到底都干了些什么?"

菱形的传感网再次因为愤怒变成了黄色,网上的发光点变得异常明亮。"你在说什么?"他飞快地说。

凯斯举起手,"我只是——"

"安装工作完成得非常好。"菱形说道,"但是飞船的设计者当初绝对没有想到我们会参加一场战斗。"

"对不起。"凯斯说道,"李安妮,对付这种情况的应急方案是什么?"

"没有应急方案,"李安妮说道,"海洋甲板被认为是不可能破裂的。"

"力场能维持住海水吗?"凯斯问道。

"维持不了多长时间。"李安妮说道,"我们在船坞处使用的力场强度足以将正常压力下的空气与真空隔离。但是每立方米的水重达整整一吨,任何比飞船的外部力场发射器功率小的装置都无法承担这么大的压力,而且,就算加斯特没有使它们过载,我们也没有办法在飞船内部使用它们。"

"如果你关闭中央盘及以下甲板的人造重力,至少水不会继续往下流。"萨说道。

"好主意。"凯斯说道,"李安妮,就这么干。"

"出于安全考虑,"幻影的声音说道,"命令被驳回。"

凯斯看着控制台上幻影的一对摄像头,"怎么——"

"是因为艾比人。"菱形说道,"我们的循环系统以重力为动力基础,如果你关掉重力,我们都会死去。"

"该死!李安妮,把四十一号甲板至七十号甲板中所有的艾比人都转移到上层生活舱需要多长时间?"

"三十四分钟。"

"开始转移。并叫所有海豚离开海洋甲板,但是让他们带着呼吸器随时待命,我们可能会派他们进入被淹没的区域。"

"如果你从七十号甲板开始撤离,"萨说道,"你可以先把那儿的引力关了,再一步步往上走。"

"这么做没什么用,"李安妮说道,"如果海水已经蔓延到了七十号甲板,那么即使没有重力,它也能依靠惯性继续向下。"

"会发生电路短路吗?"凯斯问道。

"我已经关闭了被淹区域的电力系统。"李安妮说道。

"如果想要排空整个海洋甲板,多大一部分的下层生活舱会被灌满?"

"百分之百。"李安妮说道。

"真的吗?"凯斯说道,"上帝。"

"海洋甲板装有六十八万六千立方米的海水,"李安妮查看着监视器说道,"即使算上所有甲板间的封闭隔层,飞船上中央盘下方的全部体积也仅有五十六万七千立方米。"

"请原谅我打断你们的谈话,我认为'PDQ'遇到了麻烦。"菱形说道,并用他的一根绳索示意着全息球中的某个方位。两艘瓦达胡德飞船正在夹击'PDQ',它们发出的激光束在太空中纵横交错。

凯斯的视线不停地在全息像及他面前显示着海水泛滥进程的显示器之间转换着。

"看,"菱形说道,"'达克特斯'已经盯上了那两艘正在攻击

'PDQ'的瓦达胡德飞船的尾部。它应该能吸引它们的一部分火力。"

"撤离进行得怎么样了?"凯斯问道。

"正在按计划进行。"李安妮说道。

"我们船上的水有没有漏到太空中?"

"没有,破裂只出现在船的内部。"

"我们内部舱门的水密性能如何?"

"是这样,"李安妮说道,"船舱之间的滑门在关闭状态时是可以防水的,但它们不是很坚固。毕竟,这些门板当初的设计思路是当遇到火灾时,任何人都能轻易地将它们一脚踢开。"

"什么样的天才能提出这种设计思路?"萨问道。

"我认为他帮忙设计了泰坦尼克。"凯斯咕哝道。

飞船再次震动了一下,船身前后晃动着。在全息像中,一个圆柱体从星丛的中央盘上断裂开来。圆柱体有十层甲板那么厚,在夜空中翻滚着。"加斯特已经打掉了我们的二号发动机。"李安妮报告道,"在他开始切割时,我就已经下令工作人员撤离工程环面中的那个区域,所以没有造成人员伤亡。但如果他再切掉一台发动机的话,即便我们能到达一个远离恒星足够平坦的区域,这艘飞船也仍将无法进入超光速航行。"

一道亮光吸引了凯斯的视线,"达克特斯"切断了正在攻击"PDQ"的那两艘瓦达胡德飞船中一艘的引擎舱。引擎舱如风车般转动着飘走了,看上去好像会撞上刚刚从星丛上被切下来的圆柱体,但这只不过是透视效果带来的错觉罢了。

"我们把水排入太空会怎么样?"菱形说道。

"我们得在海洋甲板那儿挖出个洞来才行。"李安妮说道。

"在哪儿下手最容易?"凯斯问道。

李安妮查看着一幅示意图，"十六号船坞的内舱壁。当然，内舱壁的后面是工程环面，但是那地方的环面中安装有海洋甲板的过滤站。换句话说，它那儿已经装满了直至船坞内舱壁的海水，所以你只用在船坞的内外舱壁上挖个洞就能把海水排到太空中去。"

凯斯沉思了一阵子，随后他突然冒出了一个主意。"好，"他说道，"立刻派个人带上地质激光去十六号船坞。"他转过脸来看着菱形，"我知道艾比人需要重力，但是如果我们切断人造重力，代之以转动飞船会怎么样？"

"离心力？"李安妮说道，"人们会站在墙上的。"

"是的。那又怎样？"

"是这样，每一层甲板都是十字形，因而在给人的感觉上，你越往十字的端点走，你感受到的重力越大。"

"但是这么做能防止海水继续向下蔓延，"凯斯说道，"海水会被紧紧地压在海洋甲板的外舱壁上。萨，你能用我们的姿态控制发动机来完成这一旋转运动吗？"

"可以。"

凯斯看着菱形，"你们艾比人需要多大的重力才能使循环系统正常工作？"

菱形举起了他的绳索，"过去的测试建议至少是标准重力的八分之一。"

"在五十五号甲板以下区域，"李安妮说道，"如果以合理的速度旋转，即使在十字的顶端，也无法达到那么高的重力。"

"但是这仅仅意味着我们只需撤离十五层甲板的艾比人，而不是四十层。"凯斯说道，"李安妮，通知每个人我们即将采取的行动。萨，一旦五十五层以下不再有艾比人了，就立刻开始旋转飞船,并当速度起来之后关掉人造重力。"

"没问题。"

"工作人员最好从十字顶端的那些屋子中撤离,那儿的窗户有点问题。"李安妮说道。

"为什么?"凯斯问道,"它们是透明的碳结构,即使人们站在上面,它们也不会破裂。"

"当然不会,"李安妮说道,"但是那儿的窗户呈四十五度角,因为生活舱边缘就是以四十五度角相交的。一旦转换成离心力,人们很难在它们上头站稳,这些倾斜的窗户会变成陡峭的地板。"

凯斯点点头,"有道理,把这建议也通知下去。"

"好的。"

"琅姆信使"上长喙的头部全息像开口说话了:"污染水区我们在。发动机过热。"

凯斯冲着全息像点点头,"尽你的能力来处理。如果必要的话,飞离我们,或许就不会有敌船跟在你们后头了。"

星丛又一次发出震动。"加斯特开始切割我们三号发动机下方的中央盘,"菱形说道,"他的另一艘飞船在我们一号发动机的正上方切割。"

"开始旋转飞船,萨。"

星空全息像开始旋转,飞船又摇晃了一下。"加斯特没料到我们的行动,"萨说道,"他的激光在我们中央盘的下表面整个划了一圈。"

李安妮开口说道:"杰西卡·冯在十六号甲板就位,凯斯。"

"让我看看。"

高速旋转的星空全息像中的某个部位出现了一个方框,方框中显示的是船坞的内部画面,以及一个穿着太空服飘浮在半空中的女人。她把自己用绳索拴在内舱壁上——就是那堵与工程环面共用的墙——飞船的旋转将她甩向弧形的舱门,拴在她身上的绳索绷得紧紧的。画着十字降落标记的船坞地板离她脚底至少有十几米远,布满了灯光及绞盘的船坞天花板离她头顶也有差不多的距离。

"打开通信通道。"凯斯说道,"杰西卡,在船坞内壁的后方,也就是在工程环面中,有个装满了水的海洋甲板过滤站。过滤站的另一端连通着海洋。一定要小心:当你进行任务时,海水会冲过来把你击倒。"

"我知道。"杰西卡说道。她伸手探向腰部,放出更多的绳索。凯斯屏住呼吸,看着她在船坞的半空中运动着。她的动作很快,每一秒钟都能放出一米左右长的绳索,最终,她抵达了船坞的远端,狠狠砸在弧形舱门的表面。有那么一阵子,凯斯很是忐忑不安,以为她就此被撞晕了,但是她很快从撞击中恢复了,并奋力将地质激光举到了射击位置。可是她无法平稳地端住激光枪,她的第一次射击把她的绳索拦腰切断了。十五米长的尼龙线落在她的身上,另外十五米在离她头顶远远的地方飞舞着,如同一条细细的黄颜色的蛇。她现在被飞船的旋转紧紧地压在舱门的中央。

冯的第二次射击同样的糟糕,干掉了船坞内部照明系统的接线盒。所有的东西都被黑暗吞没了。

"杰西卡!"

"我在这儿呢,凯斯。上帝,这玩意儿很难操作。"

在方框之中,所能看到的就是黑暗——黑暗,随后出现了一点微小的红宝石颜色,激光击中了内舱壁。凯斯看着金属开始发光、软化、变形——

　　——随后——

　　传来了急流喷出的声音,仿佛是谁打开了高压消防龙头。杰西卡继续射击着,在后墙上沿着个巨大的正方形的四周打着小孔。打一个孔,然后将激光移动一厘米,再打一个,不断地重复着——

　　应急灯亮了,整个船坞沐浴在红色之中。海水从内舱壁后冲了出来。被凿穿的方形金属防水板先是向后卷起,随后完全脱落了,被身后整整一甲板的水推动着,沿着船坞向前猛冲而去。

　　凯斯感到了一丝恐惧,看上去这片舱壁金属碎片会将杰西卡撞成肉饼。杰西卡已经遭到了海水浪头的连续猛击,但是她一定也注意到了那块碎片。她身后发出了一阵爆炸火光,将舱门都烧焦了。她很聪明,穿上了一件带有推进器的太空服,及时将自己射到半空中。整个船坞内开始涨水,从太空舱门开始,逐渐向着船坞内舱壁涨去。杰西卡很快又被钉在门上。

　　船坞内装满水之后,凯斯再次向她下达命令:“好,现在转过身,在船坞外层舱门上钻一个直径为十厘米的洞。将激光器直接顶在门上,我可不想把你身边的水都烧开了。”

　　“遵命。”她说道,她的太空服现在已经成了潜水服。她站在舱门上,握紧地质激光器那灰色的锥形金属手把,像是拿着个手提钻。随后她将激光器顶在她两腿之间,扣动了扳机。很快,舱门上的某个区域发出了红光,随后变成了高热的白光,随后,随后……

　　在夜空中,星丛如同一个陀螺般旋转着,船体上反射着绿色的星光。

剩余的五艘瓦达胡德飞船正在逼近，两艘从星丛的上方，另三艘从它的下方，向着船坞环冲了过来。星丛旋转的速度实在是太快了，没有一个瓦达胡德飞行员注意到了位于十六号船坞舱门中央那个炽热的小点。小点发着光，燃烧着，随后脱落了，然后，突然间——

海水被飞速旋转的飞船猛地甩出来，洒向太空。水刚一接触到真空，马上就变成了水蒸气。随后，当足够多的水蒸气聚集在一起，形成一定的压力之后，蒸汽又重新凝结成了水，浮游生物、盐化合物晶体，以及海水中的杂质为水滴的形成提供了载体。紧接着，在绿色恒星光无法照耀到的那片暗物质阴影里，水滴凝结成了冰球——

数以百万计的冰球以极高的速度被甩离星丛，冰球身后涌出的大量海水形成了爆炸般的压力，再加上飞船高速旋转带来的离心作用，为冰球的运动提供了巨大的能量。在夜空中，仿佛一下子出现了无数的钻石，折射着附近恒星发出的绿色光线——

第一艘瓦达胡德飞船被一阵冰球弹幕击中了。飞船自身向着星丛逼近的飞行速度，加上冰球的来袭速度，造就了一次真正意义上的高速撞击。最先到达的几粒冰球被飞船的力场屏蔽偏转了，但是力场屏蔽是被设计用来抵挡单个的微流星体的撞击，而不是一次持续的冲击——

冰球撕开瓦达胡德飞船的船体，就像牙齿在撕扯着肉。加压舱被掀掉了，舱里的空气被挤了出来，加入了太空冰雹的队伍。

在舰桥上，凯斯大声喊道："快，萨！晃动飞船。"

萨执行了命令。甩出的冰球转了个弯，向着另一个方向飞去，撞上了第二艘瓦达胡德飞船，并把它撕开了。紧接着，冰球射入第三艘飞船的大气层机动用燃油箱，它安静地爆炸了，在黑暗的背景中绽开了一朵花。

萨换了个方向摇晃飞船，冰球向着余下的第四艘飞船射去。到了这个时刻，该飞船的驾驶员已经想出了应对策略。他旋转着飞船，将飞船的核聚变尾气喷口对准了星丛，并启动主引擎，将冰球融化成了水滴，水滴还未碰到飞船之前就被蒸发成了蒸汽。但是另一艘剩余飞船的飞行员可能没有料到他的这个机动，又或者该飞行员太过于专注救自己的性命了，一心只想着往捷径的方向飞去。不管是什么原因，反正他一头扎进了他同伴飞船的核聚变尾气之中。随即，白色的炽热火焰吞没了他的飞船，飞船爆炸了。现在只剩下两艘飞船——其中有一艘是加斯特的。

不断往外扩张的冰球层挡住了大多数飞向星丛的那些飞船爆炸后形成的碎片，但是那艘玩弄核聚变尾喷口把戏的瓦达胡德飞船就没有那么幸运了。一大片锯齿状的船体残骸撞上了它，撞击使得它翻滚着飘走了，失去了控制——径直冲向暗物质区域。当它距离最近的那个巨大灰色气体球只有几百万公里时，飞行员似乎又重新控制住了飞船，但是它已经被引力俘获了。尽管要过上几个小时之后，致命的轨道才会到达尽头，但是飞船注定要坠毁在黑体之上——而且，在这样的速度下，即使是那种产生于普通物质与黑暗物质相互碰撞时的柔性冲击力也足以将飞船碾得粉碎。

加斯特的飞船仍然完好无损，他用牵引光束将飞船固定在星丛中央盘的下方。萨是不可能将冰球甩到这个方向来的，不过，星丛可以一直旋转下去，直到加斯特的飞船耗尽燃料为止，如果有这个必要的话……

"哎哟。"这是幻影对菱形传感网上的亮光所做的翻译。

萨抬头看了一眼。"该死。"他说道。

在绿色恒星的边缘又出现了一……二……五艘瓦达胡德飞船,加斯特并没有愚蠢到在首轮攻击时就投入全部兵力。新来的飞船中有一艘是个大个子,它的体积至少是小探测船的十倍。

星丛的五艘由海豚驾驶的探测船原本已退得远远的以躲避冰球弹幕,但是现在它们又编好了队形,迎着进犯的飞船冲了过去,想尽量把它们挡在母船的外围。

接着……

"什么东西?"凯斯抓着他椅子的扶手说道。

"上帝……"萨说道,"上——帝!"

巨大的暗物质区域开始了运动,开始时慢腾腾的,但是随着时间的流逝,速度越来越快。整个区域拧成了几条粗大的带子,面朝闯入恒星的一面泛着绿光,另一面则呈现出一片黑色。带子变得越来越长,最后它们伸展开来,足足有几百万公里。从星丛上看过去,整个暗物质区域已经变成了几根由宇宙尘埃形成的管状物,其中分布着如同行星般大小的球体,就像是飘在空中的手指关节。

星丛的探测船在带子的上下方做着大幅度的规避运动。由于无法抵消带子的引力作用,瓦达胡德飞行员发现他们飞船的飞行轨迹已变得杂乱无章。在星丛的球形全息像中,凯斯可以看到那些来袭的飞船如同醉酒的人一般蹒跚着,被那些每根质量都相当于几百个木星的暗物质带子吸得偏离了航线,在太空中来回晃悠。

带子以惊人的速度伸展着。尽管凯斯仍然无法接受大型生

物在太空中自由生长这一事实,但是无法否认,大多数生物在它
们想迅速移动时还是能办到的。

来袭的瓦达胡德飞行员意识到了眼前的危险。它们中的一
艘放弃了原本明显是对着星丛的攻击航线,开始急转弯。另外
一艘点燃了它的刹车喷气装置,但是黑体继续向它们接近,膨胀
的手指划过黑色夜空。

如果飞船能够进入超光速飞行,它们或许还可以逃走。但
是由于绿色恒星造成的引力井,再加上黑体形成的虽然浅一些
但仍有足够影响的引力井,阻止了它们的这一企图。

新出现的这群战斗船中,离星丛最远的那艘只在黑体的触
须之前几公里了。凯斯看着它们之间的距离缩小到了零,飞船
消失在宇宙尘埃中。

萨提供了一个示意图,显示了飞船在带子中的位置——带
子已停止向前伸展,而是开始往回收缩,它的引力作用拖着瓦达
胡德飞船随着它一起运动……

很快,第二根暗物质触须裹住了另一艘瓦达胡德飞船。剩
余飞船中的一艘竭力想要逃走,凯斯可以看到它激活了爆炸螺
栓,抛掉了整个武器组来减小整个飞船的质量。但是暗物质仍
然紧紧跟在它的身后。

与此同时,那两根已抓到飞船的触须继续收缩着,接着——
奇怪的动作——它们开始弯曲,变成了弓形,看上去就像是条由
灰尘形成的眼镜蛇。

第三艘飞船终于被抓住了,抓着它的灰色手指也开始往回
收缩。那艘瓦达胡德的大飞船也被两根暗物质触须盯上了,它
们分别从上方和下方向着飞船合围过去。只有第五艘飞船看上
去似乎有机会逃走,但是凯斯看到莉萨和长喙在它的后方追了

过去。他的心不禁沉了下去,儿子的脸闪现在他的眼前——还只是个十九岁的孩子,尽管他留起了山羊胡子。如果他母亲死了,他怎么才能向他宣布这个消息呢?

最先收缩的两根触须已经向后弯成了半圆,翘曲的那面冲着绿色恒星。与此同时,那艘大船已经被那两根互相靠拢并在紧紧追赶它的带子围住了。紧接着,第一根暗物质手指突然像鞭子般猛地向前抽去。困在它里面的瓦达胡德战斗船被抛离了触须,一圈圈翻滚着,向前冲去。凯斯看到了姿态控制发动机被点燃之后发出的小亮点,但是他仍然无法控制飞船剧烈的翻滚,它——

凯斯不禁张大了嘴巴。上帝——

——它直接冲着绿色恒星而去。

飞船继续一圈接一圈地翻滚着,而它与恒星之间的距离正在急剧减小。终于,飞行员重新控制住了飞船,但是他离那个直径一百五十万公里的火球实在是太近了。升腾的日珥向着被弹来的飞船舔了过去——

——随即,飞船在恒星的外层大气中化为气体。

凯斯叫道:"菱形,联系我们的探测船。"

"通信频道已开启。"

"返回星丛!"凯斯说道,"所有的飞船,立刻返回星丛!"

四艘探测船服从了命令,改变了航向,但仍有一艘在继续追击着它的目标。

"莉萨!"凯斯叫道,"回来。"

突然间,第二根暗物质鞭子在夜空中呼的一下甩了出去,把第二艘瓦达胡德飞船抛向绿色恒星。凯斯的脑袋不停地左右摆动,视线在远离星丛而去的莉萨的飞船,以及翻滚着冲向毁灭的战斗船之间交替切换,心中充满了双重恐惧。

"琅姆信使"以螺旋状航线尾随着敌船,瓦达胡德飞船船尾激光炮发射的激光总是无法射中探测船,或是与它的力场屏蔽擦肩而过。然而,过了一阵子之后,射击停止了,估计飞船上的瓦达胡德人也被刚刚发生的惨剧吓呆了。

第二艘被黑体抛向恒星的飞船很快接近了它的终点。有救生艇从它上头弹射出来,但是救生艇那小小发动机的动力不足以将它维持在恒星的轨道上。那些垂死的瓦达胡德人在他们的监视器上最后看到的可能是绿色恒星上那奇怪的哑铃状黑子——如同漂浮在液态翡翠中的深灰色斑点。

"PDQ"和"达克特斯"马上就要返回星丛了,当然,它们得从星丛的上方或是下方接近,以避免碰撞到环绕着飞船的冰雹环。菱形用牵引光束将它们拽到中央盘平整的表面上。有冰球阻挡,将它们引入船坞是不可能的,但好在中央盘的上下表面都有应急停靠卡位。

"琅姆信使"依然在追击。"莉萨!"凯斯冲着麦克风喊道,"看在上帝的分上,莉萨——快回来!"

突然间,"琅姆信使"上的激光开火了,幻影尽心尽职地在全息像中画出了激光束。激光划过夜晚的星空。莉萨的瞄准无可挑剔,干脆利落地将引擎舱从飞船上切了下来。引擎舱在夜空中翻滚着,喷出的燃料像一阵雾气似的包裹着它,看上去如同祖母绿宝石发出的光晕一般。接着,突然间——

引擎舱发生了核聚变爆炸,燃起耀眼的光芒,甚至比附近的恒星还要明亮。长喙做了一个疯狂的弧形机动,躲开迅速膨胀的等离子体,然后沿着笔直的航线向星丛飞来。失去引擎的瓦达胡德飞船在惯性作用下被斜斜地甩了出去,无法控制航向。

第三根暗物质鞭子甩了出去,将另一艘瓦达胡德战斗船变成了太空中的旋转风车。在这艘船冲向毁灭的途中,凯斯看到它上头的几片船体被故意炸飞了,显然,与在撞入恒星的过程中被活活烤死相比,船员们更愿意将自己暴露在真空之中。

随后,包裹着瓦达胡德大船的双指联合体开始从它的中部旋转,速度越来越快,在旋转的过程中把自己变成了螺旋体,好像银河气旋一般。幻影展示了飞船被埋在这个旋转物质中的位置。旋转变得越来越快,到最后,仿佛运动员掷铁饼似的,暗物质将大飞船甩了出去。大飞船总算设法在撞到恒星前重新控制住了自己,但当它开始改变航向,并将炽热的核聚变尾气对准绿色地狱时,从光球层上涌起了一片巨大的日珥,将它吞没了。

"我们五艘探测船中的四艘已经安全地固定在我们的船体上。"菱形报告道,"'琅姆信使'将在十一分钟内返回。"

凯斯重重地叹了口气,"好极了。现在,所有的人都已经撤离了下层甲板,是吗?"

"最后一部电梯正在上来,"李安妮说道,"还有三十秒钟。"

"好的。将下层甲板维持在零重力,不要再让水往下流了。萨,停止旋转飞船。"

"遵命。"

"指挥官,"菱形说道,"加斯特将飞船附着在我们船体的表面,用牵引光束固定住了。"

凯斯笑了。"真好笑—— 一个战俘。"他高声道,"大家干得好。萨、李安妮、菱形——干得漂亮。"他停顿了一下,接着说道,"感谢上帝,黑体站在我们这边。我猜和这些组成宇宙大部分的物质多聊聊永远不会有什么坏处,而且——"

"上帝!"这是萨发出的声音。

　　凯斯抬起头来看着舵手。他的话说得太早了——暗物质的触须正向星丛伸来。

　　"我们是下一个。"菱形说道。

　　"但是我们比瓦达胡德飞船要大上几个数量级，"萨道，"他们能把我们扔往恒星吗？"

　　"只有三分之一的暗物质参与了对瓦达胡德飞船的进攻，"菱形说道，"如果他们全体来攻击我们的话——幻影，他们能办到吗？"

　　"是的。"

　　"联系猫眼，"凯斯说道，"我最好能和他谈谈。"

　　"查找空闲频率……"菱形说道，"传送……没有回答。"

　　"萨，带我们离开这儿。"凯斯说道。

　　"航向？"

　　凯斯思考了半秒钟，"飞向捷径。"但是他马上意识到暗物质触须阻隔在星丛与太空中那个不可见的点之间。"不，改变计划！"他急促地叫道，"往相反的方向飞，靠近绿色恒星。把杰格叫到这儿来，幻影。"

　　"你下令将他关在自己的屋里，长官。"计算机说道。

　　"我知道。我给你下的是新命令，马上把他叫到这儿来。"

　　幻影将凯斯的命令传达给杰格，舰桥上陷入了暂时的寂静。"他来了。"幻影说道。

　　"你的想法是什么？"菱形问道。暗物质从三个不同的方向向星丛扑过来，就像一个要拍死臭虫的巴掌。

　　"希望是个能把我们带离这儿的方法——只要这方法不会让我们送命的话。"

　　星空全息像分开，杰格走了进来。凯斯第一次在瓦达胡德人的脸上看到了一丝谦卑的神色。杰格应该看到了空战的经过，看着他的同胞撞向绿色恒星。但是当他警觉地看着凯斯开口说话时，语气中仍然保留着一贯的挑衅色彩："你想干什么？"

"我——"凯斯控制着自己的语气道，"利用绿色恒星的引力给星丛加速，使它能迅速绕到捷径的背面，然后进入捷径。"

"上帝。"萨说道。

杰格用他自己的语言嘟囔了一声，表达了同样的意思。

"能做到吗？"凯斯问道，"会成功吗？"

"我……我不知道。"杰格说道，"通常我得需要几个小时才能完成类似的计算。"

"你没有几个小时——只有几分钟。会成功吗？"

"我不……是的，可能吧。"

"凹头，"凯斯说道，"把控制权转移到杰格的工作站。"

"遵命。"海豚说道。

杰格进入他的岗位。"中央计算机，"他叫道，"在这台监视器上显示我们的航线。"

"你没有权力发布除清洁房间以外的命令。"幻影说道。

"限制取消！"凯斯急促地说道，"在发布进一步指示之前，杰格的软禁暂时中止。"

屏幕上显示了杰格要求的示意图。杰格瞥了一眼，"麦格诺？"

"什么？"萨说道。

"在被包围之前，我们还有差不多十分钟时间。你得启动我们所有的船身发动机。将我的六号监视器复制成触摸屏形式。"

萨按下按钮，"好了。"

杰格用扁平的手指在示意图上添了一条弧线，"你能沿着这条航线飞行吗?"

"你是指手动飞行?"

"是的,手动。已经没有时间将航线编入飞行程序了。"

"我……是的,我能办到。"

"执行航线飞行。马上!"

"指挥官?"

"'琅姆信使'还得过多长时间才能附着到我们的船体上?"

"四分钟。"菱形说道。

"没有时间等它了。"杰格说道。

凯斯转过身来,想冲着杰格咆哮,但是他控制住了自己。"有什么建议?"他对舰桥上所有的人说道。

"我可以用牵引光束锁住'琅姆信使'。"菱形说道,"虽然我无法在我们进入捷径之前把它拖入星丛,但是我们可以拖着它进入捷径,这之后,只希望长喙能够驾驶'琅姆信使'穿越它。"

"就这么干。萨,带我们离开这儿。"

星丛拐了个角度很小的弯,向着恒星冲去。"动力已开启至最大。"萨说道。

"我们还得对付另一个问题,"杰格转过身来看着凯斯说道,"我有很大的把握能把我们带到捷径入口。但是一旦到了那儿,我们只能是一个猛子扎进去,不会有时间减速并控制飞船的入射角度。还有,由于七十号甲板的超空间望远镜阵列已经损毁,我甚至无法预测我们将会从哪个出口出去。我们可能会钻到宇宙中的任何地方。"

暗物质手指仍然在向星丛伸过来。"几分钟之后,任何地方都比这儿好。"凯斯道,"只要带我们离开这儿就行。"

飞船开始绕着恒星急速飞行。舰桥内全息像中,一半显示着那个绿色的球体,可以清晰地看到粗糙的球体表面以及哑铃状的黑子;另一半中的显示大部分是灰蒙蒙的,暗物质触须遮挡了后方的星星。"菱形,锁住'琅姆信使'了吗?"

"它仍然在四百公里以外,暗物质还在不断骚扰。但是,是的,我锁住了它。"

凯斯松了一口气,"干得好。联络上了猫眼或是其他任何黑体吗?"

"他们仍然对我们的呼叫置之不理。"菱形说道。

"我们与恒星的接近距离无法达到我设想的理想状态。"杰格说道,"海洋甲板内剩余的水不能充当有效的防护盾,我们的力场屏蔽仍然无法使用。黑体有百分之三十的机会能逮到我们。"

凯斯的心脏在胸腔内怦怦直跳。星丛继续绕着恒星做抛物线运动,触须还在紧紧追赶。在全息像中,"琅姆信使"被标识成了一个小方块,幻影画了一根黄色线条来表示牵引它的光束。星空全息像转动了——在他们擦过恒星大气时,萨调整了飞船的姿态。

终于,星丛到达抛物线的顶点,并利用恒星的引力获取了极高的加速度,飞快地向着捷径扑去。在全息像中,幻影增加了画出的黄色线条的亮度,以表示有更多的能量被输入牵引光束之中。

"两分钟之后接触捷径。"菱形说道。

"我们从未以这么高的速度穿越过捷径——没有人这么做过。"杰格说道,"大家应该系上安全带,至少抓住些什么。"

"李安妮,将这个建议通知至船上的所有人。"凯斯说道。

"所有人注意,"李安妮的声音在扩音器中响了起来,"请注意,可能会有颠簸。"

突然间,一个巨大的不规则物体挡住了全息像中部分视野。"加斯特的飞船。"李安妮说道,"他从我们的船体上脱开了,可能他以为我们都发疯了。"

"我可以用另一根牵引光束抓住他。"菱形说道。

凯斯笑了,"不用,让他走。如果他认为和黑体待在一起活下来的机会更大的话,我没什么意见。"

"八十秒。"菱形说道。看不见的地板上升起两个橘黄色的夹子,固定住他的轮子。

"左舵一点四度,麦格诺,"杰格说道,"你要错过捷径了。"

"调整航线。"

"六十秒。"

"所有人抓牢,"李安妮说道,"飞船——"

一片黑暗,人造重力完全消失。

"该死!"这是萨的声音。

一阵叫声——杰格在说话。没有听到幻影的翻译声。

亮光闪动——屋子里唯一的光线:菱形在说着些什么。

"动力失灵!"萨叫道。

红色的应急灯亮了起来,应急重力也来了——这关系到艾比人的生死。屋子内两侧都传来了响亮的溅水声:海豚工作站内的水在重力消失时向上膨胀,形成巨大的拱形,在重力回来之后,拱顶坍塌了,水泼得到处都是。

已经没有球形全息像包裹着舰桥了,舰桥那蓝灰色的舱壁露了出来。凯斯仍然坐在他的椅子里,杰格却躺在地上,显然是在短暂的零重力时刻内失去了平衡。

前排的三个控制台——内务、舵手和外勤——闪着光,又恢复了功能。后排控制台没那么关键，因而仍处于关闭状态，以节省电池的能量。

"我们失去了'琅姆信使'。"菱形说道，"牵引光束消失了，它被丢下了。"

"放弃穿越捷径！"凯斯焦急地叫道。

"太晚了，"萨说道，"惯性会带着我们穿过捷径。"

凯斯闭上双眼，"'琅姆信使'去了哪个方向？"

"在望远镜恢复之前，我无法判断。"菱形说道，"但是——是这样，当时我们拖着它，意味着它很有可能会冲着绿色恒星飞过去……"

"一号发动机爆炸了。"李安妮插话道。她查询着眼前的读数，继续道，"战斗造成的损伤。我已启动了备用发动机。"

幻影的声音："重新启动。正常。"

全息球又出现了，刚开始只是一片白色，随后渐渐恢复成了外部的影像：绿色恒星占据着主要位置，剩余的位置被追击的暗物质触须搞得模糊不清。凯斯想要寻找"琅姆信使"，却怎么也看不到。

萨的声音在说话："十秒钟后穿越捷径。九……八……"

李安妮的声音从公共扩音器中传了出来，盖过萨的倒计数："六十秒内恢复全部电力。准备——"

"二……一。进入！"红色的应急灯光闪烁着。这个无穷小的点扩张开来，吞下了这艘巨大的飞船，如同一个紫色的项圈从头到脚把它包裹起来。

船尾这部分太空仍然是熟悉的绿色恒星和在后头紧紧追赶的暗物质，但是船头部分所处的太空则是一片完全漆黑的空间。星丛的速度极高，整个穿越过程只是一眨眼的工夫。

　　当凯斯意识到他们目前的处境之后,不禁全身颤抖。菱形的亮光以震惊的样式闪烁着。李安妮在喉咙深处发出了一声惊呼,杰格则下意识地梳理着自己的皮毛。

　　除了在他们头部上方极远处的椭圆体和三个微小的白色小点,以及随机分布的一些缥缈的白色宇宙尘埃之外,围绕着飞船的只有无边的黑暗。

　　他们出现在星系间的空旷太空。那些白色的小点不是恒星,它们是整个星系。

　　而且它们中没有一个看上去像是银河系。

第十八章

当"琅姆信使"被甩离星丛的时候,莉萨感到喉咙一阵发紧。"出了什么事?"她呼叫道。

但长喙正忙着,没有时间回答。他正在他的水箱里盘旋、翻滚,试图控制飞船的姿态。在莉萨的监视器上,她看到那个绿色的恒星正处于他们正前方,逐渐膨胀着。它的表面是翻滚着的绿火海洋,有的是翠绿,有的是碧绿,有的是孔雀绿。

她强压下内心的恐惧,试图回想自己什么地方做错了。凯斯不可能故意切断牵引光束的能量,因而要么是加斯特使用了某种干涉传输方法控制了牵引光束,要么是星丛的电源系统发生了故障。无论是哪种情况,总之他们现在已经被母船抛弃了,几乎是笔直地向那个恒星撞了过去。透过座舱与长喙的水箱之间的透明墙,莉萨看到海豚把他的身体弯成了一个弧度很大的曲线,看起来很痛苦的样子,然后用他头部的一侧撞击着墙的另一面,似乎通过这种纯粹是多余的努力,他就能够控制飞船飞向他想去的地方。

莉萨看了看监视器,心沉了下去。她看到星丛穿过捷径消失了,飞向——可能飞向了任何地方。星丛的窗户是黑的,可以确认一定是发生了动力故障。如果星丛确实丧失了所有动力，莉萨希望它能够通过捷径网络系统到达新东京或是"平地"——在那里有其他飞船可以帮助它。否则，星丛可能再也无法从它冒出的那个地方返回了——在备用电池耗尽之前，星丛可能没有足够的能量做出再次穿越，也没有能量支持船上的生命系统。

但是莉萨已经顾及不到她丈夫和同事们的命运了，"琅姆信使"仍然笔直地向绿色恒星飞去。为了过滤他们眼前绿火发出的强光，弧形的舷窗已经明显变暗了。长喙还在努力通过装在他尾鳍和胸鳍上的遥控器来操纵飞船。突然，他在水箱里急速掉了个头，接着，莉萨看到绿色恒星从视野中消失了。现在，飞船以主发动机的喷口对准那颗恒星，长喙把它用作喷气制动装置。飞船发出"咔嗒咔嗒"的声音，莉萨看到长喙用他的大鼻子按下一个按键，取消了自动紧急断开装置的启动。

"鲨鱼！"长喙尖叫着。起初，莉萨以为那是海豚骂人的口头语，但是紧接着，她看到了长喙指的是什么：由暗物质构成的触须状物体遮蔽了半个天空，在光洁度夸克尘埃雾中，灰色的球体看上去像是九尾鞭上的节。

长喙向他的右侧扭转，飞船的姿态也随之进行了调整。但是很快，一种颜色更黑的物质遮住了他们的视线。

"加斯特的飞船。"长喙说道。

"可恶。"莉萨说。她双手放在控制地质激光的把手上。她不准备发射，除非他先开火，但是——

加斯特的船体上出现了红色小点。莉萨把大拇指放在激光发射器的扳机上。

长喙肯定看到了她的动作。"那是姿态控制发动机，"他说，"不是激光。他也想逃离黑体。"

长喙再次改变了"琅姆信使"的运行轨迹,从窗户望出去的景象也随之变化。绿色恒星在后边,敌人的飞船在左边,黑体在右边,并且从上下两面夹击"琅姆信使"。只有一条可以逃生的路线。长喙用他的大鼻子猛戳控制键。"向捷径方向移动!"他用尖锐的声音大叫着。

莉萨轻按几个键。其中一个监视器显示出超空间地图,可以看到通道口周围的超光速粒子旋涡。

"我们比星丛机动性好。"长喙说道,"出口,我们可以选择。"

莉萨迅速考虑了一下,"你知不知道凯斯和其他人去哪里了?"

"不知道。捷径在旋转,我能以与他们相同的角度进入捷径。但是计算,没有时间,不能确定这种方式,我们是否和他们去往同一个地方。"

"那么……那么去新东京吧。"莉萨说道,"星丛最终也要到那里维修——如果它能做到的话。"

长喙在水箱中扭动着,"琅姆信使"先是沿着弧形轨迹上升,接着又下降,最后从后上方向捷径接近。"五秒钟后进入捷径。"他说。

莉萨屏住呼吸。监视器上什么都看不到,什么都没有——

闪过一道紫光。

一片不同的星星。

一艘巨大的黑色飞船。

一艘巨大的黑色飞船,正向隶属于联合国舰队的小艇开火。

四艘——不,是五艘!——弃船在星空中如同焰火般燃烧着,从船体中泄漏的气雾笼罩在它们周围。

所有这一切,都沐浴在最近从这条捷径中冒出的红矮星发出的血红色光芒之中。

莉萨的脑海中逐渐形成了几个单词,可能会成为未来教科书上的章节标题,她似乎现在就能看到它们闪现在眼前——

鲸鱼座天仑五的溃败。

瓦达胡德军队进攻地球殖民地,占领了一个为人类服务的捷径,一艘巨大的战斗巡洋舰轻易地驱逐了通常驻扎在那里的弱小的外交艇——

巨大的战斗巡洋舰把它所有的力场防护罩都面对前方,以保护自己不受到联合国舰队火力的伤害——

"琅姆信使"恰好位于这艘巨大的战斗巡洋舰的正后方。

莉萨以前从来没有杀过人,甚至从来没有故意伤害过别人,从来——

鲸鱼座天仑五的溃败。

她抓住激光器手柄,瞄准,随后扣动扳机。

幻影不在这里,所以无法为她做出激光柱的动态演示,瓦达胡德人战斗巡洋舰的距离又实在太远,她也看不到切过船体上的红色小点。

切入它的推进器燃料箱——

破坏燃料箱——

点燃燃料——

然后——

一个火球,就像超新星爆炸——

弧形舷窗完全暗了下来——

长喙在他的水箱里扭曲着身体,操纵着"琅姆信使"远离不断扩张的残骸球面。

莉萨把双手从扳机上拿开。舷窗又变亮了。她从头到脚都在战栗。那样大的飞船上会有多少瓦达胡德人？一百？一千？如果他们计划进攻太阳系，占领地球、火星和月球，也许会有一万名士兵——

都死了。

死了。

在这个区域里还有其他的瓦达胡德飞船，但它们都是由单人控制的微型战斗艇。那艘巨大的黑色飞船肯定是它们的母舰。

莉萨大声地叹了一口气。

"你做得很对。"长喙轻声说，"你做了你必须做的事。"

莉萨什么都没说。

新东京是一个人类和海豚的殖民地。驻扎在这里的联合国舰队开始掉头进攻那些弱小的瓦达胡德战斗艇。穿过那艘被摧毁的巡洋舰里释放出的空气雾时，"琅姆信使"有一点轻微的颠簸。

莉萨的控制台发出蜂鸣声。她看了看闪烁的红色指示器，像是一滴红色的血，但是没有管它。长喙看了她一会儿，随后用鼻子按下他水箱里的同功能键。扬声器中传出一个女声。"丽芙·阿姆德森，联合国警察部队在鲸鱼座天仓五的指挥官，呼叫星丛辅助艇。"莉萨瞥了一眼她的监视器。阿姆德森乘坐的飞船仍在三光分远处，进行实时通信是没有意义的。"我们已经识别了你的异频雷达收发机发出的信号。谢谢你能及时赶到。我们伤亡惨重——两百多人牺牲了——但是你拯救了新东京。我确信，无论你是谁，他们都会在你的胸前挂上一枚奖章。结束。"

一枚奖章，莉萨想着。上帝，他们要颁发奖章。

"莉萨？"长喙说，"你是不是想让我——"

莉萨摇了摇头。"不。不，我自己来。"她按下一个键，"我是

'琅姆信使'上的克莱莉萨·玛利亚·塞万提斯博士,和我在一起的还有一名名叫长喙的海豚飞行员。星丛也遭受了瓦达胡德军队的攻击,它通过捷径网络系统逃往一个现在还不能确定的地点。但是它可能急需船坞维修设施。你们是否能够提供帮助?”

她等待着信号到达阿姆德森乘坐的飞船,并从那里返回。她看着周围掠过的恒星。瓦达胡德部队在鲸鱼座天仑五被击退,莉萨想象着历史书会这么写着。但是下一章是什么?两百名来自地球或是地球殖民地的士兵牺牲了……海豚不相信复仇,但是人类会不会寻求报复?这次只是一次局部冲突呢,还是会演变成为一场全面战争?

“不能。塞万提斯博士。”最终,阿姆德森的声音传了回来,“我们的船坞设施是瓦达胡德人第一个袭击的目标。”当然,莉萨想道,这又是一次珍珠港事件,“建议星丛尝试‘平地’的船坞——但在通过捷径前往那里的过程中应该小心。记住,一颗G－级亚巨星最近出现在那条捷径附近,不过我们能够为你们所乘坐的这种小船提供维修服务。”

莉萨看了看她的监视器。战斗还没有完全结束,警察部队飞船仍然在与几艘瓦达胡德人小艇交战,但是看起来有几个侵略者已经投降了,他们抛弃了自己的发动机舱。

“我们需要更多燃料。”长喙对莉萨说,“而且推进器必须冷却——我已经严重超负荷地使用了它们。”

“好。”莉萨对着麦克风说,“我们进去。”她冲着长喙点点头,长喙随即开始在水箱里转圈,操纵飞船运动。莉萨的心脏仍在剧烈地跳动着,她闭上眼睛,试图不去想她都做了些什么。

第十九章

"李安妮,报告损坏情况!"凯斯急促地说。

"我还在统计战斗损坏情况,好在高速通过捷径时没有出现新的损坏。"

"伤亡情况怎么样?"

李安妮头一偏,从她的耳内植入片听取来自其他方面的报告。"没有人员死亡,但是多人骨折,两例脑震荡。总之没有特别严重的情况。杰西卡·冯已安全离开第十六层船坞,但是她臀部和肩膀摔伤了,还有很多擦伤。"

凯斯点了点头,长长地舒了一口气。他看了看球形全息像,试图看清楚飘在无边黑暗中的模糊的白色烟雾。"上帝。"他压低嗓音说。

"所有的上帝,"杰格轻轻地说,"都离这里非常非常远。"

萨转身过来看着杰格,"这里是星系间区域,对不对?"

杰格抬起上部的两个肩膀,表示同意。

"但是……但是我从来没听说过在这么远的地方有任何出口。"李安妮道。

"捷径只存在了有限的时间。"杰格说道,"即使某个星系间区域捷径传出的超空间信号,这个信号也可能尚未到达联邦行星。"

"但是在星系间区域里怎么会有一个捷径呢?"萨问道,"它靠什么定位呢?"

"这个问题问得好。"杰格说,然后低头看着他的仪器,"啊,在这里。检查一下你的超空间扫描仪,麦格诺。离这里大约六光时远的地方有一个巨大的黑洞。"

萨低声吹了一下口哨,"调整航线,咱们离它远点。"

"我们是不是仍处于危险中?"凯斯问道。

"不是,老板——除非我在方向舵上睡着了。"

杰格按下几个控制键,一个带框区域随即出现在球形全息像中。框里的图像和外面一样,漆黑无物。

"黑洞周围通常存在吸积盘,"杰格说道,"但是这里没有东西让它吸。"他停顿了一下,"我猜它是一个古老的黑洞——它可能花了几十亿年的时间才来到这里。我怀疑它是二元星系的残余物。当较大的那颗恒星经历超新星爆炸时,可能造成了不均衡的力量,从而把留下的黑洞踢出了它原来所在的星系。"

"但是,什么东西激活了这条捷径呢?"李安妮问道。

杰格抬起他的四个肩膀。"这个黑洞可能吞噬任何路过的物体,被它吸住的物体可能会掉进这条捷径。"杰格试图让自己的声音听起来轻松愉快,但是很明显连他自己都惊愕不已,"事实上,我们还比较幸运——星系间区域里的捷径就像没有脚印的烂泥地一样稀少。"

凯斯转向萨。他努力控制住自己的声音,使它听起来很平静。他是指挥官,无论星丛平常看起来多么像是个实验室,而不是航行着的飞船,但是现在他知道所有的眼睛都在看着他,从他身上寻找勇气。"我们最早什么时候能从捷径回去?"他问道,"最快什么时候能联系上'琅姆信使'?"

"我们仍然存在严重的动力故障,"李安妮说道,"这些问题解除之前我不会移动飞船——我需要三个小时。"

"三个小时!"凯斯说道,"但是——"

"我会尽量加快的。"李安妮说道。

"能不能发射一艘探测船去帮助莉萨和长喙?"凯斯问道。

舰桥内安静了一会儿。菱形滚到指挥工作站前,用他的一根操纵绳索轻轻地碰了碰凯斯的手臂。"我的朋友,"他说道,幻影根据他传感网上亮起的暗暗的小灯,把他的话翻译成了耳语,"你不能那样做。你不能让另一艘小船也陷入危险。"

我是指挥官,凯斯想,我能做我想做的任何该死的事。他摇了摇头,试图控制住自己的情绪。如果莉萨发生什么意外……

"你是对的,"他最终说,"谢谢。"他转向杰格,感到自己的心跳加速了,"我应该软禁你,你这个……"

"'猪',"杰格说道,他用咆哮声很准确地模仿了一个英语单词,"就那么说吧,那么做吧。"

"我的妻子不知道在什么地方——可能已经死了,长喙也是一样。你们到底想干什么?"

"我什么都没做。"

"这艘飞船遭受的损坏要花费几十亿维修费。行星联邦要把这笔账算到你们的头上,这是肯定的——"

"你永远都不能证明,我要求移动星丛和随后发生的事有什么联系。你可以随便怎样骂我,地球人,但是即使是你们那落后愚昧的法庭也需要证据来支持指控。我想研究的暗物质生命的确有不同寻常的超空间印记,任何一名天文学家都会证实这一点。而且在移动之前,从星丛的位置确实看不到印记——"

"你说那个黑体即将进行繁殖,但是它什么都没做。"

"你当社会学家都当傻了,兰森。在自然科学里,我们偶尔不得不面对理论在现实中没有得到应验的窘迫。"

"这是一个诡计——"

"这是一次试验。任何其他的暗示或是说法都是无中生有。如果你一味在公共场合继续说三道四,我将以诽谤罪起诉你。"

"你这个混蛋,如果莉萨死了——"

"如果塞万提斯博士死了,我将哀悼她。我希望她没发生什么事,而且我们都知道,她和长喙已经通过捷径到达了一个安全的地方。今天死的是我的同胞,不是你的。"

李安妮在她的工作站那里轻声说:"他是对的,凯斯。我们的装备被损坏了,还有几个人受伤,但是星丛上没有人员死亡。"

"可能除了莉萨和长喙。"凯斯厉声说。他深深吸了一口气,试图让自己平静下来,"都是为了钱,对不对,杰格?当行星间的贸易迅速发展起来时,在所有联邦行星中,'泥浆'的经济遭受的打击最沉重。你们这些人从来不批量制造产品——"

"这样做是对工匠之神的冒犯——"

"这样做是有效率的,而你们的工厂和工人是没有效率的,所以你试图给你们政府的保险箱增加更多的财富。星丛即使被拆成零件也能卖上几万亿——多光荣啊。就算星丛被强占引发了战争也没关系,没有什么能像战争一样有效地刺激经济增长,不是吗?"

"只有失去理智的人才需要战争。"杰格说道。

"幻影,"凯斯厉声说,"杰格再一次被软禁。"

"遵命。"

"那样做只会满足你惩罚的愿望!"杰格咆哮道,"但是这仍然是一艘科学船,而且我们是联邦行星中第一批来到星系间区域的生物。我们应该确定我们的确切位置——我是承担这个任务的最合适的人。收回软禁的命令,闭上嘴,别烦我。我会搞明白我们到底在哪里。"

"头儿,"萨轻轻地说,"他是对的,你知道。让他帮帮忙吧。"

凯斯还在气头上。过了一会儿,他草草地点了点头,但是什么都没说。萨只好对着空中说:"幻影,取消对杰格的软禁命令。"

"取消命令需要由指挥官兰森批准。"

凯斯重重地叹了口气,"照他说的做——但是,幻影,监视杰格发出的每一道指令。如果其中任何一条看起来与确定我们的位置没有关系,立即通知我。"

"遵命。软禁结束。"

凯斯看着萨,"我们目前在朝什么方向前进?"

萨看了看他的仪器,"我们仍然处于原来围绕绿色恒星运动的抛物线轨道上,只是轨迹有所改变。很明显,当我们不再受那颗恒星的引力影响以后,运行轨道就变化了,所以——"

"麦格诺,"杰格打断他说,"我需要你以拓扑形式旋转飞船,这么做可以给我提供一个具有视差的全景超空间扫描图像,尽管我们失去了一排超空间望远镜。"

萨按下几个键,围绕舰桥的球形全息像开始进行一系列的复杂的旋转。但是由于全息像中除了几个不太明显的白斑以外,什么都看不到,所以这些旋转和翻滚并没有让人感到眩晕。萨又看了看凯斯,"至于如何回家,我们后面的那个捷径出口在超空间里看起来和我以前看到的捷径一样。假设这个该死的捷径在几百万光年以外仍然能以同样的方式工作,一旦李安妮修复了动力系统,我应该能够让我们回到任何一个你指定的激活捷径。"

"好。"凯斯说道,"李安妮,我们在这场战斗中的损失有多严重?"

"第五十四到七十层甲板被淹了,"她对着凯斯的全息头像说,"第四十一层甲板以下的所有物品都有不同程度的水渍损失。还有,当我们围绕绿色恒星旋转时,所有在中央圆盘以下的甲板都受到了严重的辐射。我建议宣布飞船的整个下半部分不适宜居住。"她停顿了一下,"负责星丛 2 号的人员肯定会被我们气死——我们现在已经烤焦了两套下层生活舱。"

"我们的防护罩怎么样?"

"我们的力场发射器都被过度使用,我已经让工程师去维修了。一小时之后,我们就会有最低程度的屏蔽保护。从这个角度来看,我们来到星系间区域还不错,在这里遇到微型流星体的概率很小。"

"加斯特把我们的二号发动机切掉时造成的损失怎么样?"

"我的小组已经用一些临时隔板把发电机被切掉后留下的洞堵上了。"李安妮说,"应该能坚持到我们回到轨道船坞。"

"其他发动机怎么样?"

"三号发电机的所有电源连接线都被切断了,我已经派了一个小组去把它们都接回去,但是我不知道我们的库存是否有足够的大型光导纤维管来完成这个任务。我们可能需要制造一些。不管怎样,在它恢复正常之前,我们不能使用主发动机。有一艘瓦达胡德人飞船切割了部分一号发电机,就是因为它的失灵,我们才失去了电源供应,但是这台发动机应该可以修复。"

"船坞怎么样?"

"第十六号船坞内充满了冰水。"李安妮说道,"而且,参战的五艘探测船中的三艘都需要维修。"

"本舰是否仍能进行太空航行?"凯斯问道。

"我计划在轨道船坞上用三周时间来修复这些机器,但是,是的,我们还没有迫在眉睫的危险。"

凯斯点点头,"如果是那样的话,萨,一旦李安妮说我们已经准备好进行动力飞行后,我命令你立刻编制一条穿过捷径的航线,把我们送回我们的出发地,也就是回到绿色恒星附近。"

萨的橘红色眉毛抬了起来,"我知道你想救'琅姆信使',凯斯,但是如果他们还活着,长喙肯定已经穿过捷径,离开了那个区域。"

"有可能,但这不是我要回到那儿的原因。"他看了看菱形,"你在几分钟以前说的话是对的,我的滚动朋友。我必须优先完成最重要的工作。建造星丛的首要任务是与其他生命形式进行联系,我不能让行星联邦的行为看起来跟摔门者一样,仅仅因为一些误解就切断所有联系。我想和黑体再次交谈。"

"但是他们曾经试图杀死我们。"萨说道。

凯斯抬起一只手臂,"我不会这么蠢,再给他们一次机会把我们抛到绿色恒星上。你能不能计划一条航线,让我们从那个捷径冒出去,围绕绿色恒星运动,然后再把我们带回到那个捷径并以某个矢量角度入射,最后前往在'平地'368A的出口?"

萨想了一会儿,"可以,但是为什么是368A?而不是新东京?"

"我判断,攻击星丛不是一个孤立的事件,新东京也可能处于包围之中。我希望前往一个中立的地区。"他停顿了一会儿，"如果按照我刚才描述的路线航行，黑体还能不能抓住我们？"

萨摇摇头，"如果我们的航速合适，不会，除非他们都在那个出口周围等着我们出现。"

"菱形，"凯斯说道，"一旦李安妮使所有系统都恢复正常，立即向通往绿色恒星的捷径出口发射一个探测器，探测器要配备超空间扫描仪，这样你就能通过黑体在时空中留下的引力凹陷定位他们。还有，让它做一次宽度光谱无线电扫描，以防瓦达胡德人的援军已经到达那里。另外——"凯斯试图控制住自己，使声音听起来很平静——"让它检查'琅姆信使'的异频雷达收发机信号。"

"至少还需要三十分钟才能开始这些工作。"李安妮说道。

凯斯噘起嘴，开始想莉萨。如果她牺牲了，他将花费以后生命中的几十亿年来让自己从悲伤中恢复过来。他看着无边黑暗中几处模糊的星系，他甚至不知道该朝哪个方向看，向哪个方向寄托他的思念。他感到自己很渺小，微不足道，难以想象的孤独。在全息影像中没有什么可看的——没有明显突出的物体，也没有清晰显现的物体，只有无边的黑暗—— 一种令人丧失信心的虚无。

突然，从他的左边传来一种奇特的像狗咳嗽时发出的声音，幻影把它翻译成一种"极度惊讶"的表达方式。凯斯转身面对杰格，看到这个瓦达胡德人时，他吃惊得嘴都合不上了。他从来没有看到过杰格的绒毛像现在这样。"出了什么事？"

"我……我知道我们在哪里了。"杰格道。

凯斯看着他，"真的？"

"你知道，出于引力作用，银河系和仙女座吸住了大约四十个小星系，对不对？"

"称为本地集团。"凯斯恼怒地说。

"没错。"杰格说道，"是这样，一开始，我试图寻找本地集团一些明显的特征，比如位于巨型麦哲伦星云中超亮度的剑鱼座，但是这行不通。所以我在已知的银河系外的脉冲星里，根据距离——当然也会结合存在的时间——一个一个地甄别，然后根据它们独特的无线电脉冲信号来定位我们。"

"是的，是的。"凯斯说，"然后怎样？"

"然后确定目前离我们最近的星系，也就是那边那个——"杰格指着他脚下全息影像中的一个模糊的小点，"它离我们这里大约五十万光年远，我已经确定它的代码是CGC 1008。它有几个非常独特的特征。"

"好。"凯斯急促地说，"我们距离CGC 1008有五十万光年远。那么，你能给我们这些不懂天体物理学的人解释一下，CGC 1008离银河系有多远？"

杰格咆哮的声音弱了下来，几乎可以用轻柔来形容，"离我们，"通过翻译的声音说道，"离我们的家有六十亿光年远。"

"六十……亿？"萨问道，转身看着杰格。

杰格抬起他的上部的肩膀，"是的。"他说，他的声音仍然很轻。

"这……太让人吃惊了。"凯斯说道。

杰格又抬起他的上部肩膀，"六十亿光年，是银河系自身直径的六万倍，是银河系与仙女座之间距离的两千七百倍。"他看着凯斯，"用你们这些不懂天体物理学的人的口头语来讲，是长得该死的距离。"

"我们从这里能看到银河系吗？"凯斯问道。

杰格用手臂指了指。"哦,是的,"他说,吠叫声仍然很轻微,"是的,确实可以看到。中央计算机,放大112区域。"

全息像的某个区域出现了一个方框。杰格离开他的工作站,走向方框。他斜眼看了一会儿,确定了方位。"在这里,"他边说边用手指着,"银河系在这里,挨着它的是仙女座。这是本地集团中的第三大星系M33。"

菱形传感网闪了闪,表示疑惑,"非常抱歉,但是这不可能,好杰格。那些不像是螺旋形的星系,它们看起来更像圆盘。"

"我没搞错,"杰格说道,"那就是银河系。因为我们现在距离它有六十亿光年远,我们看到的是六十亿年以前的银河系。"

"你能肯定吗?"凯斯说。

"是的。先通过脉冲星得知大致要向哪个方位寻找,这以后,辨别哪个星系是银河系,或是仙女座及其他一些星系就很容易了。麦哲伦星云存在的时间太短了,所以它发出的光很难射到这么远的地方,但是那些恒星几乎全部是由古老的第一代星体物质构成的。我已经辨认出了几个特定的银河系和仙女座内的恒星,我敢肯定——那个恒星组成的圆盘就是我们的家。"

"但是银河系有螺旋状的手臂。"李安妮说道。

杰格转向她,"是的,毫无疑问,银河系确实有螺旋状的手臂。但是,同样可以肯定的是,六十亿年前的银河没有螺旋状的手臂。"

"为什么会这样?"萨问道。

"这是个,"杰格说道,"难以回答的问题。我承认银河系甚至在它目前年龄的一半时就已经有了手臂。"

"也就是说,"凯斯说道,"银河系在某个时点长出了螺旋状的手臂?"

"不，不能这么说。"杰格说道，他的声音又回复了往常的尖厉，"实际上，到现在为止，没人知道其中的机理。我们从来都没有创造出合理的、可模仿银河系螺旋状手臂形成过程的模型。目前，绝大多数模型的构建原理都以不同的旋转速度为基础——就是说，在设计模型时，让那些离银河中心较远的星球在完成一圈运动的同时，位于银河系中心附近的星球已经完成了好几圈。但是模型显示，由此而形成的任何手臂都只是暂时现象，最多能够存在十亿年。当然，如果是这样的话，我们的确可以看到一些螺旋状的星系，但是不可能每四个星系中就有三个是螺旋状的——而这个比例确是我们观察到的现象。理论上，椭圆形的星系应该远远多于螺旋状的星系，但是实际上并不是这样。"

"那么很显然，这个理论有缺陷。"凯斯说道。

杰格抬起他的上部手臂，"确实如此。我们天体物理学家在几个世纪里都勉强用'密度波模型'来解释为什么螺旋状的星系这么多。模型指出，一个横跨银河系圆盘的螺旋状的扰流——密度波，吸引了周围的星球，或者甚至形成了星球。但是这从来都不是一个令人满意的理论。首先，它没有说明不同类型的螺旋是怎么形成的，而且，第二，我们在最开始时就无法很好地解释这些想象中的密度波产生的原因。有时候人们会提到超新星爆炸的作用，由此构建的模型确实可以形成长时间存在的波。但另一方面，这种爆炸的作用会相互抵消，这种抵消模型同样很容易就能设计出来。"他停顿了一下，"而且单就星系形成模型而言，我们还遇到了其他难题。1995年，人类的天文学家发现那些距离较远、年龄只有宇宙现在年龄的百分之二十的星系，它们的旋转速度与现在银河系的旋转速度差不多——但是根据理论，这个速度是早期星系应该具有的旋转速度的两倍。"

凯斯想了想,"但是如果我们现在观察到的是正确的,那么像我们那样的螺旋状星系,肯定是从简单的圆盘经过某种变化发展而来的,对不对?"

瓦达胡德人上部的肩膀又举了起来,"也许。你们的天文学家埃德温·哈勃指出,每个星系在最初都是一个简单的球体,然后逐渐旋转成为一个圆盘,接着又长出了随着时间的演变而越张越开的手臂。尽管我们目前已经有了一些观察到的证据,证明那样的进化过程确实发生过——"他指了指闪着微光的框中的星盘——"但是,我们仍然不能解释为什么会发生这样的进化过程,也无法解释这样的螺旋状结构为什么会持久地存在下去。"

"但是你说过,所有的大星系中有四分之三是螺旋状的?"李安妮问道。

"是这……样,"杰格说道,幻影把他那带有咝咝音的咆哮声翻译成了一个拉长的音节,"实际上,我们并不确切知道宇宙中所有椭圆星系与非椭圆星系的比例,因为要看清楚几十亿光年远的模糊物体的结构是非常困难的。在本地,我们能看到的螺旋状星系比椭圆状星系要多得多,而且螺旋状星系内绝大多数是年轻的蓝色恒星,而我们的本地椭圆状星系内绝大多数是古老的红色恒星。因此我们假定,所有距离很远、显现出很多蓝光的星系——当然是经过红移校正的——是螺旋状的,而那些几乎全发出红光的是椭圆状星系,但是我们确实无法确定。"

"难以置信。"李安妮边看着画面边说,"所以……所以如果那是它六十亿年前的样子,那么在现在的那里,联邦行星中的任何一颗都还不存在,对不对? 那里——你认为那里现在是否存在有任何形式的生命?"

杰格道:"如果你是问在那里的光线向我们这里射出的那一刻,银河系是否有生命形式存在,那么我会说'没有'。银河系中心的放射性非常强——甚至比我们过去想象的要强。在一个很大的椭圆形星系里,比如我们现在看到的这个,整个星系从本质上来讲就是个大核。星系里的恒星非常紧密地聚集在一起,到处充满强烈的辐射。在这样的环境下,稳定的遗传分子是无法形成的。"他停顿了一会儿,"我认为这意味着只有中年星系能够提供适宜生命产生的环境,而年轻的、没有螺旋状手臂的星系上将没有生命。"

舰桥上静了下来,只有空调设备发出的轻微的嘤嘤声,以及某个控制键偶尔发出的柔和的哔哔声打破着宁静。每个人都在凝视着那个既小又模糊的亮点,他们将于今后某天出生在那里;每个人都在回味着他们正位于一个遥远的、从来没有人到过的空间这一事实;每个人都沉浸在他们周围无边的空洞和黑暗中。

六十亿光年。

凯斯记得曾经阅读过有关玻曼、洛弗尔和安德斯的故事,他们是曾于1968年圣诞节期间围绕月球航行的"阿波罗8号"上的宇航员,他们在那里为地球上的人们阅读《创世纪》。他们曾经是第一批离开地球足够远的人类,地球看起来好像能够放在他们掬成杯形的手中。可能那个场景、那个视角、那个画面比其他任何一个独立的事件都能够用以代表人类的儿童时代已经结束了——人类认识到他们的世界仅仅是飘浮在黑夜中的一个弱小的球体。

凯斯想到,现在这个画面也许——仅仅是也许——标志着人类中年时代的开始:它将成为人类传记第二部扉页上的静止的图画。弱小的、微不足道的、易被摧毁的并不仅仅是地球。凯斯举起手,向全息像伸去,用他圈起的手指围住那些恒星。他坐在那里沉默了很长时间,然后放下了手臂,用眼睛迷茫地看着弥漫在各个方向的无边的黑暗。他的目光恰好经过杰格——杰格正好在做凯斯刚做过的事情,用他的一只手围住银河系。

"请原谅,凯斯。"李安妮说道,这是几分钟以来舰桥上的人说的第一句话。她的声音很轻柔、音调不高,就像人们在教堂里说话的方式一样,"动力系统已经修好了。我们可以在你需要的任何时间发射探测器。"

凯斯慢慢地点点头。"谢谢你。"他说,他的声音听起来仍有沉思的意味在里面。他再一次看了看飘浮在黑暗中的年轻的银河系,然后轻声说:"菱形,让我们看看家里那边正在发生什么事。"

第二十章

"发射探测器。"菱形说道。

凯斯向全息影像看去。一个银灰色的圆柱形探测器被星丛船体上安装的跟踪探照灯照得闪闪发光，正在离开，它的目的地是那些模糊的遥远星系。很快，探测器就接触到了捷径，然后消失了。

"这次探测过程应该要花五分钟。"菱形说道。

凯斯点点头，试图控制自己的情绪。他不知道他更想让下面的哪种情况发生：是探测器报告它已经探测到了莉萨的异频雷达收发机——代表"琅姆信使"至少还完好无损——还是报告没有发现任何情况，表明"琅姆信使"可能已经通过捷径到达了一个安全的地方。

时间一分一秒地过去了，凯斯的神经也随之紧张起来。俗话说，看着的水壶永远不会开，但是……

他抬头看着飘浮在隐藏着的左舷舱门上空的三面钟，"探测器发射多久了？"

"七分钟。"菱形说道。

"你的探测器不是应该回来了吗？"

这个艾比人传感网上的小灯闪了起来。

"那么这个该死的东西在哪里——"

"接收到超光速粒子脉冲信号!"菱形宣布,"它回来了。"

"用不着等它回到船上。"凯斯说道,"通过无线电下载数据,看看它找到了什么。"

"很高兴这样做。"菱形说道,"开始了。"

探测器扫描图像的清晰度不高,而且是平面的,不是全息图像。全息影像内出现了一个带框的蓝色画面,框内开始播放探测器拍摄到的平面图像。

"这是什么?"凯斯说道,"菱形,探测器是不是以正确的角度进入捷径?"

"是的——精确到一度的几分之一。"

杰格说了一句瓦达胡德人的诅咒语。可能由于疏忽,幻影没有翻译出咒骂的意思,但是凯斯却觉得自己也想骂人了。"那不是我们来的地方。"他说道。

杰格的绒毛一动不动。"确实不是。"他说。屏幕里的图像显示的是一些紧密聚积在一起的红色恒星。"我猜测这个地方甚至不在银河系里,看起来像是在一个恒星团的内部。CGC 1008周围附着着几十个这样的恒星团,这个可能是其中的一个。"

"这意味着——"

"这意味着,"萨说道,举起原来放在舵手工作站上的双手,"我们不能回家了,我们不知道正确的地址。"

"在距离这么远的地方,纬度/经度坐标系统肯定不会像以前那样正常工作了。"李安妮说道。

凯斯的声音很低:"即使以最大超光速推进状态飞行——"

杰格用鼻子哼着说:"即使在最大超光速推进状态下,飞行六十亿光年也需要两亿七千万年。"

"好吧,"凯斯说道,"我们将发射探测器来探路。菱形,首先向包围捷径的超光速粒子球体的北极点发射一枚探测器,然后向下,在纬度每相差五度和经度每相差五度的点上试一下。如果走运的话,也许可以通过这种方法从探测器带回的图像中看到我们认识的一些景象。"

菱形开始发射探测器,很快他们就发现这些探测器不是回到了恒星团那里,就是到了另一个空中布满环状星云的区域。

"从这个捷径出去,"菱形说道,"只有另外两个被激活的捷径。我想,这意味着第一个探测器能够回来,对于我们来说还算很幸运的——这种情形发生的概率只有二分之一。"

"我们没有太多的选择余地,是不是?"凯斯说道,"我们在星系间区域里一个黑洞旁边,离一个恒星团不远——这个恒星团可能布满了古老的、没有生命的恒星,或者是在环状星云附近。"

"不对。"杰格说道。

"什么不对?"

"不对,我们不能局限于这些选择。"

凯斯长舒了一口气,"好啊。说说怎么不能?"

"因为火山神是我的守护神,"瓦达胡德人说,"她不会抛弃我。"

凯斯感到他的心沉了下去。破口大骂之前,他控制住了自己。

"肯定会有一条回去的路。"杰格说道,"我们既然能来这里,就肯定能够回去。只要我们——"

"速度!"李安妮大喊道。

凯斯看着她。

"速度！"她说道，"我们通过捷径的速度非常快，也许进入捷径的速度将决定你可能进入的其他一组捷径。为了避免碰撞，以前我们进入捷径的速度一直很低。毕竟，通过捷径的时候比较盲目，并不确切知道那一端将会是什么。但是这一次，我们是以接近光速的速度冲进捷径，这样一来，我们可能已经打开了通往其他级别捷径的大门。"

凯斯转向杰格。杰格抬起他的四只手臂，"这个假设不错。"

"菱形，发射另一个探测器。"凯斯说道，"让它的运行轨迹长一些，使它能够加速到我们穿越捷径时的速度，设定它进入捷径的经纬度点和我们出来的点完全一致。"

"非常高兴这样做。"艾比人说道。

探测器发射了，加速，穿过了捷径。所有人都屏住呼吸，连菱形那个运转状态不受卵囊控制的泵都明显地感觉到有非常重要的事情就要发生了。泵的中央呼吸口暂时停止了它那永久不变的循环——张开、伸展、收缩、闭合。

探测器回来了。菱形的绳索在他的控制台上飞舞着，发出很大的拍击声，接着，全息影像的蓝框内充满了探测器带回的画面。

萨咧开大嘴笑了起来，"我从来没想到，我会这么高兴再次看到这些景象。"他说着，冲着绿色恒星竖起了大拇指。

凯斯长长地舒出了一口气，"谢谢——谢谢你的火山神。"

"通过探测器的超空间望远镜可以判断，黑体已经远离捷径的出口。"菱形说道。

"太好了。萨，带我们回家，沿着我们已讨论过的轨迹飞行。我想和猫眼谈谈。"

第二十一章

星丛穿过星系际区域中无边的黑暗,飞向捷径。随着萨不断加大推进器的推力,飞船——它在巨大的虚空中显得无比渺小——在向捷径接近的过程中不断加速。当它接触到捷径后,一个紫色火圈掠过舰身,一眨眼的工夫里穿越六十亿光年——6×10^{22}公里——的距离。全息影像里重又布满不计其数的恒星,船上的人们自发地欢呼起来。凯斯觉得他的眼睛有点酸,就像他上一次回到地球时的感觉一样。

萨立刻开始手动调整。他们已经很长时间没有监测那颗绿色恒星了,不知道它距离捷径的确切位置,另外,他所推测出的恒星的位置和实际位置相比可能会有出入。他很快让飞船沿着凯斯所需的抛物线轨迹运行——比他们以前的航线更宽的一道抛物线,以避免距离那颗绿色恒星太近而带来危险。现在,绿色恒星又一次占满了整个全息像。

"扫描'琅姆信使'的异频雷达收发机信号。"凯斯说道。

"好的。"李安妮回答道,但是,过了一会儿她说,"对不起,凯斯。没有发现。"

凯斯闭上眼睛。她可能是安全的,他告诉自己。她可能已经从另一个出口出去了,她可能——

"超光速粒子脉冲信号!"菱形说道,幻影把他的话用喊声翻译了出来。

凯斯转身看着捷径,现在捷径膨胀成了一个描着紫边的特殊图形——恰好是一艘联邦探测船的截面形状。

"是'琅姆信使'!"萨欢呼道。

"收到信号。"李安妮说。她按下几个键,莉萨喜气洋洋的全息头像随即出现在一个飘浮的图框中。

"各位,大家好。"莉萨说道,"再见到你们真是太好了。"

"莉萨!"凯斯说着,站了起来。

"你好,亲爱的。"莉萨说,满脸洋溢着微笑。

"菱形,"凯斯说,"如果沿着这样的航线飞行,他们能不能在我们的飞船上着陆?"

"如果我用牵引光束拉他们的话,可以。"

凯斯开心地大笑道:"就这么办吧!"

"好了,你们两个,"菱形说,"准备被牵引光束拉着走吧。"

长喙灰色的脸出现在莉萨脸的旁边,"准备好,我们! 家,我们回!"

"锁定目标。"萨说。

"萨,"凯斯说,"你确定了猫眼的位置吗?"

"是的。他在前方大约一千万公里远处,位于绿色恒星的大约九点钟方位。"

"我已经确定了一个黑体谈话用的空闲频率,你可以通过它和他们交谈。"李安妮说,"他们中的一个可能刚刚退出谈话。"

"太好了。"凯斯说道,"保持对频率的跟踪。莉萨一回来,我就要开始谈话。"

"大约三分钟内'琅姆信使'将回到第七号船坞。"菱形说道。

凯斯满怀渴望。他试图通过检查监视器上的状态报告来掩饰自己这种情绪，但是他什么都没有读进去。终于，星空全息像裂成了走廊的形状，现出走廊内的莉萨。凯斯跑向她，他们相互拥抱亲吻。舰桥内其余的人都欢呼起来。过了一会儿，长喙出现在两个开放的水池中的一个。莉萨弯下身子靠在他旁边，用手蹭了蹭他突起的前额。"谢谢你完好无损地把我们带回家，好伙伴。"她说。

"我们正沿着一条抛物线轨迹高速运动。"凯斯对他们说，"我不认为这次黑体能够抓到我们，但是我想和他们交谈——搞明白这帮该死的家伙为什么要进攻我们。"

莉萨点了点头，站起来，又一次亲了亲凯斯，然后走向她的工作站。她按下几个键，启动翻译程序。

"我们现在还有空闲的频率吗？"凯斯问道。

"是的。"李安妮说。

"好吧，我们开始通话。李安妮，请打开我控制台上的一个频道，并配上自动翻译功能，但是请在我讲后五秒钟再发送我的话。"他看看莉萨，"我将直接和猫眼通话。如果我说错了什么，或是你觉得有些语句不能很准确地翻译过去，请插进来，我们在信息传送出去之前重新组织要说的话。"

莉萨点点头。

"准备好了。"李安妮说。

"星丛呼叫猫眼，"凯斯说，"星丛呼叫猫眼。我们是朋友。我们是朋友。"凯斯匆匆扫了一眼计时器。即使是以光速传送信息，到达猫眼那里也将花费三十五秒钟，收到对方的回答还要再等几乎同样长的时间。

但是没有收到任何回复。凯斯再次等了相同长的时间，随后又等了一个时间段，最后，他按下一个键，又试了一次，"我们是朋友。"

最终，在信息往返一圈的时间过了四十秒钟后，他们收到了一个回复，是用法国口音说出的、仅包含两个词组的简短信息："不是朋友。"

"是的，"凯斯说道，"我们是朋友。"

"朋友不伤害。"这一次，除去信息传送所需要花费的时间外，没有什么延迟就收到了回复。

凯斯有些迷惑。难道他们以某种方式伤害了黑体？但他们怎么可能伤害到那么巨大的生物呢？那么……也许是采集样本的探测器把他们弄疼了。凯斯不知道该怎样道歉，莉萨建立起来的词汇库里没有表达这种意思的单词。

"我们不想伤害你们。"凯斯说。

"没有直接伤害。"猫眼说。

凯斯摊开双手，环顾着舰桥周围，"有没有人明白他说的是什么意思？"

"我想他是说，无论我们造成了什么伤害，都不是直接的伤害。"李安妮说，"我们没有伤害他们，但是伤害了——或是想要伤害——对他们来说非常重要的东西。"

凯斯按下传送键，"我们没有想伤害任何东西，但是你——你故意想杀死我们。"

"制造你，不制造你。"

凯斯关掉麦克风。"'制造你，不制造你。'"他重复着，绝望地耸了耸肩，"有人能解释一下吗？"

李安妮把她的手摊开，手掌向上翻。杰格动了动他的全部四只肩膀,菱形的传感网也黑着。

凯斯重新打开麦克风,"我们想重新成为朋友。"

随着星丛沿着抛物线运动,它离猫眼越来越近,收到反馈信息所花的时间也越来越短了。"我们也想重新和你们成为朋友。"黑体说。

凯斯想了一会儿,然后说道:"你说我们以某种方式伤害了你们,其实我们没有想以任何方式伤害你们。为了让我们不再伤害你们,你能不能告诉我们究竟是什么地方做错了?"

这次的回复的时间延迟了,等待让人心焦。最后传来的回复是:"互相攻击。"

"你说的是不是那场战斗?"

"是的。"

"是不是担心爆炸会伤害你们?"

"不是。"

"但是你们为什么把那些飞船扔向恒星?"

"害怕。"

"害怕什么?"

"你们的行动会摧毁……摧毁……不是点的那个点。"

"你是说捷径? 你害怕我们会摧毁捷径?"

"是的。"

"没有任何爆炸会伤害捷径,它不可能被轻易破坏。"

"不知道。"

杰格轻轻地吠道:"问问他为什么那么在意捷径。"

凯斯点点头,"你为什么担心捷径? 你自己使用它吗?"

"使用? 不,不用。"

"那么为什么?"

"幼卵。"

"捷径对于你们的产卵行为很重要?"

"不是,我们的一个幼卵。"扬声器里传出的声音说。

让人摸不着头脑——可能黑体也感到了凯斯所感受到的困惑。猫眼习惯于成为他们那个团体里的一员,那个团体里的成员相互之间这样交谈已经数亿年了。成员间谈话的背景和历史他们非常熟悉。对于他们来说,详细地解释说明一个想法是很不寻常的——甚至可能是粗鲁的行为。"你们的一个幼卵。"凯斯又说了一遍,试图寻求帮助。

"是的。碰到了一个点,它不是点。"

哦,天哪。"你是说你们中的一个小黑体穿过了那个捷径?"

"是的,丢了。"

"上帝。"萨边说边转过身,"正是他激活了这个捷径—— 一个黑体婴儿穿过了捷径!"

凯斯靠到他的椅子上,"如果我们的战斗偶然地摧毁了捷径,你们的小孩就可能永远找不到回家的路了,是这样吗?"

"十分正确。当你们第一次来的时候,我们以为你们是为了带我们的幼卵回家。"

"关于这个问题你们从来没有问过我们。"

"问是错误的。"

"这种礼貌真要命。"莉萨说道,眉毛扬了起来。

凯斯伸开手臂,"我们不知道你们小孩的事。它是多久前穿过捷径的?"

"自从你们第一次到达的时间,两倍。"

凯斯转向他的左侧,看着杰格,"那个小孩不可能飘离捷径出口很远。有没有办法知道它会从哪条捷径出去?"

"是这样，"杰格说，"那个小孩肯定已经从一个已激活的出口出去了。但是，当我们穿越这个捷径后，我们自己也发现系统中已激活的出口比我们以前知道的多得多——如果星系间区域和其他星系也布满出口的话，可能会多出几万亿个出口。而且，由于捷径还在旋转，如果不知道小孩穿越捷径的确切时间——要精确到秒——即使以完全相同的角度进入捷径也没办法。他可能位于任何一个地方。"

"但是如果我们能够找到这个小孩，把它安全地带回家。"凯斯说道，"那么，这不仅是一件应该做的好事，还能修复我们和黑体之间的友谊。"他环视着舰桥，"有人反对吗？"然后，他重新打开麦克风，"这个小孩有名字吗？用来识别他的独特的单词？"

"是的。它是——"幻影自己的声音代替了合成音，从扬声器里传了出来——"无法翻译的专有名词。"

凯斯望着幻影的眼睛。"叫他……叫他年轻人。"他说。

"好的。"

凯斯看着菱形，尽管菱形背对着凯斯，但是他还能够很清楚地看到凯斯，"菱形，你觉得怎么样？"

"这可能是一个很陡的、尽头是一处悬崖的斜坡。"他说——也就是说是徒劳无益的努力，"但是，你也说过，星丛必须全力以赴，建立与黑体之间的友好关系。我觉得我们至少应该试一试。"

"我们是否应该找他们中的一个和我们一起去？"李安妮问道。

"我们不可能一起通过捷径。"萨边说边转向她，"你还记得吗？那些黑体中最小的也和木星一样大。还有，如果不能精确地控制它的进入角度，黑体可能会从不同的出口出来。这样的话,我们就会有两个走失的黑体,而不只是一个了。"

凯斯又打开麦克风。"我们会去找你们的孩子。"他说,"你能不能大声叫它的名字? 我们会录下你的声音,然后在每个它可能出现的地方播放录音。你叫它的名字,让它和我们一起回来。告诉它,我们不会伤害它,我们只想给它指引回家的路。"

"录音?"

"就像讲话的记录。我们将重复这个记录。"

"好。"扬声器里传出的声音说。凯斯把他的话录进幻影的记忆库里。

"我们已经记下来了。"当猫眼停止传输信号后,凯斯说。

"找到我们的小孩。"猫眼说,"我……找不到合适的词。"

尽管凯斯没有经历过现在的场景,但他似乎已经跨越了物种界限——也跨越了物质界限。他点了点头,听懂了。

第二十二章

凯斯在他的办公室里仔细审查着寻找黑体孩子的计划书。今天是一个月的第一天,他桌上的莉萨全息像已经自动换成了一张她身着短裤和紧身小背心的照片,这是在一次到大峡谷徒步旅行时拍摄的。艾米丽·卡尔的油画也换成了一张A.Y.杰克逊所做的安大略湖风景。

"杰格·肯德罗·厄姆－佩斯来了。"幻影报告说。

凯斯仍然在研究资料,没有抬头,"让他进来。"

杰格进来了,自己找了一个座位坐下。他的四只手臂交叉在他那巨大的胸部前面。"我想去找黑体小孩。"他吠叫道。

凯斯靠到椅背上,看着这个瓦达胡德人,"你?"

杰格轻轻磨着他的上下咀嚼板,"我。"

凯斯慢慢地呼出一口气,趁机整理一下自己的思路,"这是一项比较棘手的任务。"

"你不再信任我了。"杰格说,他动了动上部的两个肩膀,"我感觉到了。但是对于星丛的攻击不是由特拉丝女王授权进行的,而且莉萨说我们对于鲸鱼座天仑五的进攻也被击退了。现在事情已经结束了——除非你们人类还想继续下去。我们现在应该何去何从呢,兰森？都结束了吗？或者我们要继续斗下去？我准备表现得像——"

"像什么事情都没有发生一样？"

"除此之外就是战争了。我不希望那样,我认为你也不希望那样的事发生。"

"但是——"

杰格的吠叫声越发尖厉了,"决定由你来做。我已经提出和解了,如果你要提出——你们人类是怎么比喻的？——无礼的要求,我将拒绝。但是找到那个小黑体并带它回家将需要极高的捷径结构知识和技巧。麦格诺在这方面很强,但是我比他更强。事实上,在整个联邦内不会有人比我更好。你知道这是真的,如果不是的话,我也不会被派到这艘船上。"

"萨值得信赖。"凯斯简短地说。

瓦达胡德人的两只右眼睛锁定在兰森的身上,过了一会儿,另外两只左眼也汇聚到了他的身上。"决定由你来做。你有我的计划书。"他指了指凯斯还拿在手里的数据资料,"我已经建议我们发射一艘探测船去寻找那个小孩。我应该在那艘小船上。"

"你的目的,"凯斯说,"就是要使你们的种族接近黑体。把他们的孩子带回家将会让他们对你产生感激之情。"

杰格动了动他下部的肩膀,"你伤害了我,兰森。实际上,黑体还不知道在这艘舰船上有上千个小实体,更不用说这些小实体是由四个不同的种族组成的。"

凯斯想了想。该死的,他讨厌被别人逼着做事情。但是这只讨厌的猪——杰格——是对的。"好吧,"他说,"好吧——你和长喙,如果他能够胜任的话。'琅姆信使'的状态能不能执行另一次任务？"

"在中央太空站,塞万提斯博士和长喙已经对它进行了维修。"瓦达胡德人说,"菱形已经确认了它的宜航性。"

凯斯抬起头,"内部通话系统:凯斯呼叫萨。"

萨拉德·麦格诺的头部全息像出现了,飘浮在凯斯桌子的上空,"头儿?"

"捷径周围情况怎样?"

"没问题。"萨说,"绿色恒星离我们足够远,我们可以以任何角度进入捷径。你要我编制穿越捷径的程序?"

凯斯摇摇头,"不是整条船。只是'琅姆信使'和一个单人分离舱。我将回到中央太空站与肯亚塔总理会面。"他回头看着瓦达胡德人,"杰格,你们将会为你们的行为付出巨大的代价。"

这是一次壮游:通过二十个捷径来周游整个银河系—— 一次对所有已激活出口的快速调查。"琅姆信使"载着杰格和长喙,从星丛船坞中起飞了。长喙那必不可少的欢乐飞行表演结束后,飞船开始向捷径出发。

和往常一样,当探测船碰到捷径入口时,入口开始扩张。紫色的非连续界面从船头移动到船尾,探测船随即进入了宇宙中的另一个世界。在第一个出口没有看到什么奇特的景象:只有恒星,但是排列得比他们在另一边看到的要松散一些。

杰格专心地研究着他的仪器。他在进行超空间扫描,试图寻找在距离捷径出口一光天的范围内是否存在着任何巨大的物体。要找到小黑体是非常困难的,暗物质本身的特性就决定了它非常难以被探测到——它几乎是不可见的,它发出的无线电波也非常微弱。但即使是小黑体,它的质量也能达到一千零三十七公斤。它将在本地时空形成一个在超空间中能够探测到的凹陷。

"发现什么了吗?"长喙问道。

杰格动了动他的下部肩膀。

长喙在水箱里弓起身体,"琅姆信使"划着弧线飞回捷径。

"再一次我们走。"海豚说道。探测船冲进了捷径点——

——然后从一个美丽的二元星系旁的捷径口出来了,一阵阵炽热的气流从膨胀扁圆的红巨星中喷出,飞向那个体型较小的蓝星。

杰格查看着他的仪器,什么都没有。"琅姆信使"翻了一个筋斗,从上方靠近捷径,钻了进去。一阵高频辐射掠过船身,那一对二元星的奇观被新的星际景象替代了—— 一个巨大的,带着点黄色,又透着点粉色的星云覆盖了半个天空。星云中央有一个脉冲星,以几秒钟为一个周期闪动,忽明忽暗。

"什么都没有。"杰格说道。

长喙再一次弓起身体,飞回捷径。

捷径点又扩大了。

一个紫色的圈。

不匹配的星空景象。

又一个新的世界。

这里也被一颗正逐渐远离捷径出口的绿色恒星占据着。长喙迅速做出反应,以躲避那颗绿色恒星。

这次杰格扫描的时间长了一些,附近的恒星降低了超空间扫描仪的灵敏度。但最后他还是确定小黑体不在这里。

长喙在水箱里旋转着,"琅姆信使"沿着螺旋状的轨迹飞回捷径。当他们又一次从捷径中冒出来,发现这是位于银河中心的源捷径,也就是假定由捷径制造者自己激活的最初捷径。空中布满无数紧密聚集在一起的红色恒星,它们发出的火光照亮了天空。长喙用鼻子碰了一个控制键,探测船的防护罩强度被调到最大。他们距离银河系中心相当近,甚至可以看到围绕着中央黑洞周围那紫色吸积盘闪闪发光的边缘。

"不在这里。"杰格说道。

长喙驾驶探测船沿着一条简单的直线回到捷径。他们距离银河系中心还不算十分近,所以没有被奇点那可怕的引力吸住,但是他不想冒这个险。

下一次他们通过捷径,来到了一个看起来很空旷的区域,但是杰格的超空间扫描仪显示这里隐藏着一个质量极大的物体。

"你觉得这里没有吗?"长喙问道。

杰格耸了耸他所有的四个肩膀,"仔细检查一下不会有什么损失。"他说,调整艇上的无线电,搜寻二十一厘米波段附近的信号。

"目前有九十三个正在被使用的频率,"杰格说道,"另一群黑体。"

这儿离他们遇到第一群黑体的地方有上万光年的距离,但黑体种族已经存在几十亿年了,他们很可能都讲同一种语言。由于没有空闲的频段,杰格扫描了一下这些杂乱的频率,找到了最高的一组,并用比这个更高一点的频率传送了信号。"我们在找一个叫'年轻人'的黑体——"探测船上的计算机用小黑体的真正名字替换了年轻人的称呼。

各个频率安静下来,安静的时间比信息传输一个来回要长一些。最后终于收到一个回复的信号。

"这里没有叫那个名字的。你是谁?"

"没有时间聊天——但是我们会再来的。"杰格说道,长喙驾驶探测船飞回捷径。

"他们惊讶,我们做的事。"海豚经过星门时说道。

这次他们来到一颗与火星大小差不多的行星旁边,这颗行星像火星一样干燥,但却是黄色的,而不是红色。它的恒星是一颗远处能看到的蓝白相间的星球,直径是从地球上看太阳时的两倍。"这里什么也没有。"杰格说道。

长喙控制着"琅姆信使"走了一条弧度很大的航线。从探测船的方位看过去,那颗巨大的黄色行星恰好遮住了恒星。光环的景色——掺杂着紫色、蓝色和白色——简直太美了,行星在天空中覆盖的面积比海豚原来想象的要大得多。他和杰格在这样的光里享受了一会儿,然后又一次冲入捷径。

接下来的捷径出口处最近也冒出了一颗恒星,但它不是绿色的,而是与鲸鱼座天仑五那里的一样,是红矮星,又小又冷。

杰格研究着他的扫描仪,"什么都没有。"

他们再次穿过捷径,捷径像一张涂着紫色唇膏的大嘴一样容纳了他们。

一片漆黑——根本没有恒星。

"一团尘埃,"杰格说道。出于惊讶,他的绒毛不断跳动着,"很有趣——最后一次有人穿过这条捷径出口的时候,这团尘埃不在这里。尘埃团中绝大多数是碳颗粒,但也有一些复杂的分子,包括甲醛,甚至还有一些氨基酸,而且——我想,塞万提斯博士肯定希望她能够在这儿。我搜集到了一些DNA。"

"在那些尘埃团中?"长喙用怀疑的语气问道。

"在那些尘埃团中。"杰格说道,"正在自我复制的分子,自由飘浮在空间里。"

"但是没有黑体,对吗?"

"对。"杰格说道。

"下次再来这里的奇迹查看。"长喙说道,他掉转探测船,点燃制动火箭,返回捷径。

一个新的宇宙空间——又是一条最近有恒星冒出的捷径。这里的入侵者是一个O级蓝巨星,表面有很多紫色的点,比一个爱晒太阳的人在夏天时脸上晒出的斑点还要多。"琅姆信使"恰好位于银河系一条螺旋状手臂边缘,它一侧的天空中充满年轻而又明亮的恒星,另一侧却很少。头顶上是一个可见的恒星团,上百万颗古老的红色恒星紧密排列在一起,形成了一个球体。而且——

"瞧。"杰格说——至少他吠叫的话翻译成英语应该是这个单词,"它在这里!"

"我也看见了。"长喙赞同地说,"但是……"

"焦灼的土地!"杰格咒骂着,"它被困住了。"

"同意——被网粘住了。"

确实是这样。很显然,那个小黑体从捷径磕磕绊绊地出来时,只比这个蓝色恒星早到这里几天,而且这个恒星丛捷径中被推出来的方向大致和小黑体前进的方向一样。尽管他们已经惊讶地发现黑体能够灵敏地在自由空间内运动,但是恒星的引力实在是太大了。小黑体离开恒星表面的距离只有四千万公里,比水星与太阳之间的距离还小。

"它无法获得逃逸速度。"杰格说道,"我甚至不确定它是否能保持一条稳定的运行轨道,它可能会以螺旋形轨道撞入那个恒星。不管出现哪种情形,反正它哪儿都去不了。"

"发射信号。"长喙说道——然后他通过探测船的发射器,用所有黑体成员使用过的频率发送已经录好的信息。

　　他们离那颗恒星有三亿公里远,信息传送到黑体那里需要十五分钟,最快的回答也将在这以后的又一个十五分钟才能收到。他们等待着,杰格坐立不安,长喙自娱自乐地用声呐波画了一幅漫画,描绘杰格烦躁的样子。但是,他们没有收到任何回答。

　　"好吧,"瓦达胡德人说,"从恒星那里传来那么多的无线电杂音,我们可能难以分辨小黑体的信息,也可能是它没有听到我们的信息。"

　　"或者,"长喙说,"黑体死了。"

　　杰格的猪嘴震颤着,发出一阵类似泡沫塑料破裂的声音。这是他不愿意想到的可能性,但是距离恒星那么近,温度肯定高得让人难以置信。黑体面对恒星的那一面将高于三百五十摄氏度,热得足以熔化铅。杰格和德拉迪都没有完全解决有关光洁度夸克原子结构在化学上的细节问题,但是在那样高的温度下,普通的复杂分子很多会分解。

　　杰格的脑海中闪出另一个念头:如果黑体有举行葬礼的习俗,那会是什么场面?他们是否会想把这个与地球一般大小的尸体带回家?他瞥了一眼长喙。当海豚中的一员死去时,其他海豚只会让他的尸体漂走。杰格希望黑体也能够像海豚一样理智。

　　"我们回去吧。"杰格说道,"我们两个在这里什么也干不了。"

　　"琅姆信使"沿着长喙那标志性的弧线疾速飞回捷径,进入捷径的角度恰好回到出发点——就是开始所有这一系列穿越捷径的飞行之前他们所在的空间——所需要的角度。星丛还在那里,在黑夜中飘浮着,第四代恒星发出的光照在星丛上,使它的船身上闪着绿光。在它的身后是暗物质生物,每个球体之间缠结着一些气体性质的触须。下一步该怎么做?有那么一刹那,杰格很同情兰森。他可不愿意进入现在横在地球人面前的那条波涛汹涌的河。

凯斯在他的房间里,正准备前往中央太空站与肯亚塔总理会面。

电子警报器响了。"菱形想见你,"幻影宣布道,"他希望占用你七分钟的时间。"

菱形?在这里?凯斯现在真的只想一个人待一会儿。他在整理他的思绪,思考与总理会面时该说些什么。然而,一个艾比人到家里来打扰他是很不寻常的,这引起了他的好奇心。"时间被允许了。"凯斯说道——根据艾比人的礼节,这是很恰当的回答方式。

幻影又说道:"考虑到将有一个艾比拜访者,我可以把灯光调暗吗?"

凯斯点点头。天花板上的照明盘降低了强度,墙面上路易斯湖全息像中闪着光的白色冰河变成了暗灰色。门分开了,滑向两边,菱形滚动着进来了,他的传感网上闪着光,"你好,凯斯。"

"你好,菱形。你有什么问题?"

"请原谅我的打扰。"令人愉快的英国口音说道,"但是今天你在舰桥上很生气。"

凯斯皱了皱眉。"如果我的态度不好,对不起。"凯斯说道,"我被杰格气坏了——但是我不应该把气撒在其他人身上。"

"哦,你的怒气看起来还是比较集中的。我不认为你冒犯了别人。"

凯斯扬起眉毛，"那么是什么问题？"

菱形安静了一会儿，然后说道："你有没有奇怪我们种族表现出来的明显矛盾的行为？你们地球人说我们非常重视时间，是的，我们仇恨浪费时间的行为。但是我们却不惜花时间来表示礼貌，而且，就像很多地球人注意到的那样，我们尽量不伤害别人的感情。"

凯斯点点头，"我曾经想过这个问题。过多的繁文缛节浪费了许多时间，这些时间你们本来可以用来处理更重要的事情。"

"确实是这样。"菱形说道，"这确实是一个地球人看待这个问题的方式，但是我们根本不是这样认识这个问题的。在我们的思想中，我们从没有把融洽相处——我们的说法是'轮子的轴心'，你们的说法是'手牵着手'——看作浪费时间。一个简短却不愉快的会议只会比一个时间稍长但却和谐的会议更浪费时间。"

"为什么？"

"因为在一次不愉快的聚会后，一个人会花很长时间在心里回顾整个聚会过程，一遍又一遍地回放当时的场景，激动地想着说过或是做过的事情。"他停顿了一下，"你已经看到在艾比人法律下的车厢的例子，我们惩罚直接浪费时间的行为。如果一个艾比人浪费了我十分钟的时间，法庭将判决那个艾比人的生命缩短十分钟。但是你知不知道，如果由于一个艾比人粗鲁的、忘恩负义的，或是恶意的行为，使我很悲伤，法庭会判决缩短那个艾比人生命，缩短的时间是我浪费在这件事情上的时间的十六倍。我们用乘数十六，只是因为我们像瓦达胡德人一样用十六作为计数系统的基础。实际上，没有一种办法能够准确地量化浪费在回想一次不开心经历上的时间。多年以后，痛苦的回忆能——又一次，我碰到了比喻上的问题了，我会说'滚到你旁边'，而你可能会说'又露出了他们丑陋的嘴脸'。愉快地结束一件事，不留仇恨，总会好些。"

"你是说我们应该向瓦达胡德人报复？他们对我们造成了多大的损失，我们就要从他们那里夺回十六倍的补偿？"凯斯点点头，"这很有道理。"

"不，你误解了我的意思——当然，毫无疑问，这是由于我没有表达清楚而造成的。我说的是忘掉你和杰格之间，以及地球和'泥浆'之间发生的事。我为你们地球人把这么多的精神资源、这么多的时间，浪费在这些事情上而感到失望。不管道路多么崎岖，你需要在心里抚平它。"菱形停顿了一会儿，让凯斯能够仔细思考他的话，随后，他继续道，"好吧，我已经用完了你给我的七分钟的时间。我该走了。"艾比人滚动着离开了。

"但是我们的人死了。"凯斯抬高声音道，"这种事没那么容易抹掉。"

菱形停了下来，"如果你觉得困难的话，只能说明你选择了这种思考方式。"他说，"你有任何起死回生的方法吗？任何形式的复仇难道不会导致更多的人死亡吗？"他的传感网上闪过一阵亮光，"让它过去吧。"

天龙星座第七

　　玻璃人看着凯斯,凯斯也看着玻璃人。这个生物举止中的某些东西在告诉凯斯,这将是他们之间的最后一次谈话了。

　　"你在做介绍的时候提到,你们的联邦目前包括三颗行星。"玻璃人说。

　　凯斯点点头。"说得没错。"他说,"地球、'泥浆'和'平地'。"

　　玻璃人轻轻敲着自己的脑袋,"实际上,在你的那个时代,整个宇宙只有七千颗行星上存在生命——这些行星散布在所有几十亿个星系中,而银河系所占的比例远远高于平均数:在你那个时代,银河系上共有十三颗行星上有智慧生命。"

　　"我得把这个数字记下来。"凯斯笑道,"在我们找到所有这些生命之前,我不会放弃。"

　　玻璃人摇了摇头,"当然,最终你会发现他们的——在他们准备好被发现的时候。捷径系能够促进星际间的旅行,但这并不仅仅是把恒星推回到过去这项工程中的一个副产品。实际上,它是整个计划中的一部分,另外,它还起着安全阀门的作用。在某个宇宙空间居住的人获得自行飞越星际的能力之前,安全阀门能隔断宇宙中的不同空间。当然,如果你像我一样有了合适的钥匙以后,你就可以在任何捷径之间旅行了,甚至穿越表面看来没有激活的捷径。这也很重要,因为我们这些捷径制造者们经常需要使用捷径。但是设计不需要钥匙就可以使用的捷径,目的是为了促进星际联盟的形成,创造一个符合每个人利益的、和平合作的未来。"玻璃人停顿了一下,当他再一次开始说话时,声音听起来有点悲哀,"你没法记住有待于你们去探索的种族的数量。当我送你回去的时候,我将抹掉你在这里的所有记忆。"

凯斯的心跳加快了,"别那么做。"

"恐怕我必须那么做。我们有隔离政策。"

"你经常……经常这么做吗?把过去的人抓到现在?"

"不是很经常。但是,你要知道,你是个很特殊的例子。我也是个很特殊的例子。"

"从哪方面讲?"

"我是第一批长生不老的人中的一个。"

"长生不老……"凯斯的声音越来越小。

"我没说过这件事吗?哦,是的。你不仅能活很长时间——你将永远活下去。"

"长生不老。"凯斯又说了一遍。他试图想出一个更好的词,但却没想出来,所以他只是简单地说了个"哇"。

"但是,就像我说的那样,你——我——我们是一个特殊的长生不老的例子。"

"怎么特殊?"

"事实上,在整个宇宙中,只有三个地球人比我老。显然,我接受过——你们的说法是什么?——一个'内在'的、让我长生不老的处理措施?"

"莉萨正在研究衰老问题,我猜她最后成了长生不老技术发明者之一。"

"啊,肯定是这样的。"玻璃人说。

"你不记得了?"

"不记得了——这就是整个问题的关键所在。要知道,当他们刚发明长生不老技术时,所利用的原理是让细胞分裂无数次,而不必遵循自然界设定的细胞死亡规律。"

"海弗利克极限。"凯斯说道。有关这个问题的知识都是他与莉萨聊天过程中了解到的。

"请再说一遍?"

"海弗利克极限。这是一种理论,说明细胞可分裂的次数是有极限的。"

"啊,是的,"玻璃人说,"是这样的,他们克服了那个问题,而且还克服了其他一些古老的自然规律,比如人类出生时脑细胞的数量是有限的,通常来说这些细胞不会被替代。解决长生不老的关键问题之一是让大脑在旧的脑细胞死亡后,不断地生出新的细胞来,所以——"

"所以如果细胞被替换了,"凯斯的眼睛睁大了,"那么由原来的细胞存储的记忆就丢失了。"

玻璃人点了点他那光滑的脑袋,"没错。当然,现在我们把老的记忆下载到一个轻子矩阵中,这样我们就可以记住无限多的信息。我不仅看过成千上万本书,实际上,我记住了我这些年来读过的这么多本书中的全部内容。但是我是在存储矩阵发明之前获得永生的,我以前的记忆——我生命中前几个世纪发生的事——都丢失了。"

"我最好的一个朋友,"凯斯说道,"是一个叫菱形的艾比人。当艾比人过去的记忆被抹去时,他就死了——新的记忆覆盖了过去的记忆,超出大脑容量,于是把他们杀死了。"

玻璃人点点头,"这样死很优雅。"他说,"不知道自己是谁,不记得自己的过去,活着是很困难的。"

"所以,知道我只有四十六岁后,你很失望。"

"是这样。这意味着我生命里仍有一个半世纪的记忆无法从你那儿得知。也许某一天我能找到另一个时期的我,用你们的计年法是——会是哪一年?——大约2250年。"他停顿了一下,"但你还是记得最关键的部分。你记得我小时候的事,你记得我的父母。在和你说话之前,我甚至不能确定我是否有生物学上的父母。你记得我的第一次恋爱。所有这些,从我的记忆里失去了那么久。正是这些经历塑造了我的行为、我的个性、我的心理,以及所有关于我的最根本的东西。"玻璃人又停了一会儿,"我已经问自己好几千年了,为什么我会以这种方式行事,为什么有时候我会用不愉快的想法折磨自己,为什么我和别人交往时会充当一个牵线者或是和平使者,为什么我会隐藏自己的感情。正是你告诉我:在很久以前我曾经是一个不快乐的、在家里排行在中间的、坚忍克己的孩子。在我的过去有一个地平线,我看不到地平线后面的东西。你把那条地平线抹去了。你给我的东西是无价的。"玻璃人停了下来,他的声音变轻了,"我从我那可以无数次再生的心脏的最底部感激你。"

凯斯大笑,就像一头大叫的海豹,然后另一个凯斯也笑了,像一只风铃。随后,他们俩都因为对方的笑声笑了起来。

"恐怕现在该是你回家的时候了。"玻璃人说。

凯斯点点头。

玻璃人静了一会儿,道:"我不能给你任何建议,凯斯。这不是在这个位置上的我应该做的，而且，坦率地讲，我们之间有一百亿年的距离。从很多方面来说，我们是不同的人。现在，在生命的这个阶段，对我合适的事可能并不适合你。但是我欠你的——为你给我的那些，我欠你很多很多，所以我想用一个小小的建议报答你。"

凯斯歪了歪他的脑袋，等待着。

玻璃人伸开他那两条透明的手臂，"在漫长的时间里，我曾经看到了人类的性道德潮流时涨时落，凯斯。我曾经看到人们发生性行为就像露出微笑一样随便，我也曾看到人们守卫着性，好像它比和平还珍贵。我认识一些在十亿年里都信守禁欲主义的人，我也认识一些人有超过一百万个性伙伴。我曾经看到在不同种族成员之间发生的性行为，不同行星进化而来的人之间发生的性行为。我认识的一些人干脆割去了他们的生殖器以避免与性有关的问题，其他一些人则变成了真正的双性人，能够自己和自己发生可以导致生育的行为。另一些人仍然保持换性的习惯——我有一个朋友每一千年变一次性别，就像时钟一样准时。有时候，地球人能够包容同性恋、乱伦行为、多夫多妻、妓女、性虐待等，也有时候所有这些都被摒弃了。我看到过有终止日期的结婚合约，我也看到过持续五十亿年的婚姻。而你，我的朋友，也将会活很长时间，能看到所有这些事情发生。但是经历了所有这些，对于道德高尚的、像你我一样的人来说，有一点是不变的：那就是如果你伤害了一个你在意的人，这将是一种罪过。"

玻璃人低下了他的头，"我不记得克莱莉萨，我一点儿都不记得她。我不知道她发生了什么事，如果她也变成了永生的人，那么也许她还在，也许我能找到她。在这些年里，我曾经爱上过一千个地球人，这个数字用很多人的标准来衡量是微不足道的，但是对我来说已经足够了。但是，毫无疑问，莉萨对我们来说肯定是非常非常特别的，从你说起她时的样子可以很明显地看出这一点。"

玻璃人停了下来，凯斯有一种奇怪的感觉，那双眼睛——隐藏在光滑透明的蛋形头部里、肉眼看不到的眼睛——在盯着他的眼睛看，在搜寻藏在他眼睛后面的真相。"我能看懂你，凯斯。早些时候，当你告诉我继续某个话题或是转换话题的时候，可以很明显地看出你在隐藏什么，你在想什么。"一阵沉默，甚至他们周围的森林仿真影像也保持着安静，"不要伤害她，凯斯。你只会伤害到你自己。"

"这就是你的建议？"凯斯问道。

玻璃人略微抬了抬肩膀，"就是这个。"

凯斯静了一会儿，然后说道："我怎样记住这个建议？你说你将把我所有关于这次会面的记忆全都抹去。"

"我会把这个想法完好无缺地印在你脑子里。你确实不会记得我，你只会认为这个想法是你自己产生的——当然，从某个角度来讲，也确实是这样的。"

凯斯想着怎么回答这个问题才恰当。最后，他说道："谢谢你。"

玻璃人点了点头。然后，他悲伤地说："你该走了。"

他们站着，互相看着对方，都感到一丝尴尬。凯斯正想伸出他的手，但紧接着还是让它垂到身体一侧。随后，经过短暂的犹豫，他迎上前去，拥抱了一下玻璃人。让他惊讶的是，这个透明人感觉又软又温暖。他们之间的拥抱只持续了几秒钟。

"也许某一天我们还会再次相遇。"凯斯边说边向后退了一步,"如果你什么时候想穿越时空访问21世纪……"

"也许我会的。我们将要在这里做一件非常、非常重要的事。我一开始就告诉过你,宇宙的命运还没有确定,我——当然也就是你——在这件事里承担着很重要的职责。我在很早的时候就放弃了社会学家的工作。你可能已经猜到了,在这些年里我曾经有过上千个职业,现在我是一个——一个物理学家,你可以这么叫。我的新工作最终将使我必须回到过去。"

"看在上帝的分上,请记住我们的全名。"凯斯说道,"我的名字列在联邦行星的名录上,但是如果你忘记了我的名字,你将永远不会再找到我。"

"不会。"玻璃人说道,"这一次,我发誓不会忘记你,也不会忘记你刚和我分享的、我们共同的过去。"他停顿了一下,"再见,我的朋友。"

森林全息影像和一动不动的太阳、白天的月亮、四叶幸运苜蓿,所有这一切都消失了,出现了正方体形的船坞内部景物。凯斯向他的分离舱走去。

船坞打开了,现出外面的太空。玻璃人站在船坞内一动不动。又是一个奇迹:他不需要太空服。凯斯按下一个键,他的分离舱飞向夜空,那曾经是太阳、粉红色的六指星云在他左边的夜空中闪亮着,蓝色的龙在他身后逐渐消失了。他驾驶着分离舱飞向看不见的捷径点。当他接触到捷径点时,他感觉到脑袋里隐隐地有点痒。他正在想——刚才在想什么?……

都过去了,无论曾经发生了什么。

哦,看啊。高频辐射光环从分离舱的头部掠过,直到尾部。然后,凯斯满眼看到的都是鲸鱼座天仑五的天空景象,在他右侧可以看到中央太空站,沐浴在新来的红矮星那微弱的红光里,看上去有点奇怪。

　　就像他每次到这里来都会做的那样,凯斯花了几秒钟的时间寻找牧夫星座,然后是太阳。他点了点头,笑了起来。看到那个老姑娘还没有变成超新星,真高兴……

第二十三章

凯斯以前总是认为中央太空站的样子像是排成一个正方形的四个晚餐盘，但今天不知为什么，它让凯斯想起了在恒星中飘浮的四叶苜蓿。每个叶子或是盘子的直径有一公里、厚度八十米，这使得中央太空站成为联邦中最大的人造飞行物。就像星丛自己那个在尺寸上小很多的中央圆盘一样，这里每个盘子外缘上都嵌满船坞舱门，其中很多门上都标着总部设在地球的贸易公司的标识。凯斯分离舱上的计算机收到了中央太空站交通指挥官发出的降落指令，指引他停靠在一个巨大的、有着波纹状表面的太空门旁边的船坞上。太空门上刻着已经经营了五个世纪的哈德森海湾公司那黄色烫金的标识。

凯斯透过分离舱透明的船体向四周环视了一圈，空中到处飘浮着已被遗弃的小艇，前来收拾残局的拖船马上就要到达船坞。中央空间站四个圆盘中的一个已经完全变黑了，好像在这场战斗中遭到了沉重的打击。

在他的分离舱安全着陆后，凯斯进入中央空间站。星丛是联邦的财产，而中央空间站完全属于地球人，所以通常情况下，它的环境与地球上的完全一致。

　　一名政府工作人员正在等着迎接凯斯。他的手臂骨折了，看来是在和瓦达胡德人战斗的过程中受的伤，因为只有受伤后的七十二小时之内才需要使用那种断骨接合网。工作人员带他前往地球政府派驻鲸鱼座天仓五的事务总理帕特拉·肯亚塔的豪华办公室。

　　肯亚塔是一名五十岁左右的黑人妇女。她站起来迎接凯斯。"你好，兰森博士。"她边说边伸出右手。

　　凯斯握了握她的手。她的手很有力，几乎让他感到有点疼。"夫人。"

　　"请坐。"

　　"谢谢。"凯斯刚刚坐在椅子上——一把普通的、无须变形的地球人的椅子，门就向两边滑开了，另一个女人走了进来。从相貌上看是日耳曼妇女，年纪比肯亚塔稍微年轻一点。

　　"你认识阿姆德森专员吗？"总理说道，"她是鲸鱼座天仓五联合国警察部队的负责人。"

　　凯斯从他的椅子上欠了欠身，"专员。"

　　"当然，"阿姆德森边说边找座位坐了下来，"'警察部队'是一个婉转的说法，我们那么叫它是为了给异族人听的。"

　　凯斯感到胃有些不舒服。

　　"增援的部队已经准备好从太阳系和印第安第四向我们这里进发。"阿姆德森说，"我们已经准备好了。他们一旦到达就向'泥浆'进军。"

　　"向'泥浆'进军？"凯斯震惊地说。

　　"是的。"专员说，"我们要把这些可恶的猪一脚踢到仙女座。"

　　凯斯摇了摇头，"但是，这一切的确都结束了。一条蛇的偷袭只可能成功一次，他们不会再回来了。"

"我们的方法更加能确保这一结果。"肯亚塔说。

"联合国不可能同意这样做。"凯斯说。

"当然不是联合国。"阿姆德森说，"海豚自然不会有这种骨气。但是我们相信人类会支持的。"

凯斯转向肯亚塔，"让这次冲突升级是错误的，总理。瓦达胡德人知道怎样毁灭捷径。"

阿姆德森的蓝色眼睛睁大了，"请再说一遍。"

"他们能够切断我们和其他星系之间的联系——而且只需派一艘小船飞到鲸鱼座天仑五就可以完成这个任务。"

"这是什么技术？"

"我……我不知道，但是我确信它是管用的。"

"所以我们有更多的理由，必须毁灭他们。"肯亚塔说。

"他们是怎样偷袭你的？"阿姆德森专员问道，"他们派出了一艘巨大的母舰来到鲸鱼座天仑五，它一到这里就派出了很多战斗艇。塞万提斯博士还在这里时，我从她那儿得知他们还派出了战斗船攻击星丛。他们接近你时，你怎么没发现他们？"

"新出现的恒星挡在了我们和捷径之间。"

"是谁命令飞船停靠在那个位置的？"阿姆德森问道。

凯斯停顿了一下，"是我，星丛上的所有命令都是我下达的。当时我们正在进行天文研究，必须让星丛远离捷径才能进行这些研究。这件事我负全责。"

"不用担心。"阿姆德森边说边像骷髅一样狞笑着，"我们会让这些猪付出代价的。"

"别那样叫他们。"凯斯说道，连他自己都惊讶他会说出这样的话来。

"你说什么?"

"别用那个词叫他们,他们是瓦达胡德人。"他在模仿瓦达胡德人说出"瓦达胡德"这个词时,力图带着恰到好处的重音,并加上了他们特有的刻薄语气。

阿姆德森很吃惊。"你知道他们是怎么叫我们的吗?"她问。

凯斯轻轻地摇摇头。

"Gargtelkin,"她说,"就是不在发情季节交配的人。"

凯斯强忍住没笑出来,但是随后他冷静地说:"我们不能发动一场和他们之间的战争。"

"是他们开的头。"

他想起了自己的姐姐和弟弟,想起了一部古老的颂扬决斗精神的黑白电影,《马赛曲》的声音盖过了《蓝色的多瑙河》。但他想得最多的还是那个年轻的银河系,那个被他掬在手中的银河系。

"不。"凯斯简单地说。

"你说'不'是什么意思?"阿姆德森厉声道,"是他们先开始的。"

"我的意思是这没有什么不同,无论是谁先开始的都没有什么不同。宇宙中有由暗物质构成的生物,在星际空间中有捷径,有从未来回到现在的恒星,而你却在关心是谁先发动的战争?这不重要。让它结束吧,让它到此为止吧,就是现在。"

"这正是我们现在讨论的问题。"肯亚塔总理说,"一个对于所有人来说都能干脆利落地解决问题的方式:在那些猪长了毛的屁股上狠狠踢一脚。"

凯斯摇了摇头。中年危机。所有的人——地球人和瓦达胡德人——都存在这个问题。"让我去'泥浆',让我和特拉丝女王谈谈,我愿充当一名外交官的角色。让我去争取和平,让我来搭建一座桥梁。"

"有人牺牲了,"阿姆德森说,"就在这里,在鲸鱼座天仑五,地球人牺牲了。"

凯斯想起了索尔·本-亚伯拉罕,并不是那经常出现在脑海的可怕场景——索尔的脑袋在他面前像朵红花一样炸开了——而是索尔活着的时候,他那浓黑的胡须中咧开的一张嘴在大笑着,手里还拿着一杯自家酿造的啤酒。索尔·本-亚伯拉罕从来都不要战争,他到异族人船上是去寻找和平、寻找友谊。

另一个索尔呢? 索尔·兰森-塞万提斯——他五音不全,喜欢炫耀愚蠢的山羊胡,哈佛大学棒球队里的游击手,一个爱吃巧克力的人——专业是物理学,也就是在战争时期会征集充当超光速驾驶员的专业。

"地球人以前也死过,我们并没有寻求报复。"凯斯说道。菱形是对的,他曾经说过,让它过去吧,让所有这一切都过去吧。凯斯感到十八年来一直藏在心里的阴影离开了他。他看着这两个女人,"为了那些已经牺牲的人——为了那些在战争中将要牺牲的人——我们应该在还不算晚的时候扑灭战火。"

凯斯重新回到他的分离舱中,离开中央空间站,向捷径飞去。

他已经花了几个小时与专员阿姆德森和肯亚塔总理争论。他不会放弃,这就是他一直在寻找的风车①,这是一场值得为之去争取的战斗—— 一场争取和平的战斗。

一个不可能实现的梦想?

----

① 这里用了唐·吉诃德跟风车战斗的典故。

他想起他的曾曾祖父那充满新奇事物的一生。汽车和飞机，激光和登月。

他想起了他自己充满新奇事物的一生。

他想起所有那些即将发生的新奇事物。

没有什么事是不可能的——即使是和平。任何一个足够先进的技术都与魔法没有什么区别。

这才是"先进"的真正含意。所有种族都会成长，都会进入成年期。他已经准备好了接受这一切，这么多年之后，他终于准备好了。

其他人也必须准备好。

玻曼、洛弗尔和安德斯曾经用他们的手围住地球。仅仅四分之一个世纪以后，同样一个地球开始解除自己的武装。爱因斯坦没有活着看到这些，但是他曾经认为是不可能的梦想——把他自己发明的核武器妖怪重新封在瓶子里——最终实现了。

现在，地球人和瓦达胡德人都用手围住了太阳系。凯斯，当然也包括其他人，都要活着看这个星系围绕着它的轴不停地旋转下去。

不同种族之间将会和平相处，他一定要实现这个理想。毕竟，除了这个以外，对于一个还要活几十亿年、在家里排行在中间的孩子来说，还有什么更好的事要做呢？

凯斯的分离舱接触到了捷径。紫色的光环掠过球形的舱体，然后，他回到了绿色恒星旁边。

星丛直立着，就像一颗在布满星星的黑幕前闪耀着银色和古铜色的巨大钻石。凯斯可以看到船坞上第七个太空门开着，铜色的、楔形的"琅姆信使"正在进行着陆程序——这意味着杰格和长喙带回了他们寻找小黑体的结果。凯斯的心急速跳动起来，他启动了分离舱预先编定的着陆程序。

凯斯快步走向舰桥。尽管他只离开了很短一段时间，但是他觉得很想拥抱莉萨。现在是德尔塔班当班时间，但莉萨正好在她的工作站前忙碌着。他紧紧地把她拥在怀里几秒钟，感到了她的温暖。酒杯礼貌地滚动着离开指挥官工作站，以免凯斯万一想使用它。但凯斯用手势让艾比人回到那里，自己在屋子后面的座椅区找了把椅子坐了下来。

他刚坐好，舰桥前面的门就打开了，杰格蹒跚地走了进来。"那个小孩被困住了。"他吠叫着向他的物理学工作站走去，那里现在没有人，"它困在一颗恒星的近距离轨道上，那颗恒星同样是从小黑体穿过的那条捷径出来的。"

"你有没有用无线电呼唤他？"莉萨问道，"有什么回答吗？"

"没有。"杰格说，"那颗恒星的噪声很大。我们的信息在传送过程中可能丢失了，或者答复信息在回来的途中丢失了。"

"就像在龙卷风里听耳语一样。"凯斯边说边摇了摇头，"几乎是不可能的。"

"尤其是，"从舰桥右舷部的水池里突然跃起的长喙道，"如果这个黑体死了的话。"

凯斯看着海豚的脸，然后点点头，"这个想法也有可能。我们怎样才能知道他是否还活着？"

莉萨皱了皱眉，"如果没有很多防护层或是强力场罩的保护，距离一颗恒星这么近的话，我们中的任何一个都不可能活过五秒钟。而那个小孩什么防护都没有。"

"更糟的是，"杰格说道，"他是黑的。尽管光洁度夸克对于电磁辐射来说是透明的，但是充斥于黑体身体中的普通物质微粒将不会反射掉那颗恒星发出的任何光和热。那个小孩可能已经烤熟了。"

"那么我们怎么办?"凯斯问道。

"首先,"杰格说,"我们应该让它处于阴影中——在黑体和恒星之间插入一个可以反射光和热的金属箔伞。"

"在这里,我们的毫微实验室能做那个吗?"凯斯问道,"通常来说,我会让新东京做这个东西,然后通过鲸鱼座天仑五捷径送给我们。但是我回去开会时,看到他们那里也是一片混乱。"

一个年轻的美国印第安人坐在内务台上。"我要问一下李安妮才能确定。"他说,"但是我觉得我们可以完成,尽管不容易。这个防护伞的宽度将超过十万公里,即使厚度只有一个分子,也需要很多材料才行。"

"快去办。"凯斯说,"需要多长时间?"

"如果一切顺利的话,六个小时。"那个男人说,"如果不顺利,十二个小时。"

"可即使我们保护住了小黑体,下一步怎么办?"莉萨问道,"它还是被困在那里。"

凯斯看着杰格,"我们能否把那把伞当作太阳帆,让太阳风把它吹离那颗恒星?"

杰格用鼻子哼了哼,"一千零三十七公斤。不可能。"

"好,好。那这样行不行?"凯斯说,"如果我们用某种力场罩保护住小黑体,然后引爆那颗恒星,让它成为超新星,然后——"

杰格断断续续地吠叫着——这是瓦达胡德人大笑的方式,"你的想象力可真够丰富的,兰森。我们确实做过一些关于控制超新星反应的理论研究——我自己也曾经在那个领域内做过一些探索——但是我们不可能造出有效的防护罩,来保护距离一颗将要变成超新星的恒星只有四千万公里的小黑体。"

凯斯的热情并没有被打消,"好吧,试试这种方法:设想我们能迫使那颗恒星回到捷径里去。当它穿过捷径时,它的重力吸引力自然会消失,然后小黑体就自由了。"

"那颗恒星现在正向远离捷径的方向运动,而不是朝着捷径运动。"杰格说,"我们又不可能移动捷径,而且,要是我们有能力让一颗恒星掉头,我们也就有能力把一个困在恒星近距离轨道上的木星大小的物体拖离轨道,但是我们没有这样的能力。"杰格环视了一下房间四周,"还有没有聪明的想法?"

"是的。"过了一会儿,凯斯说。他直直地看着杰格,"是的,当然有!"

凯斯说完之后,杰格的嘴大张着,能看到他嘴里的两片呈弧线的、蓝白相间的透明咀嚼板。最后,他吠叫起来,声音越来越低,"我……我知道,我以前说过这样做是可行的,但是这种方法从来没有在体积这么大的物体上使用过。"

凯斯点点头,"我明白。除非你有更好的建议,否则——"

"好吧,"杰格用他的布鲁克林口音说道,"我们可以让小黑体继续待在那颗恒星的近距离轨道上。假设它还活着,一旦我们把防护伞放在它和那颗恒星之间,从理论上讲,它能继续在那个恒星的近距离轨道一直活下去——无论是多长时间。但是如果你的计划失败,小黑体可能会死。"杰格的声音安静下来,"我知道,兰森,我一直是个渴求荣誉的人。在你的计划里,我的角色至关重要。如果我们能够完成这个计划的话,我将获得至高无上的荣誉和辉煌,这一点我毫不怀疑。但是这确实不是能由我们决定的,通常来讲,在试图进行这么危险的事情之前,我会请求——病人——的允许。但是在这里,这是行不通的,无线电杂音太大。所以我建议我们按照在这种情况下,你们地球人和我们瓦达胡德人通常会采取的做法去做:先征求病人亲属的意见。"

凯斯想了想,缓慢地点了点头,"当然,你是对的。我只看到了宏观层面的事。如果我们能办成,这将极大地促进我们和黑体之间的友好关系。该死的,有时候我真是长着一副猪脑子。"

"太好了。"杰格轻轻地说,他决定不理会凯斯的口不择言,"大家都说你会活很长时间,你完全可以获得更多智慧。"

凯斯对着麦克风说:"星丛呼叫猫眼。星丛呼叫猫眼。"

一个带法国口音的声音传了过来,凯斯真觉得他随时可能用法语向他打招呼。"你好,星丛。我知道现在问你是不合适的,但是……"

凯斯笑了起来,"是的,我们有关于你们小孩的消息。我们已经找到他了,但是他被困在一颗蓝色恒星的近距离轨道上,他无法依靠自己的能力逃脱。"

"不好,"猫眼说道,"不好。"

凯斯点点头,"但是我们有一个计划,可能——我重复一遍,可能——可以救出你们的孩子。"

"好的。"猫眼说道。

"这个计划很危险。"

"量化风险。"

凯斯看着四个肩膀都抬了起来的杰格。"我不能。"地球人说,"我们从来没有在这么大的物体上试过这个方法。说实话,我也只是最近才知道这种方法在理论上是可行的。它可能成功,也可能失败——我没办法预测两种结果出现的可能性。"

"有没有更好的办法?"

"没有。其实,这是我们唯一的办法。"

"描述计划。"

凯斯利用他们之间已经建立的有限的词汇库,尽可能详尽地向猫眼描述了一下这个计划。

"困难。"猫眼说。

"是的。"

猫眼使用的那个通话频率安静了很长一段时间,但其他频率却进行着大量对话——黑体团体在讨论不同的选择。

最后,猫眼又说话了:"试验,但是……但是……两百一十八减一要远远小于两百一十七①。"

凯斯咽了口唾沫,"我知道。"

"PDQ"(搭载鲸类物理学家凹头)和"琅姆信使"(搭载杰格和长喙)穿越捷径飞向小黑体所在的空间区域。这两艘小艇一前一后地布置好了只有一个分子厚的反射伞,伞骨上装有感应发动机,时时向远离蓝色恒星的方向喷射,以防止太阳风把它吹离这个位置。小黑体躲在阴影里以后,其表面部分的温度大大降低了。

接下来,一百一十二个赶制的浮标从星丛上发射出来,穿越捷径。每一个浮标都包括一个空心的信使保护套,套内安装有特殊的仪器。两艘探测船用牵引光束把这些浮标排在围绕着小黑体的连锁轨道上,把小黑体整个包围起来。

杰格用"琅姆信使"上一个又高又薄的显示器展示着一幅超空间图,图上是本地陡峭的引力井,图的最底部是那颗恒星。在

---

① 两百一十八是黑体的数量,减一,即损失一个成员。

离恒星较近的地方,井壁几乎和恒星成垂直状态,只是在接触到沿轨道运动的黑体时才略微平缓一些。小黑体自己则形成了第二个较小的引力井。

当浮筒定好位以后,"PDQ"向捷径方向飞去,但它只路过捷径,并没有穿越,并在此之后继续向前飞行了半天时间。最后,这几个物体排成了一条笔直的线。直线的一端是"琅姆信使",旁边挨着的是小黑体,接着是离小黑体四千万公里远闪着蓝火的恒星,从恒星再往前三亿公里远则是"PDQ"——凹头现在距离那颗恒星七十二光分,在这么远的距离下,本地引力井已经相当平整了。

"准备好了吗?"杰格向在"琅姆信使"驾驶水箱里的长喙吠叫着。

"好了。"海豚用瓦达胡德语吠叫着回答道。

杰格按下一个控制键,围绕小黑体的那些浮筒一个接一个跳了起来。每个浮筒都带有一个人造的引力发生器,其能量来自它们正试图与之斗争的那颗恒星输出的太阳能。慢慢地,浮筒同步加大了它们的输出能量,随后,渐渐地,恒星陡峭的引力井壁的一侧出现了一处凹陷。

"轻点儿。"杰格压低声音,一边说,一边看着他的超空间地图,"轻点儿。"

凹陷部位变得越来越平。必须十分小心,以免破坏小黑体自身的引力井:如果小黑体自身物质间的作用力被抑制住——把小黑体的各个部分组合在一起的就是这个作用力——他将会失去结合力,会像气球一样爆炸。

浮筒的输出继续增大,时空的扭曲程度持续减小,直到,直到——

一个平面出现了，就像引力井壁上平了一片。现在看上去，小黑体就像在星际空间中一样，而不是离恒星近在咫尺。

"分离结束。"杰格说道，"现在，让我们把他从这儿带走。"

"启动超光速飞行程序。"长喙说道。

反引力浮标被定位在围绕着小黑体的点位上，形成一个包围小黑体的球。它们的超光速发动机启动后，这个球好像亮了起来，仿佛是一颗在空中自由飘浮着的水银球体。只几秒钟内，这个水银球体消失了，无影无踪。

预先设置好了程序的浮标以最快的速度把小黑体从蓝色恒星旁边拉走，"PDQ"在预计小黑体超光速飞行结束的地方附近等着。这里离那颗恒星已经足够远了，由超空间进入普通空间应该很容易。

"琅姆信使"也以本船推进装置向同一个地点飞去，经过捷径点时，他们收到了凹头发出的无线电信号。由于"琅姆信使"正加速朝她的小艇飞过去，信号产生了蓝移现象。

"'PDQ'呼叫长喙和杰格。小黑体已经到了。他出现在普通的空间中，他就在我的眼前。超空间进入普通空间时没遇到麻烦，但是小黑体仍然没有活着的迹象，对于我的问候没有回答。"

杰格的毛发焦躁地动了起来，没有人确切地知道小黑体在经历了没有任何防护措施的、短暂的超空间旅行后是否还活着。即使他在这以前是活着的，旅行也可能让他送了命。让人恼火的是，没有办法可以确定他是不是还活着。

空间平整技术很危险，所以他们没有采用这一技术使"琅姆信使"进入超光速飞行状态，而是使用正常推进装置飞向他们和"PDQ"的集合点。为了消磨这段时间，同时让自己的脑袋不再想着那个小黑体的命运,杰格开始和长喙说话。长喙正驾驶着飞船沿着一条笔直的航线飞行,对于这位海豚来说,这么做真不容易,值得赞赏。

"你们海豚,"杰格说道,"喜欢地球人。"

"大多数是的。"长喙用频率很高的瓦达胡德语说道。他把遥控装置从鳍上解下来,让自动驾驶仪接管飞船。

"为什么?"杰格厉声吠叫道,"我读过人类的历史。他们污染了你们生活的海洋,捕获你们,把你们放到水箱里,还用渔网抓你们。"

"他们中没有任何一个人对我做过那样的事。"长喙说道。

"是没有,但是——"

"区别在这里:我们不归纳。某些坏人做了一些坏事,我们不喜欢这些坏人。但是对于剩下的地球人我们还是一个一个单独来判断。"

"但是,当他们发现你们很聪明的时候,他们确实应该对你们更好一点。"

"他们在我们发现他们很聪明之前就已经发现了我们很聪明。"

"什么?"杰格说道,"但这应该是很明显的呀。他们建造了大城市和道路,还有——"

"我们没有看到。"

"哦,说的也是。但是他们驾船出海,他们织了渔网,他们还穿着衣服。"

"这些对我们来说没有什么意义,我们对于这些事情也没有什么概念,没有什么能和这些进行比较。海里的软体动物长着贝壳,地球人穿着针织的衣服。贝壳还结实一些,是不是应该说长着贝壳的动物更聪明一些？你说地球人建设了很多城市和道路，我们没有关于建筑物的概念。我们不认为是他们建造了船，我们想也许船本身就在那里，是有生命的，或是曾经有生命的。有些船吃起来就像浮木一样，有的船还向水里面排放化学物质，就像活着的生物。坐在船上就可以成为一种成就吗？我们只把地球人看成鲨鱼的晚餐而已。"

"但是——"

"他们我们的聪明没看到。他们看我们也没有看到它，而且我们看着他们也没有看到他们的。"

"但是，在你们发现了他们的智慧、他们也发现了你们的智慧之后，你们一定意识到了他们对你们一直很不好。"

"是的，有些人在过去对我们很坏。人类的确会使用归纳，他们责备自己。我知道祖先的罪过——就是原罪——是他们很多思想的中心。人类法庭曾经有过几次因为海豚而判决的赔偿。这对于我们来说没有什么意义。"

"你们现在和人类相处得很好，我们瓦达胡德人却很难处理好这种关系。你们是怎么做到的？"

长喙吠叫着："接受他们的弱点，欢迎他们的长处。"

杰格沉默了。

最终，"琅姆信使"到达了它的目的地，离那颗蓝色恒星十三亿公里，离捷径也有十亿公里。杰格和凹头通过无线电联系，商定了小黑体应当遵循的精确的运行轨迹，然后，他们重新启动那些引力浮标，从不同方向又推又拉地移动那个地球般大小的生物。正如计划的那样，小黑体开始向恒星方向运动，渐渐滑向他刚刚才逃出的引力井。但是这一次，捷径恰恰位于黑体和那颗恒星之间。如果一切顺利的话,小黑体将会接触到捷径,由于捷径背后那颗恒星的引力作用,小黑体接近捷径的速度会越来越快。

即使把浮标的推力加到最大,也需要一天多的时间才能把小黑体带回捷径附近。凹头向星丛发射了一个信使,提示他们如果一切顺利的话,小黑体不久便将重新出现在捷径的那一边。

逐渐接近捷径时,他们通过浮标的反作用力慢慢降低小黑体的运动速度,使小黑体能够缓慢地穿越捷径。如果到头来,小黑体向星丛附近的那颗绿色恒星一头撞过去的话,整个救援行动就丧失了任何意义。一旦小黑体的运动速度降低到可控制的程度,他们就可以调整小黑体的运行轨道,使它能够精确地以计划好的路线穿越超光速粒子球。

最先穿越捷径的是一部分引力浮筒,然后,小黑体碰到了捷径。捷径点开始扩张、放大,包住小黑体,就像一张涂着紫色唇膏、闪闪发光的嘴唇般咬住了他,最后吞噬了这颗巨大的黑色球体。杰格想,如果小黑体还活着,穿越捷径的时候他的心里会想些什么呢?

如果他还活着,在某个时刻醒了过来,那么,杰格禁不住想道,他要是惊慌失措了怎么办?如果他不明白为什么自己的一部分在一个区域,另一部分却在另外一个区域的话怎么办?他有可能自行中断穿越捷径的过程。如果他在穿越到一半的过程中停下来,那可就没有任何办法把他从那里移走了。捷径的开口在穿越它的物体周围形成了一个严实的密封圈,在这种情况下,再也不可能通过引力浮标从捷径两边施加协同作用力来移动它了。这也意味着"琅姆信使"和"PDQ"可能会被永远困在这里,困在英仙座手臂的边缘,离任何一颗联邦行星都有成千上万光年远。

　　小黑体通过捷径时，捷径的边缘夹住了它，使它有点变形。这样的夹力是很平常的，在坚固的太空船上，这样的夹力作用几乎可以忽略不计。但黑体的绝大部分是气体，虽然是奇异的、光洁度夸克气体，但终究还是气体。杰格担心小黑体会分成两半——和它们出生的过程一样，但是在这种情况下分裂，对它们来说可能是致命的。好在事实证明，黑体的核心足够坚硬，能够避免捷径把它们从中夹断。

　　最后，小黑体完成了他的穿越过程。捷径崩塌了，重新恢复了它平常没有任何维度的存在形式。杰格想让长喙立刻穿越捷径，他急切地想看到他们所有这一切努力的结果到底是什么。但是他们和"PDQ"上的凹头必须在这里再等上几个小时，以确保小黑体已经离开捷径足够远。这样，当他们穿越捷径到达另一边后，不会发生任何碰撞，也不会受体积巨大的小黑体的引力吸引，导致小艇被毁。

　　终于，探测器带回了他们已经可以安全穿越捷径的消息。长喙设置好计算机，让探测船带他们回家。"琅姆信使"向前飞去，捷径扩张了，他们穿越捷径，到了另一边。

　　过了好一阵子，杰格才弄明白自己看到的景象。小黑体在那里，一切都好。星丛也在那里，但是星丛的四周被黑体团团包围着，整艘飞船看上去像死了似的，每个窗口都黑着。

第二十四章

　　捷径点开始扩张，开始是一个紫色的高频辐射点，然后像一个会永远扩张下去的紫色圆环似的膨胀起来。最先出现的是星丛匆忙赶制的众多反重力浮标中的一个，接着又出现了一个，又一个，像子弹一样在空中掠过。它们原本拖着小黑体，但是因为在小黑体穿越之前它们就先一步跨过了星门，它们与小黑体之间的引力切断了，被一下子甩了出来。但是很快，小黑体那巨大的身体开始了他穿越捷径的过程，从空中那个紫色的圆环中鼓了出来。

　　星丛上所有人都通过窗户或是监视器看到了这一奇观，舰桥上的萨拉德·麦格诺欢呼起来，飞船各个角落里都响起欢呼声。

　　猫眼和其他几十个黑体都聚集在捷径周围，向小黑体呼喊。幻影通过舰桥上的扬声器翻译着猫眼的话，但是中间缺少了很多词。这个黑体的头目并没有把自己的词汇局限于莉萨和海克已经学会的几百个词之中。"向前来……向前……向……你是……我们……来……赶快……不要……向前……向前……"

　　菱形用一号甲板上的望远镜阵列监控着出现的小黑体，但是到目前为止，他还没有说一个词，至少没有使用任何接近二十一厘米波段的频率说话。

李安妮·凯伦道特摇着头。"他根本不是依靠自己的力量移动。"她说，"他肯定死了。"

凯斯咬紧牙关。如果他死了，所有这一切就没有意义了。"也可能是因为，"他最后说，既像在说服李安妮，也像在说服自己，"单独的黑体不能依靠自己的力量移动，他们需要借用其他黑体的引力和斥力。以那个小黑体的距离，他可能还借不上力。"

"向前，"猫眼还在呼喊，"向前……来……你……向前……"

凯斯以前没有听说过任何一个物体试图这么慢地穿越捷径。大家一直有一个模糊的认识，就是必须快速穿越捷径，在捷径停留是一种危险行为，会使整个穿越过程的魔力消失。

最后，小黑体完成了他的穿越过程。捷径崩塌了。过了一会儿，当其他反重力浮标从捷径穿出来时，捷径又略微张开了几次小口。

小黑体向远离捷径的方向飞去，但这只是惯性作用。它还没有——

"哪里……哪里……"

还是法国口音。但是，在这次翻译中，幻影极其罕见地发挥了它的创造性，选择了一个童音来说话。

"家……回来……"

萨发出了一阵更热烈的欢呼："他还活着！"

凯斯感到自己的眼睛湿润了，李安妮大哭起来。

"他还活着！"萨又一次大喊起来。

小黑体终于开始向猫眼和其他黑体所在的方向移动了。

幻影又换回它配给猫眼的声音,说道:"猫眼呼叫星丛。"

凯斯打开麦克风。"星丛收到。"他说。

猫眼安静的时间比信号往返所需要的时间长了许多,好像他正在想办法用有限的词汇来表达他想说的话。最后,他只是简单地说:"我们是朋友。"

凯斯感到自己咧开嘴笑了。"是的。"他说,"我们是朋友。"

"小孩的视力遭到破坏。"猫眼说,"一……将重新成为一个完整的一,但是需要时间。时间,和没有光。绿色恒星太亮,当小孩走时他不在这里。"

凯斯点点头,"我们可以再做一个防护罩,保护小孩不受那颗绿色恒星光的照射。"

"还有。"猫眼说,"你们。"

那么一瞬间,凯斯糊涂了。"哦——当然。李安妮,关闭船身所有的灯。还有,对所有人发出警告以后,关闭所有有窗户的房间里的灯。要是有谁想开灯的话,告诉他们先拉上窗帘。"

李安妮漂亮的脸上笑逐颜开,"遵命。"

星丛变暗了。黑体群向着飞船和刚回来的小孩移动。

"琅姆信使"从捷径中穿了出来,过了一会儿,"PDQ"在它之后出现了。通过无线电联系,两艘小船上的人都知道了星丛状态良好,小船随即划着弧线向船坞飞去。"琅姆信使"刚一着陆,杰格就向舰桥走去。

杰格走进舰桥的时候,凯斯还在和猫眼通话。指挥官转向瓦达胡德人,"谢谢你,杰格。非常感谢。"

杰格点点头,接受了凯斯的谢意。

猫眼的声音通过扬声器传了出来。"我们对你们不正确。"他说。

错误,凯斯想。他们错误地对待了我们。

"你们不得不速度很快地进入那个不是点的点。"

"哦,情况还不是很糟。"凯斯用外交辞令对麦克风说,"正是因为这样进入了捷径,我们才看到了我们这儿的恒星群中的几亿颗恒星。"

"我们称这种恒星群为——"幻影自己翻译了这个新信号,"星系。"

"你们有星系这个词?"凯斯惊讶地说。

"正确。很多恒星,相互分离。"

"对。"凯斯说,"是这样,捷径把我们带到了距离这里六十亿光年远的地方,这意味着我们在那里看到的是我们这个星系六十亿年前的样子。"

"懂了,向回看。"

"真的懂了?"

"是。"

凯斯很吃惊,"这很奇妙。在六十亿年前,银河系的形状不是现在这个样子。嗯,我猜你并不清楚,银河系现在看起来是螺旋形的。"凯斯工作台上的一个小灯闪了起来,这是幻影在通知他,它刚才用了一个在翻译词汇库中没有黑体对应用语的词。凯斯对着幻影的摄像头点了点头。"螺旋形,"他对着麦克风说,"就是……是……"他想找到一个有意义的比喻,像"风车"这样的词对于黑体来说没有任何意义,"螺旋形就是……"

幻影在凯斯的一个监视器上打出了螺旋形的定义,"螺旋形就是一个物体围绕一个中心点旋转,同时以恒定的速度远离那个点运动而形成的轨迹。"

"懂了螺旋形。"

"银河系呈螺旋形,并且有四个主要的——"他想说"手臂",但是同样的,那是一个没有什么意义的词——"部分。"最后他说。

"知道。"

"你知道?"

"制造的。"

凯斯看着杰格,杰格正上下移动着下部肩膀,做了一个耸肩的姿势。黑体是什么意思呢?别人是这么向他灌输的?这是他在暗物质世界中相当于中学的地方学到的理论?

"制造的?"

"以前平淡,现在……现在……没有词。"黑体说。

李安妮说道:"现在漂亮。"她说,"这是他在寻找的词,我敢肯定。"

"看着它,一个加一个大于两个?"凯斯冲着麦克风问道。

"大于,大于它各部分的和。螺旋形是……"

"漂亮。"凯斯说,"从视觉上说,大于它各部分的和。"

"是的。"猫眼说,"漂亮。螺旋形。漂亮。"

凯斯点点头。毫无疑问,螺旋形的星系看起来比椭圆形的星系有趣得多。显然,地球人和黑体在审美方面也有一些共同点,这使凯斯很高兴。不过,考虑到很多美学原理是建筑在数学基础上的,这也就不奇怪了。

"是的。"凯斯说,"螺旋形很漂亮。"

"这就是我们要制造它们的原因。"扬声器中传来经过翻译的合成音。

凯斯感到他的心脏剧烈地跳动起来。这时,他看到杰格张开了所有的十六根手指,这是瓦达胡德人表示恍然大悟的方式。

"你们制造了它们?"凯斯问道。

"是。移动恒星—— 一点一点拖动,花很长的时间。移动恒星形成一个新的图形,固定它们在那里。"

"是你们把我们的星系变成了螺旋形?"

"还能有谁?"

确实,还能有谁……

"太不可思议了。"凯斯轻轻地说。

杰格从他的椅子上站了起来。"不,这很可能。"瓦达胡德人说,"以诸神的名义,很可能。我曾经说过,没有合理的理论来解释为什么星系会变成并保持着螺旋形状。由具有思维能力的暗物质生命特意固定在那里——这的确难以想象,但却解释得通。"

凯斯关闭了麦克风,"但是……但是所有其他的星系呢? 你说过,四分之三的星系是螺旋形的。"

杰格用四只肩膀做了个瓦达胡德式的耸肩姿势,"问它。"

"你们曾经把很多星系变成了螺旋形吗?"

"不是我们。其他。"

"我是说,是你们这一类生物中的其他人把很多星系变成了螺旋形吗?"

"是的。"

"但是为什么这么做?"

"必须看着它们。让它们更漂亮。做——做—— 一样东西为了表达感情,不是数学。"

"艺术。"凯斯说。

"艺术,是的。"猫眼说。

杰格现在四脚着地了,这是凯斯第一次看到他这个样子。"天哪。"他低声吠叫着,声音越来越低,"天哪。"

"当然,这正好了弥补了你说过的理论缺陷。"凯斯说道,"甚至在某种程度上解释了你提到的那个问题,就是古老星系的实际旋转速度看起来比理论上的要快。这些星系是在外力作用下旋转起来的,这样做的目的是为了长出螺旋形的手臂。"

"不,不,不。"杰格吠叫道,"不对,你难道还没有明白吗?你还没有看到吗?这不仅仅解释了一个深奥的有关星系形成的问题,事实上他们给了我们一切——所有的一切!"瓦达胡德人抓住凯斯控制台的一根桌腿,用力拉着自己重新回到两条腿站立的姿势,"我先前告诉过你:由于高强度的辐射,在紧密排列的恒星群中,稳定的遗传分子几乎是不可能存在的。正是因为我们生活的行星位于螺旋形的手臂上,远离星系的核心,生命才得以在这些行星上孕育出来。我们——包括所有那些被我们自己傲慢地称作由'常规物质'构成的生命——的存在都只是暗物质生物为了追求漂亮图案而摆弄恒星的结果。"

萨转身面对杰格,"但是……但是宇宙中最大的星系是椭圆形的,而不是螺旋形的。"

杰格抬起他上部的肩膀,"是的。可能是因为改变它的形状太费劲了,或者太花时间了。即使使用快于光速的通信手段,如'二号无线电',把信号从一个特别巨大的椭圆形星系的一端传输到另一端也需要上万年的时间。或许这对于一个黑体群来说工作量太大了,但是对于一个像我们这个,或是仙女座这样大小的星系来说……每个艺术家都有自己喜欢的规模,不是吗?最喜欢的画布大小、喜欢短篇或是中篇小说等。中等规模的星系是媒介……我们……我们是内容。"

萨点了点头。

"上帝啊,他是对的。"他看着凯斯,"还记得当你问猫眼他为什么想杀死我们时,他怎么回答的吗?'制造你。不制造你。'我父亲生气的时候也常那样说:'我把你带到了这个世界,小子,我也可以让你从这个世界消失。'他们知道——黑体知道——正是他们的行为,我们这类生命才可能诞生。"

杰格又失去了平衡。他最终放弃努力,又回到依靠下部四条腿站立的姿势,看上去像一个肥胖的人首马身怪物。"对于那些自我中心论者而言,"他说,"这一次的打击是所有打击中最沉重的。以前,联邦行星上的每个种族都认为自己所在的行星是宇宙的中心。但是,当然,这些行星都不是中心。另一件事是我们推断肯定存在暗物质——而且,从某个角度来说,这件事更令人汗颜。实际上,它意味着我们不仅不是宇宙的中心,而且构成我们的物质还不是构成这个宇宙绝大部分的组成物质! 我们就像漂在一个水塘表面上的浮渣,却在狂妄地想我们比形成整个水塘的大量的水还重要。现在我们知道了!"他的绒毛跳动着,"还记得当你问猫眼,暗物质生命最早是什么时候产生的,他是怎么回答的吗?'自从所有恒星开始组合在一起的时候,'他说,'自从宇宙开始形成的时候。'"

凯斯点了点头。

"他说,他们不得不在过去那么长的时间里存在着——不得不!"杰格的绒毛抖动起来,"我原来以为这仅仅是一种哲学上的看法,但他是对的,本来就应当是这样——生命必须从宇宙刚开始形成的时候就存在,或者,在物理允许的条件下,与开始的时间尽可能地接近。"

凯斯盯着杰格，"我不懂。"

"我们是多么傲慢愚蠢啊！"杰格道，"你难道没有明白吗？到今天为止，不管宇宙曾经教给我们什么令我们羞愧得无地自容的课程，我们仍然试图维护自己在生命起源领域内的中心地位。我们发明了宇宙理论来证明，宇宙中注定要孕育我们，它必定进化出像我们一样的生命。地球人把这种理论称之为人类起源理论，我们的人叫它瓦达胡德物种起源论。无论叫什么，它们都是一个道理：这是一种绝望的、根深蒂固的需要——相信我们自己是决定性的，我们是重要的。

"我们在量子物理学中讨论薛定谔猫——就是说任何事情都仅仅是一种可能性，都仅仅是一个个浪头，都是没有定论的，直到我们这些自以为非常重要的、有资格的观察者蹒跚走过时偷偷瞥了一眼。正是由于这一瞥，整个浪头于是彻底崩溃。我们实际上在让自己相信，这就是整个宇宙形成的过程——即使我们完全知道宇宙已经存在了几百亿年，而我们中的任何一个种族的历史都不超过一百万年。

"是的，"杰格咆哮着，"量子物理需要有资格的观察者。是的，确定哪一种可能性能够变成现实是需要智慧的。但是我们的傲慢自大使我们认为，这个在没有我们的情况下存在了一百五十亿年的宇宙，其构成完全是为了我们这些可怜虫的诞生。多么狂妄自大啊！有资格的观察者不是我们——我们是弱小的生物种群，与世隔绝地生活在浩大宇宙中的几个行星上。睿智的观察者是暗物质生物，他们在上百亿年的时间里把星系旋转成了螺旋形。是他们的智慧、他们的观测、他们的感觉在驱动着宇宙的发展，使量子物理学中的可能性变成了具体的现实。我们则什么都不是——什么都不是！——我们只是近期内存在的局部现象——是宇宙中的一个霉菌,而宇宙根本不需要我们,不在乎我们是否存在。猫眼在说我们无关紧要的时候是绝对正确的。这是他们的宇宙——黑体的宇宙。他们制造了它,他们也制造了我们!"

第二十五章

凯斯坐在自己位于第十四层甲板上的办公室里,正读着从鲸鱼座天仑五发来的新闻。报道很简单,在"泥浆"上,忠于特拉丝女王的部队镇压了叛军的叛乱,二十七个反叛者被立刻处以极刑——用传统的方法溺死在滚烫的泥浆里。

凯斯放下这篇新闻。这个报道让人有点怀疑——这是他曾经听到的第一起在"泥浆"上的政治叛乱事件。当然,也可能是真的——尽管这更可能是政府的一种绝望的努力,试图使自己远离最初发动这场战争的龌龊的初衷。

一阵悦耳和谐的铃声响了起来,幻影的声音传来:"杰格·肯德罗·厄姆－佩斯到了。"

凯斯长舒一口气,"让他进来。"

杰格进来了,找了一把聚酯合成的椅子坐下。他的两只左眼看着凯斯,两只右眼却在扫视着整间屋子,这是他本能的"战斗或是逃跑"的姿势。"我猜想在现在这个当口,"他说,"我必须填写一些你们地球人非常喜欢的表格了。"

"什么表格?"凯斯问道。

"当然是表示辞去我在星丛上职务的表格了,我不能继续在这里服务了。"

凯斯站起来，伸展了一下自己的身体。

这种事，肯定有个开始的时候——成熟，度过中年危机，从此走上人生舞台的新阶段，还有和平。肯定有个开始的一刻。

"小孩用玩具士兵打仗，"凯斯说，他望着杰格，"年幼的种族用真正的士兵战斗。也许，现在应该是我们所有人长大一些、成熟一些的时候了。"

这个瓦达胡德人沉默了很长一段时间，"也许。"

"对种族的忠诚深植于我们的基因之中，我们都一样。"凯斯说道，"我不会逼迫你辞职的。"

"你的话好像假定我做了什么错事，我拒绝承认这一点。但即使我真的做错了什么，你还是误解了我。也许……也许你们的人总是会误解我们。"杰格停顿了一下，"不，现在是我回'泥浆'的时候了。"

"这里还有很多工作要做。"凯斯说道。

"这毫无疑问。但是我给我自己布置的任务已经完成了。"

"哦。"凯斯说道，他逐渐明白过来，"你是说你已经获得了足够多的荣誉，能够获得佩斯的芳心了？"

"没错。发现黑体的过程中有我的贡献，这将使我成为'泥浆'上最杰出的科学家。"停顿，"佩斯很快就会做出她的决定了。我不能再逗留在这里了。"

凯斯想了想，"从来没有女性瓦达胡德人在星丛上工作过。当我的任职期结束后，艾比人将轮值下一任指挥官，我觉得酒杯将会担任这个职务。但是在艾比人之后，这个职位上将会是一个瓦达胡德人。我也知道，瓦达胡德人将会委派一个女性领导人。如果——如果你和佩斯一起到星丛来怎么样？以我听到的来判断,她担任这个职务是很自然的事。"

出于惊讶,杰格的绒毛抖动了起来,"我们不能那么做,我们两个仍将是一个小组中的组成成员。她将继续保留她的追随者,直到死去。"

凯斯的眼睛都睁大了,"你是说,没有得到她的那些男性不会到其他女性那里去争取他们自己的幸福吗?"

"当然不会。我们仍将保持一个大家庭,我们从孩童时代就向佩斯发过誓。"

"或许,你们都可以到星丛上来服务——所有六个人。"

杰格动了动他下部的肩膀,"星丛上的人都是最好、最聪明的。我从来不会用蔑视的语言和另一个瓦达胡德人谈论我的女神的其他追随者,但是我可以把真实情况告诉你。我不是在和其他所有四个人进行竞争,从来没有。这只是我和另外一个人之间的竞争,从一开始就很清楚。其他的人……都不出色。"

"但据我所知,佩斯有皇族血统。请原谅我,但是为什么她的追随者中缺少最具有竞争力的人呢?"

"整个追随者的小团体必须保证在选定伴侣之后继续存在,所以,精心挑选的追随者团体中一定会包括几个对不太重要的地位也会满意的成员。确实,一个全部由你们地球人称之为杰出男士的人构成的追随者团体注定会解体。"

凯斯想了想这些情况,"好吧,如果把你留在这里的唯一办法就是接受你所有的家庭成员,那么,我会来安排这件事。"

"我……我不认为你能坚持到底。"

凯斯眨了眨眼,"我说到做到。"

"争夺佩斯的真正竞争是在我和另一个人之间。那个人当然也有名字。"杰格的四只眼睛紧紧地盯着凯斯的双眼,"他的名字是加斯特·德拉亚·厄姆－佩斯。"

"加斯特!"凯斯说道,"就是那个带领部队攻击星丛的人?"

"是的。他逃脱了黑体,现在已经回到了'泥浆'。"

凯斯呆了十秒钟,然后开始点头,"你不得不帮助他,是不是?"

"我什么都没承认。"杰格说道。

"如果你不帮助他,把星丛带回'泥浆'的荣耀就是他的了。这样一来,佩斯选择的就可能是他了。通过帮助他,你可以保证这个荣誉是你们两个人共有的。"

"星丛上有两百六十个瓦达胡德人。"杰格说道。

话音在他们之间回荡了一会儿,然后凯斯点点头,表示理解,"所以,如果你不帮助他,毫无疑问他还可以找到其他人帮助他。"

"我再一次重申,"杰格说道,"我什么也没有承认。"他安静了一会儿,"当然,特拉丝女王政府可能起诉加斯特,他可能会很快失去自由——甚至是生命。"

"我的邀请仍然有效。"凯斯说道。

杰格低了低头,"我……我们应该再好好考虑考虑。"然后,杰格做了一件凯斯从来没有见过任何一个瓦达胡德人做过的事,他加了一句话,"谢谢你。"

现在是晚上,走廊的灯变暗了。就像他每次在晚饭前都会做的那样,凯斯下到舰桥上,与伽马班的指挥官瓦达胡德人斯泰特说了几句话。一切正常,斯泰特说道。这不奇怪,如果出了什么问题的话,肯定会立刻通知凯斯。凯斯问候了每个人,然后离开舰桥,向中央支柱那里走去。

李安妮·凯伦道特在那里,坐在走廊较宽处电梯前的长椅上。她穿着一身黑色的紧身运动衣,身体显得轻柔又性感。

肯定是个巧合,凯斯想。她当然不知道他的日常习惯:每天晚上的这个时候他都会经过这里。她肯定是在等其他什么人。

李安妮把她的头发放了下来,凯斯从来没有意识到她的头发长到后背中央。"你好,凯斯。"她温柔地微笑着。

"你好,李安妮。你……你今天过得好吗?"

"哦,是的。我是说,第一班的情况你也看到了——很轻松。我在第二班的时候游了泳,做了击剑练习。你怎么样?"

"很好,很好。"

"不错。"李安妮说道。她停顿了一会儿,低头看着橡胶地板,又一次抬起头时,她没有看着凯斯的眼睛,"我,嗯,知道莉萨今天不在。"

"是的,她坐分离舱飞回了中央空间站。我想她是想找个方法不去接受奖章,或是取消为表彰她而举行的检阅游行。"

李安妮点点头。"所以我在想,"过了一会儿,她说,"你可能会一个人吃晚餐。"

凯斯感到自己的心跳加速了。"我……我想是的。"他说。

李安妮向他微笑着。她的牙齿很白,有着凝脂般的皮肤,和一双美丽的、摄人心魄的黑色杏眼。"不知你想不想和我一起共进晚餐。我已经在我的房间里做了准备,我可以给你做我说过的炒菜。"

凯斯看着——看着这个女孩,他认为她是女孩。二十七岁。比他小二十岁。可能只是个善意、毫无邪念的邀请。她对这个老男人感到有些抱歉,也许只是想迎合讨好她的上司。几个炒菜,或者加上些葡萄酒,或者……

　　"你知道,李安妮,"凯斯说,"你是个非常漂亮的女人。"他抬起一只手,"我知道,我不应该说这样的话,但是我们现在都下班了。你是个非常漂亮的女人。"她垂下眼睛。他停顿了一下,牙齿咬着下嘴唇。这时,一个想法在他的脑海里冒出来。

　　不要伤害莉萨。

　　你只会伤害到你自己。

　　"但是,"他最后说,"我觉得如果我只是远远地欣赏你,这样会更好些。"

　　她盯着他的眼睛看了一会儿,又垂下眼睛。"莉萨是个非常幸运的女人。"李安妮说道。

　　"不,"凯斯说道,"我是个非常幸运的男人。明天见,李安妮。"

　　她点了点头,"晚安,凯斯。"

　　他回到家,给自己做了一个三明治,读了几章罗宾逊·戴维斯的小说,很早就上床睡觉了。

　　他睡得很沉,内心一片宁静。

　　第二天的第一班很平静地开始了。不用说,菱形准时到岗了。萨走了进来,把他的双脚搁在控制台的舵上,开始向飞行控制计算机中输入指令。李安妮在向她的工程师们的全息头像布置今天的工作计划。在后排,凯斯低声和刚从中央空间站回来的莉萨交谈着。

　　星空裂开了,杰格进来了,他的姿势看起来更像是跑,而不是蹒跚而行。

　　"我知道了!"他说——从他绒毛剧烈跳动的样子看,也许应该翻译成:"有了!"

　　凯斯和莉萨转身看着他。他没有走向自己的控制台,而是向房间的前部走去,站在萨的控制台前两米左右的地方。

　　"你知道什么了?"凯斯问道,他忍住没有说出难听的话来。

　　"问题的答案!"杰格兴奋地吠叫着。"问题的答案!"他喘了一口气,接着说,"请给我一段时间,这需要一些解释。但是这之前,我首先要告诉你们一件事——我们也起作用! 我们是很重要的。山、水、谷地和平原诸神啊——我们太重要了!"他的视线分散开来,第一只眼睛看着李安妮,第二只看着菱形,第三只看着莉萨,最后一只看着萨和凯斯。从杰格的视角看来,这些人正好一个排在另一个的身后形成一条直线。

　　"我们现在已经知道,时间由未来回到过去是可能的。"他说,"我们在第四代恒星上,还有海克和阿兹米造的时间舱上都看到了这样的事。但是请想想,这样的事意味着什么。假设明天中午我使用时间舱把我自己送回到今天,那么将会发生什么?"

　　凯斯说:"哦,会有两个你,对吗? 今天的杰格和从明天回来的杰格。"

　　"没错。现在想想吧:如果有两个我,那么,我们就使我这个物质的质量变成了两倍。我的质量是一百二十三公斤,如果在这里有两个我,那么在星丛上就有两个杰格的质量,共二百四十六公斤。"

　　"但我觉得那是不可能的。"莉萨说道,"根据质量和能量守恒定律,另外的那一百二十三公斤是从哪里来的?"

　　杰格扬扬自得,"从未来! 你还不明白吗? 时间旅行是能设想到的打破那条定律的唯一方法。这是唯一能够增加整个系统总质量的方法。"他毛发飞舞,"从未来回来的恒星又能起到什么作用呢？随着每颗恒星的到来,现在宇宙的总质量就增加了。毕竟,即使是第四代恒星也是由以前就存在的亚原子微粒经过数次循环之后构成的。在时间上把它们推回到现在意味着,实际上,这些微粒已经被复制了,总质量变成了两倍。"

"毫无疑问,这是一个有趣的附带效果。"菱形说道,"但这还是没有解释为什么这些恒星被送了回来。"

"哦,是的,它解释了。质量的翻倍不仅是个附带效果——根本不是。实际上,这是运作的关键点。"

"运作?"凯斯问道。

"是的!拯救宇宙的运作计划!这些恒星被及时推回来,目的是为了增加整个宇宙的质量。"

凯斯吃惊得下巴都要掉下来了,"天哪,天哪。"

瓦达胡德人的四只眼睛都汇聚到凯斯身上。"正确!"杰格咆哮道,"在一百多年的时间里,我们知道可见物质在宇宙中所有物质中只占不到百分之十,剩下的是中微子和暗物质,就像我们那些在舰桥外的大个子朋友一样。我们现在知道宇宙中所有的物质都是些什么,但是我们不知道总共有多少。宇宙的命运依赖于它的总质量,即它的总质量是大于,还是小于,或者恰好等于所谓的临界密度。"

"临界密度?"莉萨问道。

"是的。宇宙在扩张——自从宇宙大爆炸以来就一直在扩张。但是,这样的扩张能够永久持续下去吗?这是由引力来决定的。引力的大小又取决于宇宙的总质量。如果没有足够的质量——如果宇宙的质量小于临界密度——引力作用将永远不会克服原有的爆炸扩张作用,这样的话,宇宙将永远保持扩张的态势,宇宙中的物质将不断地向更远、更远的方向扩张。所有的物质都会变得越来越冷,间隔越来越大,甚至原子与原子之间都会相隔几光年远。"

莉萨战栗着。

"如果相反的情况发生了——如果宇宙物质总量大于临界密度——引力作用将大于宇宙大爆炸的扩张作用力,这将降低宇宙扩张的速度,最终会反转宇宙扩张的趋势。所有物质都将向宇宙中心聚集,最终大坍塌,形成一块物质团。如果条件合适,这个物质团将最终在另一次爆炸后向外扩张,形成一个新的、可能从根本上完全不同的宇宙——但是原本属于这个宇宙的所有物体都会被摧毁。"

"听起来比前一个更糟。"莉萨说。

"是的。"杰格说道,"但是如果——如果!——宇宙的质量恰好保持临界密度,而且只有在临界密度上,我们的宇宙才能永远保持在一个适于生存的状态。由大爆炸而引起的扩张将会由于引力作用而逐渐降低到几乎停止的状态——扩张速度将以数学上的渐近线趋势趋近于零。宇宙将不会在寒冷、空洞的状态下死亡,也不会向内部聚集然后爆炸。相反,宇宙将以一种稳定的状态和结构存在万亿万亿万亿年。从各种角度来说,这样的宇宙都是永远不会灭亡的。"

"宇宙现在处于哪种状态?"莉萨问道,"是大于还是小于临界密度?"

"目前最精确的估计是,整个宇宙中的物质等于所有我们能看到的物质,再加上所有我们看不到的物质,这其中包括暗物质。最后的计算结果是我们比临界密度小百分之五。"

"这意味着宇宙将永远扩张下去,对吗?"李安妮问道。

"没错,所有的物质都将持续飞离其他物质。宇宙将最终死去,所有生命都将在极度接近绝对零度的温度下终结。"

莉萨摇了摇头。

"但是这不一定会发生。"杰格说道,"如果他们能够成功的话。"

"谁能成功?"凯斯问道。

"未来的生物——联邦行星种群的后代。你自己曾说过,兰森,你将会变得很老,将会活几十亿年。用另一句话说就是获得永生。真正获得永生的生物将不得不面对宇宙死亡的挑战,这是可以结束他们生命的灾难。"

"但是物理学中的熵定律怎么解释?"李安妮说。

"哦,是的,热力学第二定律确实说明,任何封闭的系统内最终将达到热寂状态。但是宇宙可能不是完全封闭的,毕竟,有合理的推理认为我们的宇宙只是无数宇宙中的一个。从其他宇宙中获取能量是可能的,或者只是简单地通过产生尽可能少的熵来将能量存储在这个宇宙中。这样的话,这个宇宙就可以真正地一直保持适于生存的状态。不管采用何种手段,在最后必须面对那个问题的时刻来临之前,他们都有万亿年——万亿年的时间来寻找解决之道。"

"但是——但是——这是个难以想象的工程。"凯斯说道,"我是说,如果我们目前低于临界密度百分之五的话,那得往回推多少颗恒星啊。即使从每个捷径都推回一个的话也不够,不是吗?"

"不够。"杰格说道,"根据我们最精确的估计,我们的星系中有四十亿条捷径。让我们假设这是星系中的典型现象——他们不仅在银河系里为每一百颗恒星建造了一条捷径,而且在宇宙的其他星系里也是按照这个比例建造的。恒星占了整个宇宙质量的大约百分之十,另外的百分之九十是暗物质。所以,如果平均从每条捷径推回一颗恒星的话,将使宇宙物质总量在现有基础上增加千分之一。如果想增加二十分之一 ——也就是百分之五——需要从每条捷径推回来五十颗恒星。"

"但是——但是如果可以进行时间旅行的话,就不需要拯救宇宙了。"凯斯说道,"一个人可以活一百亿年,然后通过时间旅行回到最开始,再活上十亿年,然后再回来,如此反复,就可以到无穷远了。"

"哦,确实是这样——谁知道我们的后代经历了多少次这样的往复循环,才逐步发展出承担这项工程的勇气和技术?无休无止的时光穿梭只能算一种永生的假象——显然不如实实在在地使宇宙永久存在下去。时光穿梭的方法不仅意味着没有一个建筑或是结构存在的时间可以超过一百亿年,另外,它只能使那些能够进行时光穿梭的人得到永生。"

"我想是这样。"凯斯说道,"这是一个多么伟大的工程啊!"

"确实如此。"杰格说道,"而且从规模上看,这个工程可能比刚开始想象的还要大。告诉我:宇宙现在存在有多长时间了?"

"一百五十亿年。"凯斯说,"这是地球上的年。"

杰格动了动他下部的两个肩膀,"事实上,尽管这是最常提及的一个数字,但是没有一个天体物理学家相信它。一百五十亿年是一个折中的数字,是由两种不同推断方法得出的宇宙寿命的平均值。其实宇宙的寿命不是一百亿年,就是两百亿年。自从20世纪90年代中期开始,被大家接受的哈勃常数——就是衡量宇宙扩张速度的数值——对于距离地球一兆秒的星球而言,大约是每秒八十五公里。这意味着宇宙还在以从大爆炸获得的速度较快地向外扩张着——就是说到目前为止,引力几乎没有降低宇宙扩张的速度——所以宇宙的寿命不可能多于一百亿年。

"但是对第一代恒星中的某些极端分子的光谱分析表明,这些恒星中的核聚变经历的时间是一百亿年的两倍。一直以来,我们都假定不是这个计算方法有错误,就是那个错了。但是,也许哪个都没错。也许我们现在看到的只是一个多阶段工程中最新的进展状态。我先前不同意麦格诺提出的整个球状恒星团都被推过捷径的看法,但也许这个决定下得太早了。也许这些每个都包含着上万个恒星的恒星团本来就是从未来被推回到现在的。也可能宇宙在最初包含的物质总量远远小于临界密度的百分之九十五,目前这个工程所处的阶段只是在进行一种质量上的微调。"

"但是……但是物质总量翻倍也肯定只是暂时的,"李安妮说,"回到你最初的例子,如果你从明天回到今天,今天将会有两个你——但是明天,其中的一个会消失,回到过去。"

"也许是这样。"杰格说道,"但是在从未来离开的那个时点,到进入现在的这个时点之间的整个时间段里,物质的质量是翻倍的。如果这两点之间有十亿年,那么确实是在很长很长的时间段里——足够长到能够制止宇宙扩张的趋势——物质的总量是翻倍的。如果你仔细计算一下,你将会发现其实你不需要永远不停地增加物质的质量,你只需要做一段时间,直到引力能够使宇宙由于最初的大爆炸而产生的扩张速度降为零。如果这项工程的尺度把握得刚刚好,不用永久地增加物质总量,也能最终使宇宙在很远的未来一直保持着精准的平衡状态——一个获得永生的宇宙。"

杰格停顿了一下,深吸了一口气,"这是自古以来最庞大的工程。"他说，"但是它确实强于另一种选择——即不得不让宇宙灭亡。"他微笑着看着舰桥上的工作人员，"这就是我们的贡献。由常规物质构成的生物——有着一双或几双手的生物！在结束的时候我想说——更确切地说，为了永远不灭亡——宇宙需要我们！"

　　在他们最喜欢的瓦达胡德餐馆里举行的结婚二十周年仪式很短暂，但这次婚礼的人数远远多于他们第一次在马德里举行的只有家人出席的婚礼。星丛上的人们喜欢任何形式的庆祝仪式。

　　萨拉德·麦格诺被推举为当天的司仪，由他主持整个仪式。"你，吉尔伯特·凯斯，"他说，"是否愿意再一次与克莱莉萨·玛利业·塞万提斯结为夫妇？ 无论是病痛时还是健康时、富裕时还是贫穷时，都爱她、尊敬她、珍惜她？"

　　凯斯转身看着他的爱妻。他记起了二十年以前的那一天，那时他们第一次经历这些仪式程序。那一天是那么美好、幸福。这是一个完美的婚姻——在智力上、感情上和身体上都能激发双方潜能的婚姻。她比二十年以前更美了、更妩媚动人了。他看着那双褐色的大眼睛，说道："是的，我愿意。"萨又转身看着莉萨，但是在他说话以前，凯斯握紧了妻子的手，为了让所有的人都听到，他大声补充道："在我们两个都活着的时间里。"

　　莉萨满脸微笑地看着他。

　　该死的，凯斯想，二十年的时间一眨眼就过去了，这只是刚刚开始……

尾 声

凯斯已经连续几个星期能好好睡觉了。在床上,他躺在美丽的妻子身边,渐渐睡去。就算他和莉萨、杰格、长喙、菱形,以及联邦行星上的几十亿公民在这个疯狂的宇宙中没有什么成就和价值又怎么样？就算他们在宇宙中是后来者,是暗物质艺术行为的副产品又怎么样？在未来某个时候,他们会成为举足轻重的人物——他们会改变这一切……

凯斯在一阵心悸中醒了过来。他取下那张遮住闹钟表面的小卡片,现在是子夜一点。他从床上坐起来,听着幻影通过房间音响系统播放的白噪声。

上帝,他想。上帝。

把几十亿颗恒星沿着时间走廊从未来往回推会改变现在,使现在发生根本性的改变,一片混乱的改变。事物的发展必定会与原先设定的有所不同——这样的过去不可能再回到同样的未来。你不能回避这个悖论——除非……除非……

除非你自己也沿着时间线回到过去——回到第一个未来物质来到现在的那个时点以前。凯斯感到他的心跳加速了。从很远的将来回到现在的生物肯定已经在这里了,就在现在,在某个地方。

他记起了曾经看到的那个光滑的金属球——从鲸鱼座天仑五射向井宿一捷径的探测器,金属已经被极其先进的技术改造了。

摔门者已经关闭了通向联邦行星的大门……也关闭了通向他们过去的门。他们已经明确地表示他们希望——也需要——与他们自己早先的形态隔离。

使用那条捷径的——毫无疑问,也包括不计其数的其他捷径——是从未来回来的人。这些人中也包括在时间舱上签下大名的他本人,显然,他是这项宇宙拯救工程的负责人——一个年纪已有上万亿年的凯斯·兰森,一个已经成为物理学中老前辈的凯斯·兰森。他是多么想见见另外一个自己啊……

凯斯看着在昏暗灯光下的莉萨。她还是那样,一挨枕头就睡着。刚才他在床上的动作把她身上的被子拉了下来,他小心翼翼地帮她重新盖好被子,然后慢慢地失去了意识。在梦中,他遇到了一个玻璃人。

Robert J. Sawyer
Creative Chronology

罗伯特·索耶创作年表